Lurleen Kleinewig

# Winterliebe im kleinen Hofcafé am Deich

Lurleen Kleinewig wurde in Langenhagen bei Hannover geboren. Nach einem Germanistik- und Anglistik-Studium bewarb sie jahrelang ihre Wahlheimat Ostfriesland als Feriengebiet. Sie lebt mit sechs Katzen und einem Pferd in ihrem »Minihaus« im Nordharz.

Lurleen Kleinewig

# Winterliebe im kleinen Hofcafé am Deich

Ein Nordsee-Roman

PIPER

*Mehr über unsere Autoren und Bücher:*
*www.piper.de*

Wenn Ihnen dieser Roman gefallen hat, schreiben Sie uns unter Nennung des Titels »Winterliebe im kleinen Hofcafé am Deich« an empfehlungen@piper.de, und wir empfehlen Ihnen gerne vergleichbare Bücher.




*www.piper.de*
Für direkten Kontakt und Fragen zum Produkt wenden Sie sich bitte an: *info@piper.de*

ISBN 978-3-492-50668-7

Redaktion: Julia Feldbaum
Satz auf Grundlage eines CSS-Layouts
von digital publishing competence (München)
mit abavo vlow (Buchloe)
Covergestaltung: Alexa Kim »A&K Buchcover«
Covermotiv: depositphotos.com (Anarchy1; NewAfrica; Wirestock; ehrlif; Betka82; makkis; timurock); shutterstock.com (karamysh)
Printed in Germany

*»Wer einen Fluss überquert,*
*muss die eine Seite verlassen.«*

Mahatma Gandhi

*Für Rita und Ratze*
*und für Gerda, Helmi, Ed und Fritz.*

*Wir sehen uns auf der anderen Seite.*
*Ich habe euch unendlich lieb!*

# 1

Es war gerade mal neun Uhr morgens, und der Tag drohte sich bereits in einen Albtraum zu verwandeln. Wenn man die eigene Mutter zu so früher Stunde am liebsten bei den Schultern packen und kräftig schütteln wollte, konnte das nicht normal sein, oder? Aber Esther hatte, mit Verlaub, Scheiße gebaut. Und ich konnte jetzt zusehen, wie ich die Kuh vom Eis holte.

Hektisch klickte ich mich durch unsere Buchungssoftware. Es war die kostenlose Version eines großen Anbieters, die mein Bruder Wilko für uns installiert hatte. Ich fand das Programm idiotensicher und enorm hilfreich, um den Überblick über die Belegung unseres Ferienhäuschens zu behalten – vorausgesetzt, man benutzte es auch. Was Esther offenbar mal wieder nicht getan hatte. Denn die Frau, eine Veronika Irgendwas, die ich gerade am Telefon und vorsichtshalber stumm geschaltet hatte, tauchte über Weihnachten nicht im Buchungskalender auf. Wohl aber in Esthers Notizbuch, das sie in der Schreibtischschublade verwahrte. Dort hatte sie am zwölften März dieses Jahres fein säuberlich vermerkt, dass Veronika und ihr Mann Bernd ab dem Tag vor Heiligabend für sieben Nächte Gäste in unserem Ferienhaus sein würden. Pech für mich, dass ich nur kurze Zeit später einen Herrn Weiler aus Köln für exakt den gleichen Zeitraum eingebucht hatte. Über unsere Software, wie sich das gehörte. Nun hatten wir eine Doppelbelegung, und das über die Feiertage, wenn jedes verfügbare Zimmer in Ostfriesland seit Langem ausgebucht war!

Argh. Dieses Mal würde ich Esther wirklich die Leviten lesen. In mir brodelte es wie in einem Vulkan. Doch erst musste ich mich um Veronika kümmern, die immer noch in der Leitung schmorte.

»Hören Sie?«, flötete ich mit meiner liebenswürdigsten Servicestimme, nachdem ich die Stummschaltung aufgehoben hatte. »Alles in Ordnung, unser Programm hatte sich nur verschluckt. Jetzt habe ich Ihre Daten vor mir auf dem Bildschirm. Wie war gleich Ihre Frage?«

»Ich wollte wissen, ob die Endreinigung extra bezahlt werden muss. Mein Mann hat vergessen, danach zu fragen.« Sie klang ein bisschen misstrauisch, was ich ihr nicht verdenken konnte. Wahrscheinlich hatte sie genau wie ich gerade eine Schrecksekunde durchlebt, als ich ihre Buchung nicht hatte finden können. Wenn sie wüsste!

Wenigstens in diesem Punkt konnte ich sie beruhigen.

»Nein, die Endreinigung ist bei uns grundsätzlich im Preis inbegriffen.« *Alles andere wäre nämlich wettbewerbswidrig*, fügte ich in Gedanken hinzu, sprach es aber nicht aus. Die wenigsten Gäste kümmerten derlei Spitzfindigkeiten.

»Oh, super, dann bleibt uns mehr Geld für Glühwein auf dem Weihnachtsmarkt, haha.«

Als ob es in unserer kleinen Stadt einen anständigen Weihnachtsmarkt gäbe! Doch auch diesen Gedanken behielt ich für mich. Eine Handvoll Stände und ein Kinderkarussell vor der Kirche waren das höchste der Gefühle. Aber immerhin mutete die Beleuchtung des historischen Marktplatzes zauberhaft an, und auf der überdachten Eislaufbahn war auch immer etwas los.

»Sagen Sie«, Veronika senkte plötzlich vertraulich die Stimme, »wäre es möglich, eine Flasche Sekt im Schlafzimmer zu deponieren? Natürlich gegen Bezahlung. Es muss keine teure Marke sein, der vom Discounter tut es auch. Wir verreisen zum ersten Mal über Weihnachten nur zu zweit, ohne die bucklige Verwandtschaft im Genick, und da will ich auch richtig in Stimmung kommen, Sie verstehen?« Sie stieß ein gackerndes Lachen aus.

Ich schloss die Augen und zählte im Geist bis zehn. Natürlich waren Gäste schon mit ausgefalleneren Wünschen an mich herangetreten, aber ich wollte unter gar keinen Umständen mit Veronikas und Bernds Liebesleben konfrontiert werden. Na ja, immerhin hatten sie eins. Ganz im Gegensatz zu mir.

»Das ist überhaupt kein Problem«, erwiderte ich höflich, sobald Veronika sich ausgelacht hatte. »Ich werde das für Sie arrangieren.«

*Oder Esther dazu zwingen,* dachte ich, *aber dann kann ich es besser selbst erledigen.*

Nach diesem nervenaufreibenden Telefonat machte ich mich mit dem Notizbuch in der Hand auf die Suche nach meiner Mutter. Da unser Hofcafé erst um elf Uhr öffnete, stand sie barfuß in der Küche, eingehüllt in einen wallenden Kaftan, der ihr den Morgenmantel ersetzte. Die wilde, blonde Lockenmähne hatte sie wie üblich mitten auf dem Kopf zu einem gewaltigen Tuff aufgetürmt und mit einer Art Turban gesichert. Im Radio liefen die Backstreet Boys, und Esther wiegte summend die Hüften im Takt zu *Larger than life.* Sie war damit beschäftigt, einen Berg frisch geschälter Kartoffeln mit geübten Händen in gleichmäßig breite Stifte zu schneiden. Ihre selbst gemachten Pommes frites waren über die Stadtgrenze hinaus berühmt, ebenso wie ihre »Curryvurst«, die sie aus Weizengluten und Tofu mit allerlei Gewürzen selbst herstellte.

Doch heute war mir nicht danach, ihr beim Kochen zuzusehen. Ich war geladen für drei, als ich mich vor ihr aufbaute und ihr anklagend das Notizbuch entgegenstreckte.

»Du hast es wieder getan!«

»Was denn?« Esther musterte mich neugierig aus eisblauen Augen. Konnten zwei Menschen sich weniger ähneln als meine Mutter und ich? Ihre heitere Gelassenheit machte mich rasend. In solchen Momenten brach sich mein hitziges Temperament Bahn, und ich schaffte es einfach nicht, meinen Ärger zu zügeln.

»Dop-pel-bu-chung! Über Weihnachten! Du hast Veronika und Bernd aus Essen nicht über die Software erfasst, sondern in dein dämliches Notizbuch eingetragen! Während ich Herrn Weiler ordnungsgemäß eingebucht habe, aber leider erst, nachdem du den beiden das Haus fest zugesagt hattest!« Jetzt deutete ich sogar mit dem Finger auf sie, so sauer war ich. »Und nun erklär mir mal, wie wir das hinbiegen sollen! Eine schlechte Bewertung von einem wütenden Gast können wir uns nicht leisten, die steht für immer im Internet.«

»Ach, da wird sich doch eine Lösung finden lassen«, versetzte meine Mutter ungerührt und kippte einen neuen Schwung Kartoffeln neben ihr Schneidebrett. Ganz offensichtlich verkannte – oder vielmehr verleugnete – sie den Ernst der Situation. Das war typisch Esther. Alt-Hippie, der sie war, versprühte sie selbst dann noch hartnäckig Optimismus, wenn das Kind bereits im Brunnen lag. Das reizte mich umso mehr, vor allem, weil sie es gewesen war, die die ganze leidige Geschichte verbockt hatte.

»Lösung? Welche Lösung? Ganz Ostfriesland ist über die Feiertage ausgebucht, das weißt du ebenso gut wie ich. Wir können ihn nicht mal eben woanders einquartieren.«

»Das werden wir wohl müssen«, entgegnete Esther trocken. »Es sei denn, er und das Pärchen aus dem Ruhrpott möchten eine kleine Urlaubs-WG gründen. Soll ich dir einen Chai Latte machen?«

Immerhin hatte sie mitbekommen, dass ich mich aufregte und wollte nun die Wogen glätten. Mit ihren köstlichen Heißgetränk-Kreationen konnte sie mich normalerweise problemlos einlullen. In dieser Hinsicht war ich eine typische Ostfriesin, selbst wenn die ihren schwarzen Tee in der Regel lieber ohne Gewürze und Hafermilch tranken. Doch heute hätte mich lediglich eine Doppelpackung Xanax von meiner Palme herunterholen können.

»NEIN!«, schleuderte ich meiner Mutter entgegen, als mir klar wurde, dass Teekochen alles war, was sie an praktischer Hilfe zu bieten hatte. »Der blöde Chai lässt nämlich nicht plötzlich ein zweites Ferienhaus aus dem Boden wachsen!«

Ich ließ das Notizbuch theatralisch auf ihren Kartoffelhügel fallen und stapfte von dannen.

Das Leben schien mir heute wieder mal besonders feindselig gesonnen zu sein. Weil mir nichts Besseres einfiel, marschierte ich das kurze Stück über den Hof zurück ins Büro, schloss die Tür hinter mir und sank in den uralten Chefsessel. Ich stützte die Ellbogen auf die Schreibtischplatte und presste die Handballen gegen meine geschlossenen Augen. Gestatten: Antonia Janssen, genannt Toni, Italo-Ostfriesin und neunundzwanzig Jahre alt, steckte wie so oft bis zum Hals in Schwierigkeiten.

Nicht zum ersten Mal fragte ich mich, ob es an mir lag, dass ständig irgendetwas schiefging, oder doch an meiner Mutter, die sich gern wie ein zu groß geratenes Kind aufführte und dabei vergaß, dass man als Café-Besitzerin und Ferienhausvermieterin eine gewisse Verantwortung trug. Aber sie hatte ja mich, um hinter sich aufzuräumen. Grr.

Statt wie neunundzwanzig fühlte ich mich gerade wie neunundfünfzig. *Lass dir was einfallen, Toni,* plärrte eine panische Stimme in meinem Kopf, *und zwar subito!*

Meine rebellische Stimmung war noch nicht verflogen, und plötzlich hatte ich keine Lust mehr, mir allein den Kopf darüber zu zerbrechen, wie wir das Problem mit dem übrig gebliebenen Feriengast lösen konnten. Kurz entschlossen schnappte ich mir mein Handy und rief meinen Bruder an.

»Mhm?«

»Wilko, ich bin's. Esther hat mal wieder Mist gebaut.« In knappen Worten schilderte ich ihm die Lage, denn ich wusste, dass er bei der Arbeit saß und sich wahrscheinlich gerade mit irgendeinem komplexen technischen Phänomen herumschlug. Als IT-Administrator bei den Stadtwerken tat er quasi den ganzen Tag nichts anderes.

Deswegen hörte er mir wie üblich auch nur mit halbem Ohr zu. Eine Weile vernahm ich bloß Rauschen und Summen im Hintergrund, dazu das leise Klicken von Wilkos Fingern auf einer Tastatur. Schließlich seufzte er.

»Himmel, ich weiß es doch auch nicht. Ich meine, der Typ hat ein Ferienhaus gebucht und kommt mit seinem Hund. Selbst wenn wir noch irgendwo ein Zimmer für ihn auftreiben, was mehr als unwahrscheinlich ist, heißt das noch lange nicht, dass er sich darauf einlässt. Dann können wir ihn genauso gut in der Waschküche einquartieren.«

Ich horchte auf. Waschküche?

»Warte mal. Meinst du deinen, äh, Partyraum?«

Vor ein paar Jahren hatte Wilko sich in den Kopf gesetzt, dass er unbedingt einen Ort für sich und seine nerdigen IT-Freunde brauchte. Ihre Treffen glichen in meinen Augen einer bizarren Freakshow, in der man es als Normalsterblicher keine halbe Stunde aushielt, weil man entweder vor Langeweile einging oder sich totlachte. Trotz meines Spotts hatte mein Bruder, beharrlich wie immer, an seiner Idee festgehalten. Was eignete sich schließlich besser als Treffpunkt für einen Haufen weltfremder Computerfanatiker als ein abgelegener Gulfhof am Deich ohne direkte Nachbarn?

Zu Wilkos Glück gab es im hinteren Teil unseres Wohnhauses, der zum Garten zeigte, eine große Waschküche und ein paar Schritte daneben ein winziges altmodisches Badezimmer. Esther und ich nutzten beide Räume nicht – sie waren demnach perfekt für seine Zwecke. Voller Tatendrang hatte er sich auf die Renovierungsarbeiten gestürzt.

Die Waschküche hatte er entrümpelt, die Wände frisch gestrichen und auf halber Höhe mit einer Holztäfelung versehen, die nicht nur ein hübscher Blickfang war, sondern als

Isolierung dienen sollte. Ein handwerklich versierter Kumpel hatte ihm geholfen, zwei Heizkörper in dem ungastlichen Raum zu installieren, sodass man sich im Winter dort aufhalten konnte, ohne Erfrierungen zu riskieren. Dann hatte Wilko einen Kühlschrank, ein paar Sofas, einen riesigen Tisch mit Stühlen und das alte Büfett meiner Oma aufgebaut und zur Einweihungsfeier geladen.

Zunächst war alles gut gegangen. Die normalerweise wenig geselligen Nerds hatten sich äußerst wohlgefühlt in ihrer neuen Enklave und waren von Mal zu Mal mehr in Partystimmung geraten. Bis zu jener Nacht, in der die Jünglinge, die keinen Alkohol gewohnt waren, über die Stränge geschlagen und um drei Uhr in der Früh stockbesoffen im Garten zu den Klängen von Depeche Mode getanzt hatten. Esther – die stets entspannt blieb, außer es ging um ihre kostbare Nachtruhe – war zwischen sie gefahren wie eine zürnende Rachegöttin, mit aufgelöstem Haar und wehendem Kaftan, während ich ein Stockwerk höher am Fenster stand und mir vor Lachen die Seiten hielt. Damit hatte sie die introvertierte Bande allerdings für immer von unserem Hof vergrault, und Wilkos Partyraum war nach und nach zu einer Art Lager geworden für Dinge, die wir selten brauchten, so wie überzählige Gartenmöbel für unser Café. Mein Bruder nutzte ihn bisweilen auch als Gästezimmer, wenn er aus irgendeinem Grund spontan bei Esther und mir übernachtete.

In meinem Hirn machte es plötzlich klick.

»Wilko!« Ich klang wie eine Beschwörerin. »Das könnte unsere Rettung sein. Wenn wir es hinkriegen, die Waschküche und das Bad ein bisschen aufzupimpen, werde ich versuchen, diesem Herrn Weiler das Ganze als brandneu renoviertes Apartment anzudrehen, das gerade erst für die Vermietung freigegeben wurde. Das hat den Hauch des Exklusiven, damit kann ich ihn hoffentlich ködern. Uns bleibt eine Woche! Zu zweit schaffen wir das ... vielleicht. Nein, wir müssen!«

»O Mann, Toni, jetzt nerv mich nicht. Ich habe so kurz vor Weihnachten echt andere Sachen zu tun! Bei der Arbeit ist die Hölle los, und ich ...«

»Ist es dir lieber, er fordert die Anzahlung zurück und schreibt uns eine schlechte Bewertung auf allen großen Buchungsportalen?«, fiel ich ihm unbarmherzig ins Wort. »Das wäre pures Gift fürs Geschäft, und das weißt du auch. So was können wir uns einfach nicht leisten. Die Waschküche ist unsere einzige Chance.«

Schweigen. Ich hörte Wilkos unwirsches Schnaufen in der Leitung. Er fühlte sich überrumpelt, ganz klar, und wog seine Optionen ab. Allzu viele blieben ihm nicht, und er war klug genug, das zu erkennen. Außerdem wusste er, dass wir nicht auf Esther zählen konnten. Sie war eine großartige Köchin und Gastgeberin – meistens zumindest –, aber als Handwerkerin hätte sie eine glatte Sechs verdient.

Wilko gab sich geschlagen, wenn auch zähneknirschend.

»Okay, von mir aus, verdammt noch mal. Du rufst den Typen an, und wenn er zusagt, treffen wir uns heute nach meinem Feierabend in der Waschküche und gucken, was zu tun ist.« Damit legte er auf.

Puh! Die erste Schlacht hatte ich gewonnen. In meine Erleichterung, dass zumindest theoretisch eine Lösung für die Unterbringung unseres Gastes in Sicht war, mischte sich die Sorge, ob der sich auf den unerwarteten Quartierwechsel einlassen würde. Schließlich hatte er ein Ferienhaus für sich allein gebucht und empfand es vielleicht als Zumutung, in einem Ein-Raum-Apartment untergebracht zu werden, ganz gleich, wie neu und schick es sein mochte – *wenn* es denn schick wurde. Doch ich würde seine Meinung dazu nur herausfinden, wenn ich ihn anrief.

Seufzend öffnete ich unser Buchungstool erneut und suchte die Telefonnummer heraus. Besser, ich brachte es hinter mich.

# 2

Es war kurz nach fünf und bereits stockfinster, als ich mit Wilko unsere Waschküche betrat. Wir hatten uns aus dem Café, wo Esther und unsere einzige Servicekraft Finja souverän die Stellung hielten, jeder eine Tasse heiße Schokolade mitgenommen, angerührt nach Esthers Spezialrezept aus geschmolzener Bitterschokolade, erhitzter Pflanzenmilch, Kokosblütenzucker und Vanilleextrakt mit einem Hauch Zimt. Unsere Mutter verstand sich auf die Zubereitung derartiger Köstlichkeiten wie keine zweite. Sie verwendete am liebsten simple, frische Zutaten und ließ allen überflüssigen Schnickschnack weg. Auf tierische Produkte verzichtete sie seit jeher komplett.

»Die Körper zu Tode gequälter Tiere und deren medikamentenverseuchte Absonderungen haben in meiner Küche nichts zu suchen«, erklärte sie barsch, wenn jemand sie nach dem Warum fragte. »Wem sollte etwas so Widerwärtiges denn schmecken?«

Ich teilte ihre Meinung uneingeschränkt, war ich doch vegan aufgewachsen und empfand meine pflanzliche Ernährung als etwas völlig Natürliches. Esther hatte schon vor meiner Geburt allen Fleisch- und Milchprodukten abgeschworen und war bereit, jedem die Stirn zu bieten, der das zu hinterfragen wagte. Dennoch wünschte ich mir manchmal, sie würde neugierigen Gästen ihren Standpunkt etwas weniger vehement auseinandersetzen. Sie wollte einfach nicht einsehen, dass ihre rigorose Art bisweilen Befremden bei den Leuten hervorrief. Esther konnte geradezu furchterregend sein, wenn sie in Fahrt geriet. Dabei sprach ihre hervorragende Küche für sich, auch ohne »Veganer-Pathos«, wie Wilko es liebevoll-spöttisch nannte.

»Also, was hat er gesagt?«, wollte mein Bruder wissen und rührte in seiner Schokolade, bevor er sich gierig einen viel zu großen Schluck des heißen Getränks hinter die Binde kippte. Ich hätte wetten mögen, dass er heimlich einen Schuss Amaretto hineingetan hatte. Er war verrückt nach dem süßen Zeug. Außerdem erweckte er den Eindruck, als könnte er eine Stärkung brauchen, die ein paar Umdrehungen mehr mit sich brachte.

»Was hat wer gesagt?«, gab ich geistesabwesend zurück, während ich mich in dem großen Raum umblickte und mir gedanklich schon mal ein paar Notizen machte.

»Na, unsere Doppelbuchung natürlich. Du hast doch mit dem Typen telefoniert. Aus welchem Grund stehen wir sonst hier?« Wilko starrte mich an, als hätte ich den Verstand verloren.

»Ach so. Ja, also, das war ganz witzig ...«

»Was denn?«

»Na ja, ich hatte mir vorher genau zurechtgelegt, wie ich ihm die Sache beibringen wollte. Trotzdem habe ich ziemlich herumgestottert. Ich hatte richtig Schiss, dass er im nächsten Moment lospoltert und sein Geld zurückverlangt oder mit dem Anwalt droht. Du weißt ja, solche Leute gibt es zur Genüge.«

»Und, hat er?«

»Nö. Er war überhaupt nicht sauer, nur überrascht. Am Ende hat er sich bloß vergewissert, ob sein Hund den Garten benutzen darf. Ich habe natürlich total dick aufgetragen und ihm versichert, dass das Apartment mit allen Annehmlichkeiten ausgestattet ist. Und dass er pro Tag zehn Euro weniger bezahlt. Das war es im Großen und Ganzen.«

»Krass! Dann müssen wir jetzt richtig ranklotzen, schätze ich. Lass uns am besten eine Liste aufsetzen mit allem, was noch zu erledigen ist. Falls nötig, bringe ich ab morgen Lenne als Verstärkung mit.«

Lenne war Wilkos Mitbewohner. Die beiden hatten sich vor etlichen Jahren über ein Computerforum kennengelernt und kurz darauf eine Zweier-WG gegründet. Mittlerweile wohnten sie schon so lange zusammen, dass sie mir manchmal vorkamen wie ein altes Ehepaar. Aber das war ein anderes Thema.

Ich erzählte Wilko nichts von dem unangenehmen Schweigen am Telefon, das meinem heruntergehaspelten Geständnis von der unglücklichen Doppelbuchung gefolgt war. Den von mir erfundenen »Systemfehler« hatte dieser David Weiler garantiert sofort als faustdicke Lüge entlarvt.

Als er nach ein paar Sekunden immer noch nichts gesagt hatte, war es vor lauter Sorge und Unbehagen aus mir herausgeplatzt. »Es tut mir wirklich furchtbar leid, Herr Weiler, bitte glauben Sie mir das. Wir wären sehr froh, wenn Sie unser neues Angebot annehmen und von einer schlechten Bewertung im Internet absehen würden ...«

Weiterhin Stille. Dann war leises Lachen zu hören gewesen.

»Oh, äh, ich schreibe keine Bewertungen«, hatte er schließlich erwidert und sich dabei eindeutig amüsiert angehört. »Ich bin hauptberuflich Werbetexter, da möchte ich in meiner Freizeit keine aufgeregten Pamphlete mehr verfassen.«

Werbetexter? Aha. Wow.

»Das – das freut mich zu hören. Sie würden eine frisch renovierte und voll ausgestattete Unterkunft mit Studiocharakter bekommen, wir legen gerade noch letzte Hand an«, hatte ich geplappert und mich wahrscheinlich selbst wie eine Marketingexpertin angehört. »Unser Hofapartment besteht zwar nur aus einem Raum plus Badezimmer gleich nebenan, aber es ist sehr großzügig geschnitten und hat direkten Zugang zum Garten.«

»Darf mein Hund den auch benutzen?«

»Natürlich. Sie beide hätten den Garten für sich allein. Das Apartment ist sogar ebenerdig, ihr Hund müsste bis auf zwei kleine Stufen also nicht mal Treppen steigen.«

»Das klingt gut. Dann bin ich dabei.«

Halleluja! Ich hätte ihn küssen mögen. Das Poltern der Steine, die mir nach diesem Telefonat vom Herzen gefallen waren, hatte er vermutlich sogar in Köln hören können.

Um keine Zeit zu verlieren, nahm ich mir noch am gleichen Abend das alte Bad vor und unterzog es einer gründlichen Putzaktion mit Chlorreiniger. Danach war in dem kleinen Raum zwar todsicher keine einzige Mikrobe mehr am Leben, doch er mutete immer noch beunruhigend altbacken an. Stirnrunzelnd fügte ich der Einkaufsliste in meiner Notiz-App einen neuen Duschvorhang hinzu und überlegte ernsthaft, auch eine Klobrille dazuzuschreiben. Vielleicht würde ich ja eine für wenig Geld finden, die ein bisschen hochwertiger aussah als die alte aus billigem Plastik. An den in die Jahre gekommenen Kacheln an den Wänden und auf dem Fußboden, die der eine oder andere Sprung zierte, konnte ich auf die Schnelle nichts ändern. Wenigstens waren sie weiß, und ein Milchglasfenster hatte das Bad auch. Ein Stapel flauschiger Handtücher und ein wenig geschmackvolle Deko würden die Nasszelle zusätzlich aufwerten. Damit musste ich mich vorerst zufriedengeben.

Die Waschküche selbst stellte eine weitaus größere Herausforderung dar. Wie war ich bloß auf die Idee gekommen, sie innerhalb einer knappen Woche in das »Hofapartment mit Studiocharakter« verwandeln zu können, das ich Herrn Weiler angepriesen hatte? Hätte ich bloß meine Klappe gehalten!

Doch es gab kein Zurück. Am nächsten Nachmittag opferte ich dreißig Minuten meiner Arbeitszeit und putzte den

Raum in Rekordgeschwindigkeit, ehe es abends ans Eingemachte ging.

Dank der Heizung war es in der Waschküche zwar auch bei Außentemperaturen um fünf Grad einigermaßen warm, doch durch die alten Fenster zog es wie Hechtsuppe. Schließlich einigten wir uns auf schlichte weiße Gardinen und zusätzliche Plissees, für die wir sorgfältig Maß nahmen. Auf den kalten, wenn auch irgendwie hippen Betonboden legten wir mehrere Läufer. Von den drei Sofas warfen wir zwei raus und ließen nur die größte – und ansehnlichste – Stoffcouch stehen. Wir mopsten den Zweitfernseher aus Esthers Schlafzimmer, den sie ohnehin nicht benutzte, und befestigten ihn mithilfe einer TV-Halterung an der Wand. Außerdem sorgten wir anhand eines diskret platzierten WLAN-Repeaters dafür, dass der Empfang sogar in dieser abgelegenen Ecke des Hauses tadellos war. Als Werbetexter aus der Großstadt erwartete unser Gast mit Sicherheit auch im Urlaub einwandfrei funktionierende Technik, da wollte ich lieber nichts dem Zufall überlassen.

Geschirr, Töpfe und andere Küchenutensilien sammelte ich im Café zusammen, um das antike Büfett damit zu bestücken, und was noch fehlte, konnte Lenne uns besorgen. Zu unserem Glück arbeitete er in einem riesigen Möbeldiscounter im Industriegebiet etwas außerhalb der Stadt. Dort bekam man solche Dinge wie Wasserkocher und Kaffeemaschinen zu Spottpreisen – und Plissees in allen Größen!

Wir konnten uns auch einen Küchenschrank mit Arbeitsplatte sichern, ein ehemaliges Ausstellungsstück, das wir genau zwischen dem altmodischen Ungetüm von Spülbecken und dem Kühlschrank aufstellten. Leider gab es keinen Backofen, aber ich spendete kurzerhand meine eigene Mikrowelle, die ich höchst selten brauchte. Im Lager des Cafés entdeckten wir außerdem noch eine originalverpackte Doppelkochplatte, auf der wir aus lauter Verzweiflung jeden

Abend Glühwein erhitzten, während wir unsere To-do-Liste abarbeiteten. Sie schien kein Ende zu nehmen.

Lenne sorgte für einen Lichtblick, indem er am fünften Tag unserer Operation »Hofapartment« einen kleinen Elektrokamin anschleppte, der in der Waschküche sofort eine heimelige Atmosphäre schuf. Andächtig standen wir zu dritt davor und genossen das künstliche Kaminfeuer, bis Lenne, der sich prüfend umgeschaut hatte, in aller Unschuld fragte: »Und wo schläft er?«

»Scheiße«, entfuhr es mir, doch Wilko zuckte bloß mit den Achseln.

»Er kann sich ja das Sofa ausziehen.«

»Vergiss es«, widersprach ich energisch. »Er braucht ein vernünftiges Bett. Sonst schreibt er uns am Ende doch noch eine miese Bewertung, weil er eine Woche lang schlecht geschlafen hat.«

»Und wo willst du so schnell eins hernehmen?«, maulte Wilko unlustig.

Gute Frage.

Lenne blickte ihn durch seine blonden Ponyfransen nachdenklich an. »Wir haben im Moment jede Menge Paletten im Firmenlager und wissen bald nicht mehr, wohin damit. Davon kann ich bestimmt welche bekommen. Wenn du morgen deinen Akkuschrauber mitbringst, bauen wir fix ein Doppelbett zusammen. Dann könnt ihr hier auch mal zwei Personen unterbringen.«

»Lenne«, ich trat auf ihn zu und griff nach seiner Hand, »habe ich dir schon gesagt, dass ich dich liebe?«

»Ihh«, riefen er und Wilko wie aus einem Mund. Blitzschnell wich Lenne vor mir zurück und versteckte beide Hände hinter dem Rücken. Er schaute so entsetzt drein, dass ich lachen musste.

»Wie einen Bruder natürlich, du Blödi!« Ich verpasste ihm einen Schubs. Was für ein Freak er doch war!

Zu unserem Hofcafé gehörte ein Lieferwagen, den Esther und ich auch privat fuhren. Er hatte uns schon oft gute Dienste geleistet, so wie jetzt, wo es galt, zehn Europaletten zu transportieren.

Zu dritt hievten wir die Ungetüme aus dem Auto und schleppten sie in die Waschküche. Während ich raue Stellen im Holz sorgfältig mit Schleifpapier glättete und Filzgleiter als Bodenschutz anbrachte, begannen die Jungs die Paletten zusammenzuschrauben.

Wir hatten die hintere linke Ecke der Waschküche als Schlafbereich auserkoren. Eine Holzbank und eine wuchtige alte Kommode würden vorerst als Ablagefläche und Kleiderschrankersatz dienen. Beide Möbelstücke hatten bislang in dem Gang gestanden, der an Esthers Wohnung und unserem Büro vorbei zur Waschküche führte. Glücklicherweise trennte eine Zwischentür mit Sprossenfensterchen unseren Eingangsbereich vom Rest des Flurs, sodass unser Gast von unfreiwilligem Familienanschluss verschont blieb.

Das war der Vorteil, wenn man in einem riesigen alten Gulfhof lebte, der seit mehreren Generationen in Familienbesitz war – es gab immer genug Platz und ausreichend Mobiliar, das jahrelang ungenutzt herumstehen mochte, am Ende aber doch wieder gebraucht wurde.

Als wir kurz vor Mitternacht das Bett fertig aufgebaut und das Ungetüm von Kommode an seinen vorgesehenen Platz geschleppt hatten, waren wir schweißgebadet und vollkommen erledigt.

Die »Schlafecke« konnte sich definitiv sehen lassen. Ich versuchte, nicht daran zu denken, was uns allein die neue Matratze gekostet hatte, ganz abgesehen von dem nötigen Zubehör wie Bettzeug und Schonbezügen. Stattdessen tröstete ich mich mit der Gewissheit, dass wir die ungeplanten Ausgaben mit ein paar Vermietungen rasch wieder hereinholen würden.

»Okay, sieht so aus, als wären wir hier fertig.« Ich drehte mich einmal um mich selbst und hätte beinahe das Gleichgewicht verloren. Für einen Moment sah ich alles verschwommen. Wahrscheinlich wäre ich umgekippt, wenn Wilko mich nicht festgehalten hätte. Ich war einfach am Ende meiner Kräfte. Die Woche im Café war anstrengend gewesen, weil wir unter Hochdruck Weihnachtsvorbereitungen getroffen hatten, und abends hatte ich mich noch beim Renovieren verausgabt. Viel Zeit zum Erholen war mir zwischendurch nicht geblieben.

»Ich werde morgen alles sauber machen und fertig dekorieren. Dann kann unser Werbetexter übermorgen einziehen. Falls euch noch etwas einfällt, das wir vergessen haben ...«

Die beiden Männer schüttelten stumm die Köpfe. Sie waren ganz offensichtlich nicht weniger geschlaucht als ich.

»Am liebsten würde ich das Bett und die Kommode noch weiß streichen, aber das kriege ich zeitlich nicht mehr hin.«

»Dann machst du das eben vor der nächsten Anreise«, brummte Wilko und bugsierte mich am Ellbogen in Richtung Tür. »Schluss für heute, wir müssen jetzt alle ins Bett.«

Nachdem ich rund fünf Stunden wie eine Tote geschlafen hatte, war ich zwar nicht gerade topfit, aber die Welt sah immerhin wieder rosiger aus. Ich backte Kuchen, kümmerte mich um hungrige Gäste und nutzte die übliche Flaute im Café am frühen Nachmittag, um im Hofapartment – ich hatte mir die strenge Anweisung erteilt, es nicht mehr »Waschküche« zu nennen – abschließend Hand anzulegen. Ich wischte Staub, verteilte kuschelige Accessoires und hängte ein paar Bilder auf in der Hoffnung, dem großen Raum damit einen Anstrich von Behaglichkeit zu verleihen. Mit großer Sorgfalt hatte ich einige wenige Dekostücke aus meiner Wohnung zusammengesucht, hauptsächlich Muscheln und hübsch geformte Steine. Auf den großen Esstisch stellte ich eine schlichte Vase mit winterlichen Schnittblumen, die ich aus dem Café hatte mitgehen lassen, und daneben gut sichtbar eine Flasche biologisch produzierten Rotwein. Nein, normalerweise legte ich mich nicht so für unsere Feriengäste ins Zeug, aber ich wollte um jeden Preis verhindern, dass »der Texter«, wie ich ihn bei mir nannte, etwas an der Unterkunft auszusetzen fand – nicht nach all der Mühe, die wir uns damit gemacht hatten.

Als ich schließlich fertig war und mein, nein, unser Werk ein letztes Mal von der Tür aus in Augenschein nahm, war ich vorsichtig optimistisch, dass alles gut werden würde. Auch wenn die hartnäckige kleine Stimme in meinem Kopf mir einzuflüstern versuchte, dass das Apartment zwar einen durchaus gemütlichen Eindruck vermittelte, letzten Endes aber immer noch aussah wie eine Waschküche.

*Na, wenn schon,* dachte ich tapfer, *dann ist es zumindest eine stylishe Waschküche!*

# 3

Der 23. Dezember würde auch in diesem Jahr kein Zuckerschlecken werden. Das wusste ich aus Erfahrung. Da er obendrein auf einen Samstag fiel, hatten wir noch die beiden Anreisen von Veronika und ihrem Bernd sowie Herrn Weiler zu bewältigen. Ich betete, dass bis dahin der größte Ansturm im Café vorüber sein würde.

Viele unserer Stammgäste nutzten nämlich den Tag vor Heiligabend, um einen kleinen Imbiss einzunehmen und uns frohe Weihnachten zu wünschen. Darüber hinaus erstanden die meisten von ihnen noch eine Leckerei in Form von Kuchen oder Dessert für die Feiertage. Der Dauerbrenner zu Weihnachten war meine Ostfriesentorte mit reichlich Sahne und in Branntwein eingelegten Rosinen, natürlich komplett »veganisiert«. Bis zum späten Vormittag hatte ich ein halbes Dutzend Torten hergestellt, von denen vier vorbestellt worden waren. Als Alternative gab es Tiramisu zum Mitnehmen, das ich in einer riesigen Auflaufform zubereitet hatte. Es war sozusagen ein Zugeständnis an mein italienisches Erbe, auch wenn das außer meiner Mutter und mir niemand realisierte.

Esther und Finja kümmerten sich unterdessen ums Tagesgeschäft. Die Speisekarte hielten wir an diesem Tag, abgesehen vom üblichen Kuchenangebot, bewusst klein. Alles andere ließ sich mit unserem Drei-Frauen-Team einfach nicht stemmen.

Das Café war in einem L-förmigen Anbau untergebracht, der unmittelbar an unseren Gulfhof angrenzte. Früher waren in dem flachen Gebäude Schafe und Kälber gehalten worden, heute beherbergte es neben Lager, Küche und Verkaufstheke den Gastraum mit acht Tischen für kaffeedurstige Besucher. Außerdem gab es noch einen separaten Bereich mit weiteren Plätzen an einer langen Tafel, der für besondere Anlässe gemietet werden konnte.

Wir hatten innen alles in Weiß und zarten Pastelltönen eingerichtet, um für möglichst viel Helligkeit zu sorgen. Die kleinen Butzenfenster und alten Holzbalken waren weitgehend erhalten geblieben, ebenso die Lehmwände, die lediglich neu verputzt worden waren. Der urige Charme des ehemaligen Stalls kam bei den Gästen so gut an, dass es selten bei einem einzigen Besuch blieb.

In der warmen Jahreszeit öffneten wir zusätzlich unseren Hofgarten vor dem Café, eine große Wiese unter hohen Bäumen, auf der unsere fünf Schafe frei weiden durften. Das ersparte uns das Rasenmähen. Die meisten Besucher, besonders die Kinder, waren entzückt von den wolligen Gesellen, die Menschen kannten und nichts dagegen hatten, sich streicheln zu lassen. Sobald es ihnen zu viel wurde, spazierten sie von dannen. Platz zum Ausweichen gab es auf unserem Hof zum Glück reichlich.

Als ich die sechste Torte des Tages in den Kühlschrank verfrachtet hatte – drei waren bereits abgeholt worden –, fühlte ich mich schon wieder vollkommen erschöpft. Ich schwor mir, pünktlich Feierabend zu machen, komme, was wolle, und mich einfach nur um mich selbst zu kümmern. Mein Plan war, ein langes, geruhsames Bad zu nehmen, endlich mal wieder meine Beine zu rasieren und mich anschließend mit einem guten Buch ins Bett zu legen. Schließlich war Weihnachten, da war ein bisschen Self-Care wohl sogar den Arbeiterbienen gestattet, Himmel noch mal.

Doch zwischen mir und einem entspannten Abend standen noch ein paar Stunden im Café und nicht zuletzt die Urlaubsgäste, die heute anreisen würden.

Ich servierte einer vierköpfigen Familie mit zwei flachsblonden kleinen Jungen gerade »Curryvurst« mit Pommes frites, als die Tür aufging und ein Paar um die fünfzig die Gaststube betrat. Beide waren klein und stämmig und in nahezu identische bunte Freizeitanzüge aus Microfaser gehüllt. *Veronika und Bernd,* dachte ich sofort. Ein rascher Blick auf die Uhr an der Wand bestätigte mir, dass es bereits kurz nach drei war, was bedeutete, dass auch der Texter jede Minute eintreffen konnte. Wo war bloß die Zeit geblieben?

Die zwei Essener überschütteten mich mit einem fröhlichen Wortschwall, kaum dass ich mich ihnen vorgestellt hatte. Sie hörten auch nicht auf zu reden, während ich sie zu ihrem Ferienhaus geleitete, das ein kurzes Stück vom Hof entfernt direkt am Zufahrtsweg lag. Meine Großeltern hatten es als Altenteil gebaut und bewohnt, bis sie vor einigen Jahren kurz nacheinander verstorben waren. Nachdem das Haus dann eine Weile leer gestanden hatte, war Esther zu dem Entschluss gekommen, es an Urlaubsgäste zu vermieten. Ich hatte damals noch nicht bei ihr auf dem Hof gewohnt, sondern in Wilhelmshaven, wo ich für den lokalen Tourismusverband im Marketing tätig gewesen war.

Mir schwirrte ein wenig der Kopf, nachdem ich Veronika und Bernd in ihrem Domizil für die kommende Woche abgeliefert hatte. Ihr Ruhrpott-Dialekt war gewöhnungsbedürftig, und ich hatte bereits mehr über die beiden erfahren, als mir lieb war. Sie hatten innerhalb von zwanzig Minuten nahezu ihr gesamtes Leben vor mir ausgebreitet. Nebenbei hatten sie das Haus in Augenschein genommen, das Veronika wiederholt spitze Schreie des Entzückens entlockt hatte. Immerhin etwas.

Auf dem Rückweg ließ ich mir Zeit. Die Sonne schien, doch es war bitterkalt, das Gras auf den umliegenden Weiden und dem Deich silbrig gefroren. Bald würde es dunkel werden, und die Lichter des Cafés würden mit den Leuchtgirlanden am Haus und in den Bäumen um die Wette strahlen.

Als ich mich dem Gästeparkplatz näherte, stellte ich fest, dass der Nissan aus Essen Gesellschaft bekommen hatte, und zwar von einem goldgelben VW Beetle. Ein Mann mit schlanker Statur stieg gerade aus und klappte den Fahrersitz nach vorn. Sofort sprang ein hellbrauner Hund aus dem Wagen und schüttelte sich ausgiebig. Das mussten der Texter und sein vierbeiniger Gefährte sein. Puh! Ich bekam einfach keine Pause. Pflichtschuldig steuerte ich auf die beiden zu, um sie zu begrüßen.

Sobald ich vor ihnen stand, holte ich erst einmal Luft. Okay, vielleicht glotzte ich auch ein bisschen. David Weiler war groß, bestimmt um eins neunzig, und sah ziemlich ... hm, cool aus. Wie ein Model aus dieser norddeutschen Bierwerbung, die jahrelang in verschiedenen Varianten im Fernsehen gelaufen war.

Seine vollen Haare schimmerten in einem rötlichen Goldton – erdbeerblond nannte man das wohl, aber sicher war ich mir nicht. Außerdem waren sie erstklassig geschnitten. Die Art von Frisur, die man wahrscheinlich nur bei einem angesagten Barbier in der Großstadt bekam: im Nacken kurz, auf dem Kopf und an den Seiten länger und lässig zurückgestrichen.

Prompt musste ich daran denken, dass ich seit Jahren nicht beim Friseur gewesen war. Meinen überlangen Seventies-Pony und die Spitzen meiner schwarzen Naturlocken bearbeitete ich normalerweise selbst mit der Schere, wenn ich es für nötig hielt. Mit einem perfekten Haarschnitt konnte ich also nicht aufwarten, eher mit einer ungebärdigen Zottelmähne à la Deichschaf. Aber warum, zum Teufel, spielte das überhaupt eine Rolle?

Vielleicht fühlte ich mich bloß ein bisschen unterprivilegiert in Gegenwart eines solchen Supermannes. Passend zu seiner Hugh-Grant-Frisur trug er einen kurzen, gepflegten

Bart, der ihm eine Art modernen Wikingerlook verlieh. An seinem sommersprossigen Teint gemessen hatte er erstaunlich dunkle Wimpern, die seine hellen Augen betonten. Ich konnte nicht genau erkennen, ob sie blau oder grün waren, weil ich gegen die tief stehende Wintersonne anblinzeln musste. Auf jeden Fall waren sie von Lachfältchen umkränzt, was mir sein Gesicht sofort sympathisch machte. Es wirkte ... gütig, auf schwer zu beschreibende Weise. Ich schätzte ihn auf Anfang, höchstens Mitte dreißig.

Nach kurzem Überlegen warf ich ihn aus der Kategorie »Hipster«, in die ich ihn gedanklich einsortiert hatte, wieder raus. Mein Gefühl sagte etwas anderes. Er trug zwar sichtlich hochwertige Klamotten, doch nichts übertrieben Stylishes – Jeans, robuste Halbschuhe und eine dick wattierte Jacke. Als er sich hinunterbeugte und leise mit dem Hund sprach, der sich hinter seinen langen Beinen zu verstecken versuchte, wurde mir klar, dass seine Sorge ganz sicher nicht seinem Outfit und noch weniger dem Eindruck galt, den er bei mir hinterließ.

Ich kannte mich mit Hunden nicht sonderlich gut aus, aber dieser hier schien aus irgendeinem Grund Angst vor mir zu haben. Es war ein relativ großes Tier, wenn auch noch ziemlich schlaksig und halbstark. Die aufrecht stehenden Ohren wirkten riesig an dem schmalen Kopf mit der langen Schnauze.

»Äh, Moin.« Ich fand, es war Zeit, mich dem Mann und seinem furchtsamen Hund vorzustellen. »Sie sind bestimmt Herr Weiler.«

Er hob den Kopf, und der Anflug eines Lächelns ließ die Fältchen um seine Augen stärker hervortreten. Das machte ihn attraktiver, als mir geheuer war.

»David reicht. So alt bin ich ja noch nicht.«

Ich musste über seine lapidare Feststellung grinsen. »Okay. Ich bin Antonia – Toni. Deine Vermieterin. Herzlich willkommen!«

Zum Glück ahnte unser neuer Gast nichts von meinen wirren Gedankengängen. Er drückte meine Hand mit festem Griff und wies dann auf den Hund, der mich aus angsterfüllten Augen musterte. »Das ist Elsa. Sie kommt aus schlechter Haltung und ist Fremden gegenüber noch sehr zurückhaltend. Daran arbeiten wir. Am besten versuchst du nicht, sie anzufassen.«

»Oh, das hatte ich nicht vor. Ich würde es auch blöd finden, wenn mich einfach jemand streichelt, den ich nicht kenne.« Ein bisschen unsicher zupfte ich an meinen nachlässig geflochtenen Zöpfen. Der Hund tat mir leid. *Elsa – klingt fast wie Esther,* überlegte ich.

Die Fältchen um Davids Augen vertieften sich noch, und aus dem angedeuteten Lächeln wurde ein breites Grinsen. Anscheinend fand er die Vorstellung mit dem Streicheln lustig. Makellose Zähne hatte er übrigens auch.

»Das wäre ziemlich unverschämt. Du kannst es ja wie Elsa machen und bellen, falls dir das je passiert.«

»Super Idee. Oder ich überspringe das Bellen und beiße gleich.«

»Das würde ich gern sehen.« Sein Lachen klang tief und angenehm in meinen Ohren.

Ehrlich gesagt hatte ich mir unsere erste Begegnung vollkommen anders vorgestellt. Ich war davon ausgegangen, katzbuckeln zu müssen, um die Sache mit der Ersatzunterkunft wiedergutzumachen. Stattdessen betrieben David und ich ganz ungezwungen Konversation, während wir mit Elsa zum Haus liefen. Ich fragte ihn, wie die Fahrt gewesen war, und er wollte wissen, wo er mit der Hündin spazieren gehen konnte, ohne dabei auf allzu viele Menschen zu treffen.

»Schau mal«, ich blieb stehen und deutete nach rechts, wo ein lückenhaft gepflasterter Wirtschaftsweg sich in der Ferne verlor, »dieser Weg ist mindestens zwei Kilometer lang und führt bloß an zwei Höfen vorbei. Rechts und links ist Grünland, ihr seid also völlig ungestört. Wenn ihr auf die

Landstraße stoßt, halte dich immer rechts, dann kommt ihr am Deich entlang direkt zurück zu unserem Hof.«

Ha! Der erste Punkt ging an mich.

Allerdings nahte nun auch die Stunde der Wahrheit – wie würde unsere im Rekordtempo renovierte Waschküche bei dem Mann aus Köln ankommen? Wenn er auf elegant-unterkühlten Großstadt-Chic stand, hatten wir ein Problem.

Ich war mehr als nervös, während ich die Haustür aufschloss und David an Esthers Wohnung vorbei in Richtung Hofapartment lotste. Dabei redete ich ununterbrochen, wie zuvor Veronika und Bernd. Uff!

»Der Flur hinter der Zwischentür ist ganz allein dein Bereich. Niemand stört dich hier. Du teilst dir lediglich den Eingang mit meiner Mutter und mir. Sie wohnt im Erdgeschoss und ich oben, aber du wirst uns selten im Haus antreffen, haha. Meistens sind wir im Café und arbeiten. Du kannst auch einfach den direkten Zugang durch den Garten nehmen, wenn dir das lieber ist. Und hier, äh, ist schon mal dein Badezimmer. Nicht sehr groß, wie du siehst, aber es ist hoffentlich alles da, was du brauchst.«

Ich verstand selber nicht ganz, warum ich mir derart große Sorgen machte und der Sache so viel Bedeutung beimaß. Ein unzufriedener Gast und eine schlechte Bewertung wären unangenehm, ja, aber sie würden uns nicht umbringen. Wir lebten in einem äußerst beliebten Feriengebiet, wo Unterkünfte unmittelbar am Deich sich fast von selbst vermieteten. Und doch wollte ich Ärger und üble Nachrede um jeden Preis vermeiden. Unser kleines Team arbeitete hart, damit Café und Hausvermietung reibungslos funktionierten, und trotzdem blieb am Monatsende für Esther und mich nie viel übrig. Die Kosten allein für die Lebensmittel, die wir verarbeiteten, waren hoch, und auch der große alte Hof wollte unterhalten werden. Unter diesen Voraussetzungen fehlten mir einfach die Nerven für Stolpersteine, selbst wenn es davon in meinem Leben einen unerschöpflichen Vorrat zu geben schien.

David blickte mich freundlich an. Falls er sich fragte, warum ich plapperte wie ein Wasserfall, ließ er es sich nicht anmerken. »Es ist super, wirklich. Mehr brauche ich nicht.«

Ich brachte ein Lächeln zustande, dankbar, dass er mir eine Rettungsleine zuwarf. Dann trat ich ein paar Schritte nach rechts, um die Tür zur Waschküche – nein, zum Hofapartment – zu öffnen. Mit zitternder Hand schaltete ich das Licht ein. »Das ist unser Studio. Wie gesagt, es wurde bisher noch nicht vermietet, alles ist brandneu ... also, das heißt, frisch renoviert. Wir sind gerade erst fertig geworden.«

Ich machte Platz, um ihn eintreten zu lassen. In diesem Augenblick hätte ich mich am liebsten umgedreht und wäre davongerannt, aber ich riss mich zusammen, lächelte eisern und blieb, wo ich war.

Mit Koffer und Rucksack bepackt, die ängstliche Elsa im Schlepptau, folgte David meiner unausgesprochenen Aufforderung. Ich beobachtete gespannt, wie er sich umschaute und seine Sachen neben dem Sofa abstellte. Als er das Bett aus Paletten entdeckte, stieß er einen leisen Pfiff aus.

Ich hatte mir große Mühe gegeben, die eilends zusammengezimmerte Schlafstätte mit ein paar extra Kissen und Decken gemütlich herzurichten. Das Kopfteil hatte ich sogar mit einer Lichterkette dekoriert.

David drehte sich zu mir um. Ich war ein paar Schritte hinter ihm stehen geblieben, und im grellen Licht der alten Deckenlampe, die wie der Großteil des Mobiliars einen Hauch von Shabby-Chic verströmte, konnte ich endlich seine Augenfarbe erkennen: ein helles Blaugrün.

»Ist das selbst gebaut?«

»Äh, ja. Ich weiß, es ist nicht perfekt, aber ...« Mehr fiel mir nicht ein. Was sollte ich auch sagen? Wenn er es hässlich fand, würde alles Schönreden nichts daran ändern.

»Muss es ja auch nicht sein«, erwiderte David sanft. Ich hatte den Verdacht, dass er allmählich durchschaute, wie nervös ich war – und warum. »Ich wollte mir schon länger Palettenmöbel für meinen Balkon bauen, aber irgendwie hatten in letzter Zeit, hm, andere Dinge Vorrang. Das Bett ist jedenfalls echt cool. Wer war denn der Baumeister? Du selbst?«

»Nein, mein Bruder und sein Mitbewohner. Ich habe mich nur um Kleinigkeiten gekümmert ... Echt, es gefällt dir?« Ich war so erleichtert, dass ich am liebsten in Triumphgeheul ausgebrochen wäre. Endlich lockerte die Anspannung ihren Griff um meinen Nacken ein wenig.

»Na klar!« Er ließ den Blick durch das Apartment wandern und wandte sich dann wieder mir zu. »Der Raum ist sensationell. Ich mag so individuelle Buden mit alten und selbst gebauten Möbeln. Im Sommer war ich für ein paar Tage an der Ostsee in einer Ferienwohnung, die komplett mit Möbeln aus dem Versandhaus eingerichtet war, inklusive einer Wohnwand in Eiche und Hochglanzweiß.«

Er schüttelte sich und lachte. »Grauenvoll!«

Ich lachte mit und ertappte mich dabei, wie ich ihn schon wieder unverhohlen anstarrte. David Weiler wurde mir immer sympathischer, und das lag nicht nur an seinen Lachfältchen. Auch wenn die wirklich – welches Wort hatte er gerade benutzt? – »sensationell« waren, keine Frage.

# 4

Der Rest meines Arbeitstages verlief vergleichsweise ereignislos. Zum ersten Mal seit einer Woche konnte ich entspannt durchatmen – ein gutes Gefühl! Endlich musste ich mir keine Sorgen mehr machen. David hatte mir wiederholt versichert, dass er restlos zufrieden war mit seiner Unterkunft, also hatte ich ihn beruhigt sich selbst überlassen. Er hatte sich noch nach dem nächstgelegenen Supermarkt erkundigt und war dann mit Elsa in seinem Beetle davongebraust, wahrscheinlich, um sich über die Feiertage mit Lebensmitteln einzudecken.

Esther, der mein Stimmungswandel nicht entgangen war, warf mir einen prüfenden Blick zu, als ich auf dem Weg in die Küche an ihr vorbeilief. »Du hast dir wieder viel zu viele Gedanken gemacht«, stellte sie fest.

Normalerweise hätte sie mich mit dieser Bemerkung auf die Palme gebracht, aber diesmal verdrehte ich bloß die Augen und schwieg. So war meine Mutter nun mal. Und sie hatte natürlich nicht ganz unrecht. Doch selbst wenn ich mir manchmal völlig umsonst den Kopf zerbrach – ich hielt ihr ja auch nicht vor, dass sie die Einschläge nicht merkte.

Irgendwie schien keine von uns beiden imstande zu sein, ein gesundes Mittelmaß zu finden. Esther hätte David wahrscheinlich zwei Tage vor Anreise angerufen und ihm lapidar mitgeteilt, dass er sich eine andere Unterkunft suchen müsse. Sie war der festen Überzeugung, dass es sich nicht lohnte, sich über ungelegte Eier aufzuregen. Mit anderen Worten, sie befasste sich erst mit Problemen, wenn sie ihr auf die

Füße fielen. Ob das nun gut war oder schlecht, darüber ließ sich streiten.

Immerhin hatte sie Umsicht bewiesen, indem sie Wilko und mir ihren Segen für die Umgestaltung der Waschküche erteilt hatte. Ihr musste aufgegangen sein, dass es nicht nur kurzfristig Vorteile brachte, wenn wir das Dilemma auf diesem Wege lösten.

Apropos Wilko – ich beschloss, meinem Bruder kurz Bescheid zu geben, dass unser kräftezehrendes Projekt »Hofapartment« uns einen zufriedenen Gast beschert hatte. Ich wusste, dass er sich darüber freuen würde; schließlich hatten er und Lenne nicht wesentlich weniger Schweiß und Mühe investiert als ich. Außerdem verfügten wir jetzt dauerhaft über ein zweites Ferienobjekt, das wir bedenkenlos vermieten konnten.

Ich merkte, wie die Aussicht auf eine weitere Einnahmequelle mich in Hochstimmung versetzte – nicht, weil ich geldgierig war, sondern weil die laufenden Kosten uns zwischenzeitlich aufzufressen drohten. Mit einem Hofcafé, egal, wie beliebt es sein mochte, ließen sich nun mal keine Reichtümer verdienen.

Zwischen zwei Tischen zückte ich mein Handy und schrieb Wilko rasch eine Textnachricht. Er antwortete prompt, wobei er so ziemlich jedes Emoji benutzte, das auch nur annähernd mit Feiern zu tun hatte. Am Ende schob er noch ein »Sehen uns morgen. Haben wir Blumenkohl?« hinterher, und ich brauchte eine Sekunde, um zu begreifen, wovon er redete. Blumenkohl ... Hä? Als wenn Esther und ich Kohlköpfe im Froster horten würden!

Da am nächsten Tag Heiligabend war, schlossen wir das Hofcafé bereits um vierzehn Uhr. Später würden wir uns dort wieder treffen und als Familie gemeinsam kochen. Dabei hielten wir es traditionell so, dass jeder von uns dreien für einen Gang zuständig war. Ich hatte dieses Jahr beim Auslosen die Nachspeise erwischt – mein Steckenpferd! Esther war für das Hauptgericht zuständig und Wilko für die Vorspeise. Ich konnte allerdings nur raten, welche Rolle der Blumenkohl dabei spielen würde.

Um halb acht Uhr abends, als Esther und Finja bereits Feierabend gemacht hatten, werkelte ich noch allein in der Küche herum. Ich mochte es, wenn alles ganz still war, nur die Kühlschränke leise summten und ich in Ruhe aufräumen und Vorbereitungen für den nächsten Tag treffen konnte.

An diesem Abend wollte ich sichergehen, dass wir alles auf Lager hatten, was ich für mein weihnachtliches Dessert benötigte, doch wie erwartet fehlte die Hälfte. Ich tippte gerade sorgsam die Zutaten, die ich am nächsten Morgen noch einkaufen wollte, in meine Notiz-App, als es vorn im Café an die Scheibe klopfte. Nanu? Verwundert hob ich den Kopf. Wer konnte das um diese Uhrzeit noch sein? Esther und Wilko hatten einen Schlüssel, und außerdem kamen sie normalerweise durch die Hintertür, die direkt in unser Lager und weiter in die Küche führte.

Als ich den nur noch spärlich beleuchteten Gastraum betrat und durch das Fenster spähte, stand David draußen und hielt etwas in der Hand. Was zum …? Rasch schloss ich die Tür auf. Ein Schwall eisiger Winterluft schlug mir entgegen.

»Puh … Hi!« Ich trat beiseite und winkte David herein. »Komm schnell nach drinnen, sonst frierst du noch auf der Schwelle fest. Verdammt, ist das kalt geworden!«

Ich fröstelte, denn ich hatte nur mein dunkelblaues Kapuzenjäckchen mit eingesticktem »Moin«-Emblem an, das ich gern zum Servieren trug. Als Wintergarderobe war es völlig ungeeignet.

Mit David schlüpfte Elsa durch die Tür, nur um sich sofort hinter ihrem Herrchen zu verstecken. Ich musste ein Schmunzeln unterdrücken. Die Hündin starrte mich durch Davids Beine schon wieder so ängstlich an, als wäre ich ein kanidenfressendes Monster und hätte es auf sie abgesehen.

Vermutlich fürchtete sie sich auch davor, allein im Apartment zu bleiben, sodass David sie mitgenommen hatte.

Jetzt stand er vor mir und grinste ein bisschen verlegen. Zum Glück hatte er so viel Verstand besessen, sich seine Jacke anzuziehen, bevor er sich auf den Weg zum Café gemacht hatte. Mir fiel wieder auf, wie groß er war. Und dass er, na ja, interessant aussah.

»Tut mir echt leid, dass ich dich störe. Du hast sicher längst Feierabend ... Ich habe hier noch Licht gesehen und dachte, ich frage mal, ob du mir kurz einen Wasserkocher leihen kannst. Ich wollte mir eine Suppe aufgießen. Der hier«, er hielt den Edelstahlkocher aus der Waschküche hoch, den er mitgebracht hatte, »funktioniert leider nicht.«

»Was?« Ich war angefressen. Konnte nicht mal *irgendwas* glattgehen? »So ein Mist. Der ist ganz neu! Ich tausche ihn morgen sofort um.«

David war das Ganze sichtlich unangenehm. »Sorry, ich will dir keine Umstände machen ...«

Ich fiel ihm ins Wort. »Machst du nicht. Schließlich habe ich für das Ding bezahlt und muss sowieso Ersatz besorgen. Jeder braucht einen Wasserkocher, und sei es nur zum – im Ernst, du wolltest dir eine Tütensuppe machen?«

Die Frage konnte ich mir einfach nicht verkneifen. Wahrscheinlich verzog ich dabei sogar das Gesicht.

David lachte leise. »Offen gestanden bin ich ein mieser Koch. Und faul. So eine Instant-Kartoffelsuppe ist zumindest heiß und schnell fertig. Und man braucht hinterher keine Chips mehr wegen all der Geschmacksverstärker.«

»O Mann. Ich kann nicht zulassen, dass du so was isst. Pass auf, ich habe eine Idee. Setz dich einfach hierher, okay? Genau, und Elsa verkriecht sich unter dem Tisch. Ich bin sofort wieder da. Dauert nur zwei Minuten. In der Zeit lösche bitte jede Art Essen aus Plastikbehältern für immer aus deinem Gedächtnis, sonst muss ich dich leider blitzdingsen wie bei den ›Men in Black‹.«

David ließ sich folgsam am nächstgelegenen Tisch nieder. Sein Gesichtsausdruck schwankte zwischen amüsiert und überrascht, aber anscheinend hatte ich ihn derart überrumpelt, dass er keine Fragen stellte.

Im Rekordtempo flitzte ich rüber ins Haus und die Treppe zu meiner Wohnung hinauf. In der Küche, die ich selten benutzte, außer um mir Kaffee und Tee aufzubrühen, schnappte ich mir den Wasserkocher und war schon wieder auf dem Rückweg. Selbst wenn man es mir nicht unbedingt ansah: An Bewegung mangelte es mir definitiv nicht.

Im Café stellte ich den Kocher vor David auf den Tisch. Noch ein bisschen außer Atem erklärte ich ihm: »Das ist deiner, bis ich dir einen neuen besorgt habe. Gegen deinen Hunger habe ich auch was. Vorhin erst aus *frischen* Kartoffeln hergestellt und garantiert frei von Geschmacksverstärkern!«

David öffnete den Mund, vermutlich um zu protestieren, doch ich war schon wieder in Richtung Küche unterwegs. Am Tresen legte ich einen Stopp ein. »Was willst du trinken?«

»Äh, Toni, das ist echt nett von dir, aber ich hatte nicht die Absicht, dich länger aufzuhalten. Und erst recht nicht, mich von dir bedienen zu lassen, wenn du schon Feierabend hast!«

»Ach, ich hatte hier sowieso noch ein bisschen zu tun. Außerdem bleibt in einem Café fast jeden Tag Essen übrig, das verdirbt, wenn wir es nicht selbst verspeisen. Sieh es von mir aus als Entschädigung für den kaputten Kocher. Ist Mineralwasser okay? Oder lieber was Stärkeres?«

Er schwieg einen Moment, und ich spürte seinen Blick auf mir ruhen. Ich tat, als merkte ich nichts, und schraubte eine Flasche Wasser auf, ohne ihn anzusehen. Offen gestanden wusste ich selbst nicht so genau, woher die spontane Idee kam, mich mit ihm, einem Fremden, hinzusetzen und gemeinsam zu essen. Vielleicht war ich neugierig. Oder einsam. Vielleicht wollte ich … ach, egal.

Ich hörte ihn seufzen und hob den Kopf. Mein betont unbekümmertes Grinsen brachte ihn aus dem Konzept, wie ich mit heimlicher Genugtuung feststellte.

»Ich komme mir irgendwie unverschämt vor, aber um ehrlich zu sein, würde ich mittlerweile sogar die Verpackung dieser blöden Kartoffelsuppe mitessen. Und was ihr hier auftischt, schmeckt bestimmt göttlich. Also – danke, dass du mich einlädst. Wasser ist übrigens super.«

»Na also«, sagte ich fröhlich. »Dann lass dich überraschen. Ich bin gleich wieder da.«

In der Küche stellte ich die übrig gebliebenen Kartoffelküchlein, die Esther heute auf die Speisekarte gesetzt hatte, in einer Pfanne auf den Herd und erwärmte unterdessen in einem kleinen Topf die dazugehörige Béchamelsoße. Anschließend richtete ich die Küchlein mit der Soße auf zwei Tellern an und garnierte das Ganze noch mit etwas frischer Petersilie. Ich hatte zwar keinen großen Hunger, aber ich tat wohl besser daran, nach einem so langen Tag zumindest eine Kleinigkeit zu mir zu nehmen, und das konnte ich genauso gut in Gesellschaft tun.

Als ich das Tablett mit den Getränken und dem Essen an den Tisch brachte, leuchteten Davids Augen auf. Er hatte mittlerweile seine Jacke ausgezogen, und der naturfarbene Troyer mit Zopfmuster, den er darunter trug, gefiel mir ausgesprochen gut. Verdammt noch mal, warum fand ich so gar nichts an ihm auszusetzen?

»Mhmm«, er schnupperte genießerisch, »das riecht ja fantastisch – und sieht auch so aus.«

»Bei uns wird ausschließlich mit frischen Zutaten gekocht«, erklärte ich und stellte mit routinierten Bewegungen Gläser und Teller auf den Tisch. »Das hier sind Plätzchen aus gestampften Kartoffeln, gefüllt mit Spinat, Pilzen und veganem Käse. Sie werden in der Pfanne gebraten und, na ja, zusammen mit der Soße sind sie schon ziemlich lecker.«

David starrte mich an, als würde er gleich anfangen zu sabbern. »Das glaube ich dir ohne Weiteres!«

In dem Moment kam Elsa unter dem Tisch hervor. Der verführerische Duft der Küchlein wirkte anscheinend wie eine magische unsichtbare Leine. Sie sah plötzlich überhaupt nicht mehr ängstlich aus, sondern fixierte wie jeder gefräßige Hund gebannt die gefüllten Teller vor ihrer Nase.

David schob sie sanft beiseite. »Sorry, sie ist total verfressen und kaum zu bremsen, sobald sie etwas Essbares entdeckt. Das hängt wohl mit ihrer miesen Vergangenheit zusammen.«

»Musste sie etwa hungern?«, fragte ich entsetzt.

David hob die Schultern. »Das Veterinäramt hat sie zusammen mit dreißig anderen Hunden aus der Wohnung eines dubiosen Vermehrers herausgeholt. Der wollte mit Rassehunden so richtig Geld verdienen und ist dafür über Leichen gegangen, im wahrsten Sinne. Elsa kam dann mit ihren Geschwistern ins Tierheim. Da war sie noch keine drei Monate alt, untergewichtig, krank und voller Parasiten.«

»Das ... das ist ja grauenhaft!« Mir fehlten die Worte. Wenn ich mir jetzt das ganze Ausmaß dieser Tragödie ausmalte, würde ich keinen Bissen mehr hinunterkriegen. Also versuchte ich mich abzulenken. »Seit wann lebt sie bei dir?«

»Ich habe sie im September adoptiert. Seitdem hat sie schon tolle Fortschritte gemacht. Das Tempo bestimmt sie selbst, es ist ja niemand hinter uns her. Ich lerne dabei genauso viel von ihr wie sie von mir – beziehungsweise unserem Trainer.«

»Das hört sich gut an. Vor allem nachhaltig für beide Seiten. Ich kenne mich mit Hunden nicht aus, aber Schäferhunde sind sehr intelligent, oder?«

»Das stimmt. Gerade Malinois werden oft als Polizei- oder Zollhunde eingesetzt, weil sie gern einer Aufgabe nachgehen. Ob Elsa reinrassig ist, weiß ich nicht, aber sie zeigt zumindest das typische lebhafte Mali-Wesen und will ausgelastet werden. Aber das ist kein Problem. Sie lernt gerade am Fahrrad mitzulaufen, auch wenn sie für längere Touren noch zu jung ist. Ansonsten probieren wir einfach aus, was ihr Spaß macht. Ich bin für alles offen.«

Ich musste lächeln. »Dann hat sie es gut getroffen bei dir.«

Sobald wir anfingen zu essen, rückte Elsa bald David, bald mir auf die Pelle. Anscheinend war ich doch nicht so Furcht einflößend, wie sie anfangs gedacht hatte, oder ihre Gier war schlichtweg stärker.

Als sie schließlich ihre Schnauze auf mein Knie legte und mich mit feucht schimmernden Augen anflehte, sie nicht verhungern zu lassen, wagte ich es. Ganz zart strich ich über ihren Nasenrücken. Sofort fuhr eine rosa Zunge über meine Hand, und ich kicherte. David verzog das Gesicht. »Tut mir leid. Elsa, ab!«

Nur äußerst widerwillig kam sie seinem Kommando nach und legte sich hin, allerdings ohne uns dabei aus den Augen zu lassen.

»Das macht mir nichts aus«, beruhigte ich ihn. »Solange sie nicht die Teller abräumt, ist alles in Ordnung.«

Ich musste an Esther denken, die im Gegensatz zu mir kein Freund von Hunden in ihrem Café war. Doch sie war nicht hier, und es tat nichts zur Sache, also schwieg ich.

»Soweit kommt's noch«, knurrte David. »Ich bin echt nicht streng, aber vom Tisch bekommt sie nichts, egal, wie sehr sie bettelt. Außerdem sind diese Plätzchen verdammt lecker, und ich werde keinen Krümel übrig lassen. Ich wusste nicht, dass veganes Essen so köstlich sein kann.«

Nahezu ehrfürchtig spießte er einen Happen Kartoffelküchlein auf die Gabel und tunkte ihn in die Soße. »Ein riesiges Kompliment an eure Köchin. Wie hieß sie gleich?«

»Esther. Meine Mutter.«

David schaute mich überrascht an. »Deine Mutter? Tatsächlich? Führt ihr das Café zusammen?«

»Sozusagen. Sie ist Geschäftsführerin und ich die Betriebsleitung. Oder eher Mädchen für alles. Und Katastrophenmanagerin. Ganz wichtig.« Ich lachte vergnügt.

David schmunzelte. »Wahrscheinlich ist das der bedeutendste Posten in einem Familienbetrieb. Wenn ich Scheiße baue, muss ich es selbst ausbaden. Der Fluch einer One-Man-Show.«

Wir grinsten uns an. Ich hätte liebend gern mehr über seinen Job als Werbetexter erfahren, aber ich wollte nicht neugierig erscheinen. Schließlich kannten wir uns überhaupt nicht.

Stattdessen meinte ich leichthin: »Esther kann einen mit ihren Marotten schon manchmal in den Wahnsinn treiben, aber bestimmt sagt sie genau dasselbe über mich. Jetzt ist ja erst mal Weihnachten, und wir können uns ab übermorgen aus dem Weg gehen, weil wir an den Feiertagen geschlossen haben. Zwei freie Tage nacheinander kommen bei uns selten vor. Wie ist es mit dir? Bist du auch auf der Flucht vor deiner Verwandtschaft?«

Das sollte natürlich ein Scherz sein. Zu spät fiel mir ein, dass das Thema Weihnachten und Familie bei manchen Menschen einen wunden Punkt berührte. Autsch!

Ganz kurz hatte ich den Eindruck, als glitte ein Schatten über Davids Gesicht. Aber vielleicht bildete ich mir das nur ein.

»Könnte man so sagen«, erwiderte er mit leichtem Zögern. »Morgen treffe ich mich mit meiner Frau, aber ansonsten ist dieses Weihnachten familienfreie Zone.«

# 5

Das Lächeln gefror mir auf den Lippen. Er hatte eine *Frau?* Mein Blick streifte seine rechte Hand. Kein Ring. Doch das hatte nichts zu bedeuten, längst nicht alle Paare trugen Eheringe.

Na toll. Und ich hatte gerade angefangen, ihn interessant zu finden. Dabei war er *vergeben.* Ganz großes Kino!

*Ach Toni, das Glück bleibt dir auch diesmal treu,* dachte ich selbstironisch. *Wieder aufs falsche Pferd gesetzt! Im Nordwesten nichts Neues. Vergiss es einfach.*

Ich musste mich zusammenreißen, und zwar schnell. Mit krampfhaft nach oben gebogenen Mundwinkeln erkundigte ich mich: »Brauchst du – soll ich dir morgen eine zweite Garnitur Bettzeug fertig machen?«

Mochte der Teufel wissen, wo ich die so schnell herzaubern sollte. Außerdem hatte er nur für eine Person gebucht und bezahlt. Mit Hund, um genau zu sein, aber Elsa zählte in dem Fall nicht.

Die Enttäuschung lag mir wie ein Klumpen Teig im Magen. Darüber ärgerte ich mich umso mehr. Was hatte ich denn erwartet? Dass ein gut aussehender Mann wie David Single war? Ganz sicher nicht.

David blickte mich unterdessen reichlich merkwürdig an. Ich konnte nur hoffen, dass er mir nicht ansah, in welche unbekannten Tiefen meine Laune soeben abgesackt war. Sie befand sich jetzt ungefähr auf Höhe des Meeresbodens.

»Äh, nein. Kein Bettzeug. Melanie kommt nur vorbei, weil wir etwas besprechen müssen, und fährt dann weiter zu ihrer Familie ins Alte Land.«

»Ach so.« Ich gab mich betont fröhlich. *Stell bloß keine Fragen.* »Wenn du sonst irgendwas brauchst, sag einfach Bescheid.«

»Danke«, erwiderte David steif. »Ich glaube, ich habe alles.«

Von diesem Moment an war die Stimmung unwiderruflich im Eimer. Na ja, vielleicht nicht im Eimer; es kam bloß kein rechtes Gespräch mehr zustande. David wirkte geistesabwesend, als dächte er über etwas nach, und ich haderte still mit seiner unerwarteten Enthüllung und meiner Reaktion darauf. Und damit, wie merkwürdig es war, dass er Weihnachten nicht mit seiner Frau verbrachte. Doch darüber würde ich mir später den Kopf zerbrechen, und das nicht zu knapp, wie ich mich kannte.

Insgeheim war ich Elsa dankbar, weil sie dafür sorgte, dass wir den Rest unserer Mahlzeit nicht in verkrampftem Schweigen verbrachten. Ihre mehr oder weniger subtilen Versuche, etwas von dem Essen auf unseren Tellern abzubekommen, brachten uns am Ende doch noch zum Lachen. Aber kaum dass wir aufgegessen hatten, erhob David sich von seinem Platz und bot mir höflich an, beim Abwaschen zu helfen. Ich lehnte ab, weil die zwei Teller ohnehin in der Spülmaschine landen würden. Außerdem konnte ich spüren, dass er wegwollte, warum auch immer.

Und so war es.

»Vielen Dank noch mal für die nette Bewirtung, Toni. Das Essen war echt große Klasse, richte das deiner Mutter unbedingt aus! Falls wir uns morgen nicht mehr sehen, wünsche ich dir einen schönen Heiligabend.« Er schlüpfte in seine Jacke, hob grüßend die Hand und verschwand mit Elsa und meinem Wasserkocher nach draußen in die Kälte. Ich winkte matt und schloss die Tür hinter den beiden ab. Was für ein Reinfall.

Als ich später in mein Bett kroch, war ich nicht nur mit einem Buch, sondern auch mit einem Glas Wein bewaffnet. Doch anstatt zu lesen, lag ich einfach nur mit einem Kissen im Rücken im Dunkeln, nippte am Rosé und ließ den Abend im Geist Revue passieren. Das Schaumbad musste bis zum nächsten Tag warten.

Obwohl gar nichts Schlimmes passiert war, kam ich mir vor wie eine Versagerin. Es war fast schon ein Automatismus, dass ich mir selbst die Schuld gab, wenn etwas nicht so lief, wie ich es mir gewünscht hätte. Was natürlich Unsinn war. Wenn ich mir überhaupt etwas vorwerfen konnte, dann höchstens, zu naiv gewesen zu sein. Hätte ich meine Begeisterung in Hinsicht auf Davids gutes Aussehen und seine nette Art von Beginn an gezügelt, wäre mir wahrscheinlich früher aufgegangen, dass er unmöglich Single sein konnte. Und ich wäre nicht so unerklärlich enttäuscht darüber gewesen, dass er verheiratet war.

Oder machte ich mir schon wieder etwas vor? Ich musste wohl der Tatsache ins Auge blicken, dass ich mich zunehmend einsam fühlte. Deshalb verfiel ich auch zu schnell ins Schwärmen und Fantasieren, wenn ich einen Mann traf, der mir gefiel. Dummerweise hatte das in den letzten drei Jahren nie auf Gegenseitigkeit beruht.

Als ich von Wilhelmshaven zurück in meine Heimatstadt Norden gezogen war, um zusammen mit Esther ein Hofcafé zu eröffnen, war meine letzte Beziehung gerade wenig glamourös im Sande verlaufen. Mein damaliger Freund Philipp hatte bereits zwei Monate lang heimlich eine Kollegin aus dem Büro gedatet, bevor er es für nötig befunden hatte, mich darüber zu informieren. Sein Geständnis hatte bei mir einen spontanen Fluchtreflex ausgelöst, der mich selbst überrascht, mir rückblickend aber nicht geschadet hatte. Im Gegenteil.

Das Café war seinerzeit in gleichem Maße vertrautes Zuhause und Neuanfang für mich gewesen, und ich hatte diesen Schritt nie bereut. Die Veränderung war längst überfällig gewesen. Tatsächlich hatte es sich angefühlt, als würde meine alte Heimat mich mit offenen Armen in Empfang nehmen. Meine eigene Herrin zu sein hatte mich vom ersten Tag an erfüllt und glücklich gemacht, was ich von meinem Angestelltendasein schon länger nicht mehr hatte behaupten können.

Und doch war ich mittlerweile an einem Punkt angelangt, an dem ich mich abseits meines sicheren beruflichen Hafens ... nun ja, vom Leben ausgeschlossen fühlte. Ich war eine leidlich attraktive neunundzwanzigjährige Italo-Ostfriesin mit grünen Augen, schwarzen Haaren und ein paar Pfund zu viel auf den Hüften, die kein nennenswertes Sozialleben vorzuweisen hatte, geschweige denn einen Lover. Auf meinem Bankkonto herrschte meistens Ebbe, ich hatte keine Zeit für Hobbys und machte mir grundsätzlich zu viele Gedanken über alles und jeden. Seit einiger Zeit dämmerte mir, dass es das nicht gewesen sein konnte. Schon gar nicht mit neunundzwanzig. Meine Arbeit zu lieben war gut und schön, aber sie liebte mich nicht im gleichen Maße zurück wie ein Mensch, und das fehlte mir.

Eins allerdings – oder vielmehr *einen* – schwor ich mir endgültig aus dem Kopf zu schlagen, und das war David Weiler. Ich hatte mich zugegebenermaßen ein bisschen hinreißen lassen, doch damit war nun Schluss. Ein verheirateter Mann stand ganz sicher nicht auf meiner Eroberungsliste, völlig egal, wie nett oder attraktiv er sein mochte. Außerdem wohnte er viel zu weit weg. Ich suchte keine Affäre, sondern etwas Tiefes, Beständiges. Alles andere endete sowieso mit Herzschmerz.

Aber es gab ja genügend Möglichkeiten, jemanden kennenzulernen. Ich musste bloß häufiger ausgehen. Zum Beispiel konnte ich mal wieder *bi Anni* vorbeischauen. Die Musikkneipe, die meine frühere Schulkameradin Svenna gemeinsam mit ihrem Bruder betrieb, war in meiner Teenagerzeit so etwas wie mein zweites Wohnzimmer gewesen. Außerdem war Svenna eine meiner nächsten Nachbarinnen. Sie und ihr Freund bewohnten einen Hof, der sich nur wenige hundert Meter entfernt in Sichtweite unseres Cafés befand.

Wenn man dem Dorftratsch Glauben schenken durfte, hatte Svenna in dem Kapitän Tjado ihre große Liebe gefunden. Dabei war sie wie ich eine viel beschäftigte Frau, so viel wusste ich. Wenn sie einen Mann getroffen hatte, der sein Leben mit ihr teilen wollte, sollte das wohl auch mir möglich sein. Ab sofort würde ich sie mir als leuchtendes Vorbild ins Gedächtnis rufen, wenn ich mal wieder an mir zweifelte.

Wir waren zu Schulzeiten zwar nicht sonderlich eng befreundet gewesen, aber das hatte eher daran gelegen, dass Svenna früh ihre eigenen Ziele verfolgt und als Einzelgängerin gegolten hatte. Heute waren wir zwei hart arbeitende Geschäftsfrauen, die vermutlich beide zu wenig Zeit in Freundschaften investierten. Ich nahm mir fest vor, das zu ändern. Jeder brauchte Freunde, sogar noch nötiger als irgendwelche Liebschaften, und von der klugen, selbstsicheren Svenna konnte ich mir bestimmt das eine oder andere abgucken.

Einigermaßen besänftigt stellte ich mein Weinglas auf dem Nachttisch ab und huschte ins Bad. Während ich mir die Zähne putzte, kreuzte ich fröstelnd die Beine übereinander. Schließlich gab ich es auf und stellte den Föhn an, der auf dem obersten Fach des Rollwägelchens mit Kosmetika lag. So konnte ich mir wenigstens die Oberschenkel wärmen. Um diese Uhrzeit lohnte es sich nicht mehr, die Heizung aufzudrehen.

Ich dachte an die vor mir liegenden Feiertage. Morgen war schon Heiligabend, und obwohl ich das Café und den Hof bereits Mitte Dezember liebevoll weihnachtlich dekoriert hatte, gab es in meiner eigenen Wohnung keinerlei Festtagsschmuck. Nicht mal ein Weihnachtsstern stand dieses Jahr auf dem Küchentisch, geschweige denn, dass ich einen Baum aufgestellt hätte. Als mir das bewusst wurde, stieß ich unwillkürlich einen tiefen Seufzer aus. Um ehrlich zu sein, hatte ich keine Lust gehabt, mich um diese Dinge zu kümmern. Ich verbrachte einfach zu wenig Zeit in meinen eigenen vier Wänden. Was eine Schande war angesichts der Tatsache, dass ich meine Wohnung liebte und mich glücklich schätzen konnte, eine ganze Etage für mich allein zu haben.

Früher hatte Esther mit uns Kindern hier im ersten Stock des alten Gulfhofs gelebt, während ihre Eltern das Erdgeschoss bewohnt hatten. Als die beiden in ihr Altenteil – unser jetziges Ferienhäuschen – übergesiedelt waren, war Esther ein Stockwerk tiefer gezogen.

Nach meiner Rückkehr aus Wilhelmshaven hatte ich der ersten Etage mithilfe meines Bruders ein »Facelift« verpasst. Wilko selbst hatte nie Interesse signalisiert, wieder daheim einzuziehen. Der Hof war ihm zu weitab vom Schuss. Ich konnte ihn verstehen, wenngleich ich an meinem Zuhause gerade die Abgeschiedenheit so liebte. Außerdem waren die hohen, hellen Räume großzügig geschnitten, und auch wenn ich streng genommen weder das Wohnzimmer noch die geräumige Küche sonderlich oft nutzte, war es doch toll, so viel Platz zu haben.

*Und obendrein,* resümierte ich, während ich zurück in mein Bett kroch, *genieße ich hier alle Freiheiten der Welt, und das kann mir niemand nehmen.*

Der Gedanke brachte mir meinen Seelenfrieden zurück. Konsequent verbannte ich alle Grübeleien über David Weiler und die Feiertage aus meinem Kopf und zog mir die Decke bis unters Kinn. Mochte sich jemand anders das Hirn darüber zermartern, warum er und seine bessere Hälfte Weihnachten getrennt verbrachten.

Früh am nächsten Morgen ging ich als Erstes nach nebenan in die Scheune, um unsere Schafe zu füttern. Draußen war es stockfinster und bitterkalt, die gefrorene Erde wie mit einer Zuckerschicht überzogen. Sobald es hell war, würde ich die Tiere auf die Winterweide nah beim Haus lassen, wo sie bis zum Einsetzen der Dämmerung blieben. Esther oder Wilko würde sie dann hereinholen und die Heuvorräte in den Krippen auffüllen.

Während ich dem hungrigen Blöken lauschte, wollige Stirnen kraulte und dabei mechanisch meinen Pflichten nachging, konnte ich prima vor mich hin dämmern. Es war gerade mal kurz nach sechs und ich noch nicht richtig wach. Trotzdem genoss ich es jeden Tag aufs Neue, so zeitig im Stall bei meinen Schützlingen zu sein. Wir hatten die fünf Auen vom Schäfer bekommen, der sie »aussortiert« hatte, weil ihre Haltung für ihn nicht mehr rentabel gewesen war. Da weder Esther noch ich den Gedanken ertragen konnten, dass die Schafe im Schlachthaus landeten, hatten wir uns bereit erklärt, sie aufzunehmen. So waren wir zu unserer kleinen Herde von Wiederkäuern gekommen, die mittlerweile schon fast zum Markenzeichen des Hofcafés geworden waren.

Auch wenn sie für den Schäfer nicht von Wert gewesen sein mochten, bei uns gediehen die »Kümmerlinge« prächtig. Vermutlich lag es daran, dass sie artgerecht gehalten und regelmäßig medizinisch versorgt wurden. In der Hinsicht waren Esther und ich pedantisch. Zu unserem Glück hatte Wilko obendrein Spaß daran, den Hobbybauer zu mimen, und fuhr mit Begeisterung auf unserem uralten Traktor umher. Das Ausmisten der riesigen Laufbox und die Weidepflege lagen deshalb in seinen Händen.

Sobald ich Lollo, Romana, Chicorée, Radicchio und Rucola versorgt hatte, lief ich in meine Wohnung hinauf, zog mich um und trank rasch einen Kaffee, der Tote aufwecken konnte. Ich musste mich sputen, wenn ich die letzten Besorgungen für unser Familienessen noch vor der Arbeit erledigen wollte. Dazu gehörte auch der Blumenkohl für Wilkos ominöse Vorspeise.

Eine Stunde, bevor wir öffneten, parkte ich den voll beladenen Wagen vor dem Café. Dort stieß ich auf Habbo, unseren treuesten Gast. Er hielt einen großen Karton in den Händen und spähte hoffnungsvoll durch die Glasscheibe der verschlossenen Eingangstür.

»Moin, Habbo«, begrüßte ich ihn ein bisschen verwundert. Er war meistens einer der Ersten, um seinen Stammplatz in Beschlag zu nehmen, aber normalerweise kannte er unsere Öffnungszeiten in- und auswendig. »Du bist ja früh dran heute. Kann ich dir helfen?«

»Moin, Toni. Nee, kannst du nicht. Ich suche deine Mutter«, erwiderte er in dem typisch singenden Tonfall der Ostfriesen. Mit jeder anderen Einheimischen hätte er wahrscheinlich Platt gesprochen, doch er wusste, dass ich damit nicht viel am Hut hatte. »Ich habe versprochen, ihr ein paar Steckrüben zu bringen. Daraus will sie einen leckeren Eintopf machen, hat sie gesagt. Und Steaks.«

Er spitzte leise schmatzend die Lippen, als würde ihm allein bei dem Gedanken daran das Wasser im Mund zusammenlaufen.

Habbo war früher erfolgreicher Bauunternehmer gewesen und mittlerweile Frührentner. Warum genau, hatte er nie preisgegeben. Ich schätzte ihn auf höchstens Ende fünfzig.

Er erschien jeden Tag untadelig gekleidet in Jackett und Cordhosen und war nie ohne seine Prinz-Heinrich-Mütze auf dem Kopf anzutreffen. Neben den kulinarischen Genüssen, die Esther auftischte, zog es ihn auch wegen meiner Mutter selbst ins Hofcafé, wie ich sehr wohl wusste. Er verehrte ihre Kochkünste ebenso sehr wie ihre blonde, ätherische Erscheinung.

Bei alledem war Habbo ein vollendeter Gentleman, der in der Regel immer am gleichen Tisch saß, mit Genuss das Tagesgericht verspeiste und im Anschluss noch einen Pott Tee mit einem Stück Kuchen orderte. Er wollte stets ein üppiges Trinkgeld geben, obwohl Esther es ihm wieder und wieder verbot.

Einmal hatte er sie daraufhin treuherzig angeblinzelt und behauptet: »Mien Tüt, ich habe es nur deinem guten Essen zu verdanken, dass ich so gesund bin wie ein Fisch im Wasser. Mein Hausarzt lobt meine Blutwerte über den grünen Klee. Da sind so'n paar Cent ein geringer Preis.«

»Nun übertreib mal nicht«, hatte Esther friedfertig zurückgegeben. »Natürlich ist Pflanzenkost besser für dich als das ganze tierische Zeug, das dir die Arterien verstopft. Aber wenn du dir nach dem Essen jedes Mal Kuchen mit Schlag bestellst, ist der Effekt irgendwann dahin. Zucker ist Zucker und Fett ist Fett.«

»Aber beides ist gut für die Seele«, hatte Habbo eingewendet und mir verstohlen zugezwinkert. Schließlich war ich die Kuchenbäckerin des Hofcafés, und Habbo war ein unverbesserliches Schleckermaul und konnte Süßigkeiten nicht widerstehen. Ich verstand ihn nur zu gut. Ein Stück selbst gebackenen Apfelkuchen mit Vanillecreme würde ich im Leben nicht ausschlagen.

Ich ließ Habbo ausnahmsweise früher ins Café, damit er Esther die Steckrüben in die Küche bringen konnte, und machte mich daran, meine Einkäufe aus dem Auto nach drinnen zu tragen. Als ich gerade die zweite Ladung holen wollte, bemerkte ich David, der am Haus vorbei in Richtung Gästeparkplatz lief. Elsa folgte ihm unangeleint auf dem Fuß. Zur gleichen Zeit parkte ein schnittiger Mini neben Davids Beetle, und eine Frau stieg aus. Trotz der Entfernung konnte ich erkennen, dass sie brünett, groß und sehr schlank war. Sie trug eine Art Leggings zu klobigen Stiefeln und einer kurzen Jacke, und sie umarmte David, wenn auch nicht sehr innig. Et voilà: Frau Weiler war eingetroffen.

Elsa tänzelte schwanzwedelnd um die beiden herum, und irgendwie machte mich das traurig – das und die Tatsache, dass David mit einem fohlenbeinigen It-Girl verheiratet war. Allerdings fiel mir auf, dass sie sich nicht küssten. Sie strich sich lediglich die braune Mähne aus dem Gesicht, schulterte ihren Shopper und folgte David zurück zu seinem Apartment, wobei sie sich interessiert umblickte. Nun, zumindest hatte David die Wahrheit gesagt. Sie hatte kein Gepäck dabei, folglich würde sie wohl nicht bleiben.

Rasch steckte ich den Kopf in den Kofferraum und tat so, als würde ich dort etwas zusammenpacken. Dabei schielte ich heimlich aus dem Seitenfenster. Nach wie vor konnte ich mir keinen Reim auf die Sache machen. Warum trafen sie sich hier und verbrachten Weihnachten getrennt? War das vielleicht irgendein neuer Trend unter Hipstern, den ich verpasst hatte?

Wie auch immer. Zumindest hatte ich jetzt Gewissheit, auf welchen Typ Frau David stand. Wie vermessen von mir, auch nur eine Sekunde lang darauf zu hoffen, er könnte an jemandem mit meinen Maßen Gefallen finden! Der Hintern seiner Angetrauten – wie hieß sie gleich? Melanie? – entsprach im Umfang ungefähr der Hälfte von meinem.

Aber ich hatte ja bereits am Abend zuvor beschlossen, den Kölner endgültig aus meinem Kopf zu verbannen. Man sollte ohnehin annehmen, dass ich Besseres zu tun hatte, als über attraktive, aber unerreichbare Männer nachzugrübeln. Schließlich stand Weihnachten vor der Tür, und vor mir lag noch ein halber Arbeitstag. Besser, ich krempelte die Ärmel hoch und konzentrierte mich auf das Naheliegende.

# 6

Abgesehen von einer sechsköpfigen Frauengruppe, die sich bereits mittags die nötige Weihnachtsstimmung antrank und dazu einer ganzen Ostfriesentorte den Garaus machte, blieb es ruhig, und wir schlossen das Hofcafé pünktlich um vierzehn Uhr. Es war ein ungewohntes Gefühl, so früh in den Feierabend zu gehen, aber ich genoss es auch ein bisschen. Mir würde genügend Zeit bleiben, um in Ruhe mein heiß ersehntes Bad mit extra viel Schaum zu nehmen, bevor wir uns wieder zum Kochen und Essen im Café trafen.

Obwohl wir an diesem Heiligen Abend wie üblich nur zu dritt oder maximal zu viert sein würden, falls Lenne noch dazustieß, wollte ich mich ein bisschen festlich zurechtmachen. In meiner Familie wurde Weihnachten zwar nicht nach den herkömmlichen Traditionen gefeiert, aber einen Anlass zum Aufhübschen bot es allemal.

Während ich mich meiner Arbeitsklamotten entledigte, nahm ich schon mal den Inhalt meines Kleiderschranks in Augenschein. Ich stieß auf ein nachtblaues Kleid mit Ausschnitt und Ärmeln aus Spitze, das ich bislang kaum getragen hatte. Unterhalb der Taille fiel es locker bis zu den Knien, was meinen üppigen Hüften schmeichelte. Dazu wollte ich meine hochhackigen Stiefeletten aus Fake-Velours tragen, die ich seinerzeit passend zum Kleid erstanden hatte – die erste und einzige farblich abgestimmte Kombination in meinem Besitz.

Höchst zufrieden versank ich in einem Meer aus Schaum, der nach Erdbeere und Vanille duftete. Ich schloss die Augen, lauschte träge auf das leise Plätschern des Wassers und dachte eine Weile an gar nichts. Die dunstige Hitze machte mich schläfrig und löste die Anspannung in meinen Gliedern. Mir war gar nicht bewusst gewesen, wie sehr ich mich verkrampft hatte, während ich im Laufe der letzten Woche Hindernis um Hindernis aus dem Weg geräumt hatte. Über die Feiertage wollte ich mich endlich mal wieder auf mich selbst konzentrieren und nichts von anstrengenden Gästen oder anderen Sorgen hören. Mit dem Fahrrad am Deich entlangfahren, tonnenweise Kekse essen, lesen und schlafen, wann immer mir danach war – so stellte ich mir Weihnachten vor.

Als ich gegen sechzehn Uhr in meinen dicken Wintermantel gehüllt wieder zum Café hinüberstakste, musste ich mich höllisch in Acht nehmen, auf dem gefrorenen Boden nicht auszurutschen. Meine Schuhe waren für die Witterungsverhältnisse natürlich vollkommen ungeeignet, und außerdem dämmerte es bereits. Vorsichtig balancierte ich dem einladenden Lichtschein entgegen, der aus den Fenstern auf den gepflasterten Weg fiel, und umklammerte dabei meinen Beutel mit Geschenken. Offenbar waren alle anderen vor mir gekommen. Ich entdeckte Wilkos Wagen, den er in der Nähe des Eingangs geparkt hatte. Bestimmt hatte er Lenne gleich mitgebracht.

In den letzten Jahren hatte es sich eingebürgert, dass sein Mitbewohner den Heiligen Abend bei uns verbrachte. Lennes Eltern waren Alkoholiker und an Weihnachten normalerweise rund um die Uhr sturzbetrunken. Kein Wunder, dass er es vorzog, diesem Trauerspiel nicht beizuwohnen, und lieber mit meiner Familie feierte.

Wie erwartet fand ich ihn mitsamt meiner Mutter und meinem Bruder in der Küche des Hofcafés vor. Es war hell und warm in dem großen Raum, aus dem Radio plärrte Queens *Radio Ga Ga*, und verlockende Gerüche waberten durch die Luft. Die drei beachteten mich gar nicht, weil sie damit beschäftigt waren, um die besten Plätze an Herd und Arbeitsfläche zu rangeln. Dabei beschimpften sie einander lautstark und lachten sich halb tot. Ich schüttelte den Kopf und musste gleichzeitig grinsen. Was für ein Theater!

Rasch hängte ich meinen Mantel und die Geschenktüte an die Garderobe im Gastraum, band mir eine Schürze um und stürzte mich ins Getümmel. Unsere Familientradition verlangte es, dass wir bis zur letzten Minute ein großes Geheimnis darum machten, welches Gericht wir jeweils aufzutischen gedachten. Natürlich versuchten die anderen es zu erraten, was zu den wildesten Mutmaßungen führte und immer wieder Gelächter hervorrief. Man konnte sich also das Durcheinander vorstellen, das sich in der Küche abspielte, während wir unser Weihnachtsmenü auf die Beine stellten. Ich liebte die ausgelassene Stimmung, die dabei herrschte. Für eine Weile waren alle Sorgen einfach vergessen.

Esther blickte kurz auf, als ich mich neben sie stellte. Ihre Wangen waren rosig angehaucht vom vielen Lachen und der Wärme. Sie trug ein weites weißes Hemd zu einer hautengen goldfarbenen Yogahose, die ihre zartgliedrige Erscheinung noch betonte. In dieser Aufmachung hatte sie ein bisschen was von einem Weihnachtsengel an sich. Wie ich hatte sie sich eine Schürze umgebunden und lief dazu noch barfuß.

»Hallo, mein Schatz. Du hast dich ja schick gemacht.« Zerstreut drückte sie mir einen Kuss auf die Wange. Ihre Aufmerksamkeit galt der bräunlichen Masse, aus der sie mit geschickten Händen kleine Kugeln formte.

»Oh, werden das vegane Köttbullar?«

»Nenn sie einfach Gemüsebällchen. ›Kött‹ heißt doch Fleisch auf Schwedisch, damit hat das hier nun wirklich nichts zu tun.« Unwillig krauste sie die Stirn, doch ich grinste bloß. Meine Mutter war furchtbar kleinlich, wenn es um solche Details ging. Da sie sich obendrein nichts aus Weihnachten machte, konnte sie an Heiligabend schnell zu Esther-der-Launischen mutieren. Wilko und mir zuliebe riss sie sich in der Regel zusammen, doch es hätte mich nicht gewundert, wenn sie uns aus Habbos Steckrüben einen faden Eintopf gekocht hätte, nur um sich Luft zu machen.

Für meine Mutter, die ein Freigeist war und dem Buddhismus anhing, war Weihnachten ein alberner Brauch, der ihrer Meinung nach von frustrierten alten Männern ins Leben gerufen worden war, die eine männliche Götzenfigur zum Anbeten brauchten. Auch wenn ich insgeheim fand, dass sie damit gar nicht so unrecht hatte, mochte ich die besinnliche Stimmung der Feiertage, wenn die Familie zusammenkam und die Uhren langsamer liefen als sonst. Außerdem hatte ich eine Schwäche für festlich geschmückte Tannenbäume, doch damit biss ich bei Esther auf Granit. Sie nahm es zwar hin, dass ich einen im Café aufstellte, aber sie ließ keine Gelegenheit aus, darüber zu schimpfen, dass ihr das glitzernde Ding im Weg herumstand.

Weil ich sie nicht ausgerechnet heute Abend verärgern wollte, meinte ich versöhnlich: »Ich glaube, der richtige Name ist ›Plantbullar‹. Klingt auch viel besser als ›Kött‹. Was gibt es dazu?«

»Was hättest du denn gern?«

»Kartoffelbrei und Preiselbeerkompott, ganz traditionell. Und Rahmsoße natürlich.«

Esther lächelte fein. Ein solches Essen war auch nach ihrem Geschmack. »Dann kümmere dich schon mal darum, dass wir vorher einen anständigen Aperitif bekommen. Oh, und wenn du die Nachspeise zubereitest, mach eine Portion mehr. Oder besser gleich zwei. Wir kriegen noch einen Gast.«

»Einen Gast?«, echote ich erstaunt. »Wen denn?«

»Habbo isst mit uns«, erwiderte Esther ungerührt, während sie weiter Bällchen formte. »Ich habe ihn eingeladen.«

»Du hast Habbo eingeladen?« Ich klang wie ein Papagei, aber ich konnte nicht anders. »Wieso das denn? Ich meine, wir sehen ihn doch sowieso jeden Tag.«

»Er hat mir heute erzählt, dass er sonst immer mit seinem Bruder zusammen gefeiert hat, aber der ist ja im Frühjahr gestorben. Ich konnte ihn doch nicht allein zu Hause sitzen lassen, da wäre ich mir schäbig vorgekommen.«

»Ja«, murmelte ich, »das verstehe ich. Und er hat dir sogar Steckrüben aus seinem Garten mitgebracht.«

Esther warf mir einen schiefen Blick zu. »Ich *hasse* Steckrüben! Aber verrate ihm das bloß nicht. Irgendwas werde ich daraus schon fabrizieren, das ihm schmeckt.«

Wir kicherten, und ich sagte: »Um das Dessert musst du dir übrigens keine Sorgen machen. Es gibt sogar zwei verschiedene Nachtische – heißt das so? Na, wie auch immer. Jeder kriegt eine ordentliche Portion Süßes.«

»Was hat sich mein Naschkatzenkind denn ausgedacht?«

»Siehst du dann.« Ich schenkte ihr ein selbstgefälliges Grinsen und marschierte zum Kühlschrank, um mit den Vorbereitungen zu beginnen. Ich wollte eine luftig-zarte Karamellmousse zubereiten, die köstlich schmeckte und wenig Aufwand erforderte. Allerdings musste sie vor dem Servieren mindestens eine Stunde lang gekühlt werden, also würde ich sie jetzt schon anrühren und in Gläser füllen, damit ich später nur noch die Soße aufzuwärmen brauchte.

Für diejenigen, denen das Ganze vielleicht zu karamellig war, hatte ich während der Arbeit spontan noch einen saftigen Schokoladenkuchen mit ganzen Birnen gebacken. Ich fand es aus irgendeinem Grund beruhigend, immer genug Backwerk im Haus zu haben. Besonders am Wochenende oder an Feiertagen, wenn sich wie heute unverhofft Gäste einfanden, kam mir diese Marotte zugute. Außerdem backte ich einfach schrecklich gern und konnte so meinen eigenen Appetit auf Kuchen jederzeit stillen.

Wilko und Lenne hatten unterdessen einen Großteil der Arbeitsfläche mit Beschlag belegt. Ich konnte noch nicht erkennen, was genau sie fabrizierten, aber sie veranstalteten eine ziemliche Sauerei mit einer Schüssel voll flüssigem Teig und einem Kopf Blumenkohl, den Lenne in kleine Röschen schnitt. Dabei plapperten sie nerdiges Zeug über Computer und kicherten wie zwei Minions. Nicht zum ersten Mal dachte ich, dass die beiden sich gesucht und gefunden hatten.

»Hey, macht euch nicht so breit. Ein bisschen Platz brauche ich auch. Außerdem wollen Esther und ich jetzt einen Aperitif trinken, ihr auch? Irgendwelche Vorschläge?«

»Aperol Spritz natürlich«, kam es von Wilko wie aus der Pistole geschossen. »Der hat Stil und knallt ordentlich.«

»Ich nehme zur Not auch ein stinknormales Bier«, ließ sich Lenne vernehmen, »oder Wein aus dem Tetra Pak. Ein Alkoholikerkind ist nicht wählerisch.«

Wilko starrte ihn an, woraufhin beide in Gelächter ausbrachen. Ich schüttelte den Kopf.

»Ihr seid so bescheuert. Wilko, kümmerst du dich um den Aperol? Dann kann ich schnell meine Nachspeise fertig machen. Huch! Hallo, Habbo. Komm nur rein, wir sind noch gar nicht fertig. Mist, irgendwer sollte mal den Tisch decken ...«

Typisch für mich, dass ich sofort in einen Betriebsamkeitsmodus verfiel, sobald ein Gast auftauchte. Ich geleitete Habbo, der vorsichtig den Kopf zur Küche hereingesteckt hatte, zu einem Hocker in der Ecke, damit er aus der Schusslinie war.

»Moin, Tüti«, begrüßte er mich und drückte mir zwei Flaschen in die Hand: Sherry und Cognac, die beide nicht so aussahen, als hätte er sie im Supermarkt gekauft. »Ich dachte, ein guter Schluck zu eurem leckeren Essen kann heute nicht schaden.«

»Wow, Habbo. Das sind ja richtig edle Tropfen! Vielen Dank. Du kommst genau rechtzeitig zum Aperitif. Sollen wir den Sherry gleich mal testen?«

»Och, für mich erst mal nur eine Tasse Tee, wenn es dir keine Umstände macht.«

»Tee? Habbo.« Ich schmunzelte. »Es ist Weihnachten, da wird gezecht! Hey, ich mache nur Spaß. Tee kommt sofort.«

Ich sprintete durch die Küche, um Wasser aufzusetzen, und drückte im Vorbeilaufen Esther den Sherry in die Hand, die sofort die passenden Gläser aus dem Schrank holte. Wilko und Lenne mixten sich lieber einen Aperol Spritz, wobei sie eindeutig mehr als die klassischen drei Teile Prosecco verwendeten. Wahrscheinlich würden sie schon vor dem Essen einen im Kahn haben.

Ich servierte Habbo schwarzen Tee mit Kluntje und Sahne und machte mich anschließend an die Zubereitung meines Desserts. Dabei schweiften meine Gedanken ab. Während wir hier in gemütlicher Runde in den Heiligen Abend hineinfeierten, saß jemand anders vermutlich mutterseelenallein in seinem Apartment. Okay, der Hund war auch noch da, aber trotzdem ... Ich rief mich zur Ordnung. Schließlich hatte ich mir vorgenommen, nicht mehr über den Mann aus Köln nachzudenken. *Nicht meine Baustelle.*

Tja, soweit die Theorie. Als ich vorhin im Halbdunkel zum Café hinübergelaufen war, hatte ich sofort bemerkt, dass der Mini nicht mehr neben dem Beetle auf dem Parkplatz stand. Melanie Weiler war demnach weitergezogen und Davids Weihnachten eine »familienfreie Zone«, wie er es prophezeit hatte.

Ich verfrachtete die Gläser mit der Mousse in den Kühlschrank, legte die essbare Deko für später bereit und deckte den Topf mit der Karamellsoße ab. Mein Schokokuchen stand in seiner Frischhaltebox im Lager. Wer nach dem Essen noch etwas Süßes brauchte, würde definitiv nicht zu kurz kommen.

Esther war bereits dazu übergegangen, im »Separee« – so nannten wir den abgetrennten Bereich unseres Cafés, wenn wir uns vornehm fühlen wollten – den Tisch zu decken. Da Lenne ihr dabei half, während Wilko und Habbo das Essen im Backofen und auf dem Herd bewachten, hatte ich für den Moment nichts weiter zu tun. Für eine Sekunde schloss ich die Augen, horchte in mich hinein und schalt mich eine Idiotin. Dann schlüpfte ich in meinen Mantel und zur Tür hinaus, ohne jemandem Bescheid zu sagen. Wenn mein Vorhaben schiefging, musste ich mich niemandem erklären.

Aus den Fenstern des Hofapartments fiel gedämpftes Licht. Ich schnappte nach Luft, weil ich plötzlich von Nervosität gepackt wurde. Jetzt bloß nicht darüber nachdenken, was ich hier tat. Vorsichtig stieg ich die zwei Stufen zum Hintereingang hinauf, der in den Garten führte.

»Hi!« David, der auf mein Klopfen hin die Tür geöffnet hatte, musterte mich überrascht. »Toni. Was machst du hier? Feierst du heute Abend nicht?«

Sein Blick glitt über meine sorgfältig hochgesteckten Haare und den mattroten Lippenstift, den ich zur Feier des Tages aufgelegt hatte. Ich hätte wetten mögen, dass ihm auch meine hochhackigen Schuhe auffielen und die Tatsache, dass unter dem Mantel keine Jeans hervorlugten, sondern nylonbestrumpfte Beine. Ich schätzte David als jemanden ein, dem solche Details nicht entgingen.

»Ähm, doch. Deswegen bin ich hier.«

»Oh ... Okay. Komm doch erst mal rein.« Er machte eine einladende Handbewegung.

»Danke.« Ein wenig befangen schob ich mich an ihm vorbei in die Waschküche. Elsa, die lang ausgestreckt auf einem der Läufer lag, hob den Kopf und wedelte zaghaft mit dem Schwanz. Sie schien sich daran zu erinnern, dass ich die Frau mit den Kartoffelküchlein war, die sie nicht zu fürchten brauchte.

Ich war überrascht, wie heimelig der große Raum wirkte, wenn er bewohnt war. David hatte nur eine kleine Lampe und die Lichterkette über dem Bett eingeschaltet. Auf dem Couchtisch stand ein aufgeklapptes MacBook, auf dessen Bildschirm die Aufzeichnung eines Festivals lief. Die Band, die gerade spielte, kannte ich sogar.

Neben dem Computer lag eine einsame Tüte Kartoffelchips. Zu trinken gab es Bier aus der Flasche. Das war's. Kein Weihnachtsessen, nicht mal ein Schokoladenweihnachtsmann. Ehrlich gesagt hatte ich so etwas erwartet. David hatte ganz offensichtlich nicht vor, dem Heiligen Abend in Form einer festlichen Mahlzeit Tribut zu zollen.

Ich drehte mich zu ihm um und stellte fest, dass er mich beobachtete. Wahrscheinlich fragte er sich, was ich von ihm wollte. Klar, schließlich hatte ich ihm den Grund für mein Kommen noch nicht verraten.

»Schönes Kleid«, bemerkte er mit der Andeutung eines Lächelns, das seine sympathischen Augenfältchen zum Vorschein brachte.

Ich blickte an mir hinunter und sah, dass mein Mantel offen stand. War das ein ernst gemeintes Kompliment? Es klang so, und ich spürte prompt, wie meine Wangen Farbe annahmen. Doch bevor ich irgendetwas Dümmliches von mir geben konnte, erkundigte David sich höflich: »Möchtest du was trinken?«

»Danke, nein. Ich wollte dich nur fragen, ob du ... ob du vielleicht mit uns essen willst. Wir haben drüben im Café gekocht. Ich kann dir zwar nicht sagen, was es als Vorspeise gibt, aber ich schwöre, dass das übrige Menü genießbar ist. Genug Alkohol haben wir auch, und Elsa darf natürlich mitkommen. Hättest du Lust?«

# 7

David schwieg. Natürlich. Ich hatte ihn mit meinem Angebot überrumpelt, und er musste sich die Sache erst durch den Kopf gehen lassen. Sein Gesicht verriet nicht, was er dachte, und als die Sekunden verstrichen, fürchtete ich schon, mir eine reichlich peinliche Abfuhr einzuhandeln. Vielleicht war meine spontane Idee doch nicht so brillant gewesen. Das war eben die Krux bei Kurzschlusshandlungen – man riskierte, gewaltig auf die Nase zu fallen.

»Ich weiß nicht, Toni«, meinte er schließlich sanft, als wollte er mich nicht vor den Kopf stoßen. »Es ist wirklich sehr nett, dass du mich fragst. Aber ich möchte nicht stören. Ihr wollt heute doch sicher unter euch sein. Ich hatte vor, mir nachher Nudeln zu kochen, und Elsa kriegt ein Rinderohr zur Feier des Tages. Keine Tütensuppe diesmal.«

Er lächelte wieder, diesmal ziemlich verschmitzt.

Nudeln. Na toll. Am besten noch mit Ketchup aus der Flasche. Mein Ego stellte sich auf die Hinterbeine, wie immer, wenn es um gutes Essen ging.

»Du störst überhaupt nicht. Meine Familie besteht sowieso nur aus meiner Mutter, meinem Bruder und mir. Väter sind bei uns nicht auf der Gästeliste, weder Wilkos noch meiner. Dafür der Mitbewohner meines Bruders und unser Lieblingsstammgast. In diese illustre Runde solltest du dich einreihen. Es wird vielleicht nicht besonders tiefschürfend, aber dafür bestimmt lustig. Oh, und ich habe *zwei* Desserts vorbereitet! Das heißt, wenn irgendwer die nach Esthers Pflanzenfleischbällchen noch unterbringt.«

David sah aus, als müsste er sich das Lachen verkneifen. »Sind das die aus dem schwedischen Möbelhaus?«

»Genau, nur selbst gemacht und viel besser. Allein die Rahmsoße dazu ist zum Sterben lecker.«

»Und warum gibt es zwei Nachspeisen?«

»Weil das ein Tic von mir ist«, platzte ich heraus. »Ich hasse die Vorstellung, keine Alternative anbieten zu können, falls es jemandem nicht schmeckt. Oder ich doch zu wenig gemacht habe. Grauenvoll!«

Jetzt lachte David tatsächlich. Wahrscheinlich hielt er mich für komplett behämmert, auch wenn ich eigentlich nicht den Eindruck hatte, dass er mich *aus*lachte. »Okay, jetzt will ich wissen, was du im Angebot hast.«

»Karamellmousse. Und Schokokuchen mit Birnen.«

David starrte mich an, als wäre ich die Weihnachtsfrau persönlich, die gerade in einem kurzen sexy Kleid von ihrem Schlitten heruntergestiegen war.

»Ah ja«, erwiderte er schließlich, während es um seine Mundwinkel schon wieder auffällig zuckte. »Das klingt nach Haute Cuisine. Da kann ich mit Chips und Nudeln definitiv nicht mithalten.«

Er zögerte. »Allerdings habe ich überhaupt keine passende Garderobe für den Anlass, und Elsa ... Na ja, du hast sie gestern Abend erlebt. Ihre Tischmanieren lassen noch sehr zu wünschen übrig.«

Ich musterte seinen graublauen Hoodie und die Jeans. Die kühle Farbe des Kapuzenpullis schmeichelte seinem Typ. Er hatte einen guten Geschmack, aber das würde ich niemals laut aussprechen. »Alles in Ordnung mit deinen Klamotten. Bei uns gibt es an Heiligabend keine Kleiderordnung. Und Elsa hat doch ihr Rinderohr.«

»Stimmt. Das stinkt aber ziemlich. Mit so was bei einem Weihnachtsessen aufzutauchen ist schon fast eine Unverschämtheit. Bist du sicher, dass wir beide nicht eure Feier sprengen?«

»Wäre ich sonst hier?«, konterte ich kühn, weil mein Gefühl mir verriet, dass ich ihn fast überzeugt hatte.

Doch noch rührte er sich nicht von der Stelle, sondern schaute mich bloß zweifelnd an. Ich zog eine Augenbraue hoch. »Komm schon, wir beißen nicht. Und der Schokokuchen ist echt eine Wucht. Vor allem, wenn man ihn mit der Karamellmousse zusammen isst *und* die Karamellsoße für die Mousse drübergießt.«

Ich wandte mich zur Tür. Wenn er jetzt nicht überzeugt war, konnte ich es auch nicht ändern. Ich hatte alle meine Trümpfe ausgespielt.

»Du weißt, wie du die Leute rumkriegst, oder?«

Ich hob die Schultern. »Viele Talente habe ich nicht, aber backen kann ich. Und ich finde es ultrablöd, wenn jemand an Heiligabend allein vor der Glotze sitzt.«

Während ich nach der Türklinke griff, drehte ich mich halb herum – und hielt unwillkürlich die Luft an. David kam direkt auf mich zu und blieb einen halben Schritt vor mir stehen, um seine Jacke vom Haken an der Wand zu nehmen. Trotz meines vorübergehenden Atemstillstands nahm ich den Hauch eines dezenten Männerparfums wahr, das mir am Vortag schon aufgefallen war. Es passte zu ihm, so wie seine Klamotten.

»Warte kurz. Ich muss noch den Mac runterfahren. Und Elsas Stinkeohr doppelt einpacken, sonst kriegen alle einen Schlag, sobald ich damit zur Tür reinkomme.«

Ich kicherte. »Du bist der Anti-Weihnachtsmann. Mit Geschenken, die keiner will.«

»Außer Elsa.« Er grinste mich an, und in mir flatterte Freude auf, wie ein Vogel, der mit den Flügeln schlug.

David Weiler war zwar immer noch verheiratet, aber er und sein Hund würden mit uns zu Abend essen, und aus vielerlei Gründen machte mich das froher, als es sollte.

*Und wenn schon,* sagte ich mir trotzig. Vorsätze waren Vorsätze, und Weihnachten war Weihnachten. Nach all der harten Arbeit und dem Stress der letzten Woche hatte ich mir ein bisschen Spaß verdient. Schließlich würden wir nur im Kreise meiner Familie und Freunde zu Abend essen und nicht miteinander schlafen oder so was, also bestand überhaupt keine Gefahr, dass ich mich in Schwierigkeiten brachte.

»Nanu, wer seid ihr denn?« Esther, die gerade kunstvoll die Servietten in den Farben der ostfriesischen Flagge – schwarz, rot und blau – faltete, zog fragend die Augenbrauen hoch. Sie hatte David und Elsa noch nicht kennengelernt, und ich bemerkte den nicht sonderlich freundlichen Blick, den sie dem Hund zuwarf.

Bevor sie weiterreden konnte, sagte ich rasch: »Das ist unser Feriengast aus Köln, David Weiler, und das süße Hündchen hier heißt Elsa. Ich habe David eingeladen, mit uns zu essen, weil er wegen Elsa nicht ausgehen kann. Sie hat ein bisschen Angst vor Menschen.«

Die Halblüge kam mir glatt über die Lippen, denn der Zweck heiligte nun mal die Mittel. *Benimm dich und sei nett*, signalisierten meine Worte. Meine Mutter war kein großer Hundefreund. Wenn Besucher ihre Vierbeiner mit ins Café brachten, tolerierte sie das normalerweise gerade so. Zum Glück war ihre Gastfreundlichkeit sehr ausgeprägt. Außerdem musste sie den warnenden Unterton in meiner Stimme gehört haben.

Sie schaltete schnell, das musste ich ihr lassen. Aber weil sie Esther war, würde sie mein Überrumpelungsmanöver mit Sicherheit nicht auf sich sitzen lassen.

»Willkommen David, ich bin Esther«, wandte sie sich mit zuckersüßem Lächeln an unseren Gast. »Schön, dass Sie heute Abend mit uns essen. Ich hoffe, wir haben unsere alte Waschküche zu Ihrer Zufriedenheit umgestaltet. Toni und Wilko haben sich ganz schön ins Zeug gelegt, damit Sie uns nicht im Internet schlechtmachen!«

Sie lachte silberhell. »Unsere alte Waschküche« – das war die Rache dafür, dass ich ihr ohne Absprache einen Hund aufzwang.

*Elende Verräterin,* dachte ich grimmig. *Wenn ich das Wilko erzähle!*

Bevor ich mich weiter darüber ärgern konnte, eine durch und durch taktlose Höllenfürstin zur Mutter zu haben, rettete David die Situation. Es war nur ein kurzer Seitenblick, mit dem er mich bedachte, doch die Art, wie er amüsiert die Lippen aufeinanderpresste, verriet mir, dass er sich das eine oder andere zusammenreimte. Zu meiner heimlichen Freude ließ er nicht zu, dass ich noch länger an Esthers Spieß zappelte. Im Gegenteil – er drehte ihn galant um.

»Hallo Esther. Vielen Dank für die Einladung, das ist wirklich nett von Ihnen. Ich durfte gestern schon eine Kostprobe Ihres fantastischen Essens genießen.«

Haha! So ein Schlitzohr. Jetzt war es an Esther, mich fragend anzusehen. Doch David war noch nicht fertig.

»Das Apartment ist übrigens super! Ich mag solche individuellen Unterkünfte. Toni hat definitiv ein Händchen fürs Einrichten.«

Er war so anständig, die Waschküche nicht Waschküche zu nennen, was ich ihm angesichts von Esthers plumper Enthüllung hoch anrechnete. Dass er obendrein meine Fähigkeiten als Innenausstatterin lobte, war Balsam für mein angekratztes Ego. Es reichte, wenn man eine Mutter hatte, die einen bloßstellte, auch wenn sie selbst das wahrscheinlich nicht mal mitbekam.

»Na, dann ist ja alles in bester Ordnung«, erwiderte Esther leichthin und widmete sich wieder ihren Servietten. Ich wusste allerdings, dass sie mich später ausfragen würde, und sei es nur, weil sie neugierig geworden war. »Suchen Sie sich einfach einen Platz aus, David, die Vorspeise müsste allmählich fertig sein. Toni, geh doch mal nachschauen, wie weit die Jungs mit ihrem Blumenkohl sind und ob wir essen können.«

In dem Augenblick kamen Lenne und Wilko mit Schüsseln beladen hereinmarschiert, gefolgt von Habbo, der die Flaschen mit Hochprozentigem mitbrachte. Den hatte ich jetzt dringend nötig. Ich lief rasch in die Küche, um unsere Aperitif-Gläser zu holen, und stellte in letzter Sekunde ein weiteres für David aufs Tablett. Damit konnte unser Weihnachtsmahl beginnen.

Als ich zum Tisch zurückkehrte, hatten sich alle miteinander bekannt gemacht, und Wilko zeigte David unsere Auswahl an Spirituosen. Er entschied sich ebenfalls für Sherry als Aperitif.

Elsa hatte sich unterdessen in eine entfernte Ecke zurückgezogen und nagte hingebungsvoll an ihrem Rinderohr. Sie lag weit genug weg, sodass der strenge Geruch nicht bis zum Tisch vordrang. Esther hatte also keinen Grund zu meckern.

Die Vorspeise, die die Männer zubereitet hatten, entpuppte sich als panierte und im Ofen gebackene Blumenkohl-Nuggets mit einer süßsauren Soße zum Dippen. Ich konnte nicht widerstehen und schnappte mir eins der kochend heißen Teilchen mit zwei Fingern direkt aus der Schüssel. Es war furchtbar schlechtes Benehmen, vor allem vor unseren Gästen, aber ich musste einfach wissen, wie den beiden Minions die Panade gelungen war.

»Wow!« Kauend riss ich die Augen auf. »Die sind ja total knusprig! Und irre gut gewürzt.« Ich war einigermaßen fassungslos. Dass ausgerechnet mein Bruder, der Obernerd, dessen Leibspeise Pizza in allen Variationen war, ein Gemüse so raffiniert zubereitet hatte!

»Das Rezept ist von …«, begann Lenne, doch Wilko fiel ihm ins Wort.

»Jetzt verrate ihr doch nicht gleich alles! Außerdem haben wir es ja ein bisschen abgewandelt. Und du«, er funkelte mich an, »behalt deine Finger gefälligst bei dir, sonst machst du Bekanntschaft mit der Gabel.«

»Versuch's doch«, murmelte ich und schob mir den Rest des Nuggets in den Mund. »Wenn du das Echo verträgst.«

Ich fing Davids Blick auf. Er versuchte sich das Lachen zu verbeißen, scheiterte jedoch. »Das hätte ein Dialog zwischen meinem Bruder und mir sein können.«

»Dann weißt du ja, wie nervig Brüder sein können. Allerdings ist er nicht halb so gewaltbereit wie ich. Alles leere Drohungen.«

Wie aufs Stichwort sahen Wilko und ich uns an und krähten: »*Mother, I crave violence!*«

Lenne und David waren vermutlich die Einzigen, die mit Memes vertraut waren und wussten, worauf wir anspielten. Esther schüttelte über uns kichernde Bande nur den Kopf und tat Habbo von den Blumenkohl-Nuggets auf, die er mit kaum verhohlener Skepsis betrachtete.

»Probier ruhig, Habbo«, ermunterte ich ihn. »Die sind echt lecker!«

»Und werden schnell kalt, also gebt mir eure Teller«, befahl Esther, ganz die Matriarchin. Während sie die Nuggets verteilte, fügte sie an mich gewandt hinzu: »Ich habe ganz vergessen, dir zu sagen, dass dein Vater heute Vormittag angerufen hat. Er wollte dich sprechen, aber du warst noch beim Einkaufen.«

»Massimo hat angerufen?«, vergewisserte ich mich. Als gäbe es an dem Wort »Vater« etwas misszuverstehen!

Esthers vielsagend hochgezogene Augenbrauen bestätigten mir, dass ich mich nicht verhört hatte, und meine Laune sank abrupt. Sicher, es war Heiligabend und ganz normal, dass mein Vater mir frohe Weihnachten wünschen wollte. Von mir aus hätte er es allerdings bleiben lassen können, schließlich meldete er sich an den übrigen rund dreihundertsechzig Tagen im Jahr auch kaum. Manchmal vergaß er sogar meinen Geburtstag. Sein verlogenes »An-Weihnachtenhaben-wir-uns-alle-lieb«-Getue ging mir jedenfalls gewaltig auf den Sender.

»Ich klingle die Tage mal bei ihm durch«, nuschelte ich mit einiger Verzögerung und konzentrierte mich darauf, meinen Blumenkohl in süßsaurer Soße zu ertränken. Esther hatte mich gehört, doch sie verzichtete auf einen Kommentar. Sie mischte sie sich aus Prinzip nicht ein, wenn es um Massimo ging, was mir bewies, dass sie doch so etwas wie Feingefühl besaß. Ob und wie viel Kontakt ich mit ihm hielt, überließ sie ganz allein mir.

Als ich irgendwann von meinem Teller aufblickte, stellte ich fest, dass David mich beobachtete. Er nickte mir kaum merklich zu. Da er mir gegenübersaß, hatte er mein Gespräch mit Esther notgedrungen mitgehört. Falls er versuchte, sich einen Reim darauf zu machen, musste ich ihn enttäuschen. Ich dachte nicht im Traum daran, weiter auf das Thema einzugehen. Stattdessen grinste ich ihn frech an und hob mein Glas.

»Frohe Weihnachten!«, prostete ich ihm zu. »Wie ist der Sherry?«

»Hervorragend«, erwiderte er trocken. »Wenn ich nicht aufpasse, muss Elsa mich nachher zurück zum Apartment führen, weil ich den Weg nicht mehr finde.«

»Oh, das macht sie bestimmt gern, wenn du ihr noch ein Rinderohr spendierst.«

»Mal sehen. Nicht, dass sie das ganze Zeug später auf den Teppich kotzt.«

»So als kleines Weihnachtsgeschenk, meinst du?«

»Ich glaube nicht, dass das auf meinem Wunschzettel steht.«

Ich kicherte. Das Geplänkel mit David hob meine Stimmung spürbar. Wenn ich es jetzt schaffte, den blöden Massimo bis auf Weiteres in den hintersten Winkel meines Gehirns zu verbannen, stand einem angenehmen Abend nichts mehr im Weg.

Alle anderen aßen bereits, also machte ich mich beherzt über die Blumenkohl-Nuggets auf meinem Teller her. Der süßsaure Dip passte perfekt zu den pikant gewürzten Happen, die innen zart und außen knusprig waren. Wie hatten die beiden Nerds das bloß ohne Hilfe hinbekommen?

Die Frage stellte sich insgeheim wahrscheinlich auch meine Mutter, die Wilkos Vorliebe für Tiefkühlpizza kannte. Nicht, weil sie so gut schmeckte, sondern weil es bequem war, einen gefrorenen Teigfladen einfach in den Backofen zu schieben. Dass er und Lenne sich heute so ins Zeug gelegt hatten, entzückte sie sichtlich.

»Das könnten wir im Café hin und wieder als Snack auf die Speisekarte setzen«, überlegte sie laut und nagte zufrieden an einem Nugget. »Wirklich sehr lecker, auch wenn es überhaupt nicht zu meinem Hauptgericht passt.«

»Das ist hier doch immer so an Heiligabend«, gab Wilko zurück und grinste. »Alles wird wahllos zusammengewürfelt. Genau das ist der Witz. Perfekt wäre langweilig.«

Im Stillen stimmte ich ihm zu. Dieses Jahr war nicht nur das Essen, sondern auch unsere Tischgesellschaft ein bunter Mix. Menschen verschiedenen Alters, die einander zum Teil noch nie getroffen hatten, saßen gemeinsam an einem Tisch und aßen, und seltsamerweise fühlte es sich ganz ungezwungen an.

Als meine Mutter und ich den Hauptgang servierten, kam Leben in Habbo. Den exotischen Blumenkohl-Nuggets hatte er noch mit vornehmer Zurückhaltung zugesprochen – was auch daran liegen mochte, dass sie nicht von Esther zubereitet worden waren –, aber beim Anblick der Gemüsebällchen mit Kartoffelbrei, Rahmsoße und Preiselbeeren geriet er in Verzückung.

»Dat is mooi lecker, Tütis«, schwärmte er nach dem ersten Bissen und verfiel vor Begeisterung ins Plattdeutsche. »Sind da etwa meine Steckrüben drin?« Er spießte ein Bällchen auf die Gabel und betrachtete es von allen Seiten wie ein seltenes Forschungsobjekt.

»Die habe ich auch reingeschnippelt, ja«, erwiderte Esther und machte dabei ein so liebenswürdiges Gesicht, dass ich genau wusste, sie log wie gedruckt. Aber warum nicht ein bisschen flunkern, wenn es Habbo glücklich machte?

Tatsächlich strahlte er über das ganze Gesicht. Mir fiel auf, dass er seine Mütze gar nicht trug. Sein dichtes graues Haar war akkurat gescheitelt, und wie üblich wirkte er wie aus dem Ei gepellt – er hatte sogar ein weißes Hemd zu seinem dunkelblauen Jackett angezogen. Insgesamt sah er wesentlich jünger aus als sonst, weniger opahaft. *Es muss an der albernen Mütze liegen,* überlegte ich. *Die macht ihn älter, als er ist.*

»Lass noch ein bisschen Platz für den Nachtisch, Habbo«, sagte ich fröhlich, als er sich von Esther die dritte Portion Stampfkartoffeln auftun ließ. »Nicht, dass du am Ende schlappmachst und meinen Kuchen stehen lässt.«

Nicht zum ersten Mal fragte ich mich, was David von unserer ungewöhnlichen Runde hielt. Es war vielleicht nicht gerade sehr feierlich, was wir hier veranstalteten, aber womöglich war ihm das auch gar nicht wichtig. Während des Essens unterhielt er sich angeregt mit Wilko, der neben ihm saß. Ich nahm das als Zeichen, dass er sich nicht langweilte. Natürlich waren wir Fremde für ihn, aber in meinen Augen war ein gutes Essen in netter Gesellschaft allemal besser, als ganz allein mit einer Tüte Chips auf einen Bildschirm zu starren.

# 8

Als ich das Dessert servierte, wurde es noch einmal spannend. Wie würde meine Karamellmousse bei den anderen ankommen?

Ich hatte Kaffee gekocht, und jeder, der wollte, bekam einen Digestif. Die Creme hatte ich mit frischen Beeren und zerbröselten Keksen garniert und mit Zimt bestäubt. Dazu kredenzte ich die erwärmte Karamellsoße. Das Ganze sah ziemlich verlockend aus, auch wenn es natürlich ein totaler Overkill war. Ein Nachspeisen-Overkill, der uns alle wahrscheinlich ins Fresskoma befördern würde. Aber hey, schließlich war Heiligabend, und niemand wurde gezwungen, sich an dieser Völlerei zu beteiligen.

Ein Raunen ging um den Tisch, als ich mein Tablett mit den gefüllten Gläsern hereintrug. Den Kuchen hatte ich auch gleich mitgebracht und hübsch in Szene gesetzt. Mit den im dunklen Teig eingebackenen Birnen sah er auch wirklich appetitlich aus.

»Okay, wer möchte womit anfangen?« Ich hielt tatendurstig das Kuchenmesser in die Höhe. »Die Gäste zuerst – Habbo?«

Wie erwartet entschied er sich für ein Stück des saftigen Schokoladengebäcks. Er schnaufte sogar ein bisschen vor lauter Vorfreude, als ich ihm den Teller reichte.

David lachte mich treuherzig an. »Das sieht ja aus wie auf dem Cover eines Food-Magazins! Wäre es sehr unverschämt, wenn ich beides nehme? Ich kann mich einfach nicht entscheiden.«

»Beides ist eine gute Wahl«, schnurrte ich zufrieden. »Du würdigst damit meine Mühe in angemessenem Umfang.«

Während ich alle am Tisch mit den süßen Köstlichkeiten versorgte, fühlte ich seinen Blick auf mir. Er hatte eine intensive Art, mich anzusehen, ohne dabei zu starren; mit einem kaum wahrnehmbaren Lächeln in den Augen, sodass mir ganz warm ums Herz wurde.

Verstohlen beobachtete ich, wie er erst die Mousse und dann den Kuchen probierte. »Und so was machst du einfach selbst?«, fragte er schließlich.

»Klar.« Ich gab mich lässig, obwohl das unausgesprochene Kompliment mich innerlich vor Glück übersprudeln ließ. Und dann sagte ich das Dümmste, was ich in dieser Situation von mir geben konnte: »Backen und Süßzeug herstellen macht mir wahnsinnig viel Spaß. Es zu essen auch. Sieht man ja.«

»Was meinst du?« David blickte mich verständnislos an.

Ach du Schande. Wie kam ich da jetzt wieder raus? Oberste Regel: Rede nie schlecht über dich selbst vor jemandem, der dein Können bewundert.

»Äh … Also …«

»Sie findet sich zu dick«, schaltete Esther sich ein, die unsere Unterhaltung mitgehört hatte. Natürlich! Jetzt hatte ich noch einen Grund mehr, mich über sie zu ärgern. Warum hielt sie nicht einfach den Mund?

»Was natürlich Blödsinn ist, aber sie lässt sich nicht von ihrer Meinung abbringen.« Sie musterte mich halb vorwurfs-, halb liebevoll, was mich aus irgendeinem Grund milder stimmte.

»Na ja, ich bin nun mal kein zierliches Bambi, das den ganzen Tag an Grünfutter nagt. Ich bin eher der Typ Kuchenreh.« Es war bloß ein schwacher Versuch, mich zu erklären, doch er ging nach hinten los. Die beiden Minions bekamen prompt einen Lachanfall und prusteten geradezu vor Vergnügen.

David verzog kurz den Mund, als wollte er mitlachen, besann sich aber eines Besseren. Er bedachte mich wieder mit diesem intensiven Blick, der es mir so schwer machte, wegzuschauen. Aber irgendwie wollte ich das auch gar nicht.

»*Kuchenreh?* Jetzt hast du mir einen Hirnparasiten beschert. Mein Kopf brütet wahrscheinlich über Nacht eine Werbekampagne für diese imaginäre neue Marke aus! Das ist eine Texterkrankheit. Wirf einen interessanten Begriff in den Raum, und sie bleiben daran kleben wie die Fliegen am Honig.«

Jetzt musste ich auch lachen. »Wofür könnte *Kuchenreh* denn stehen?«

»Für erlesenes, handgefertigtes Gebäck aus biologisch produzierten Zutaten«, antwortete er wie aus der Pistole geschossen.

»Hm.« Ich war unschlüssig, was genau ich mir darunter vorstellen sollte, aber eine eigene Marke ... Die Idee hatte ihren Reiz. Auch wenn es natürlich nur ein spontaner, verrückter Einfall war. »Du meinst so was wie Petits Fours? Kleinkuchen?«

»Ja, zum Beispiel. Machst du die auch manchmal?«

»Klar. Da kann man sich so richtig kreativ austoben. Allein für Füllung und Glasur gibt es tausend Variationsmöglichkeiten. Sie sind allerdings sehr zeitaufwendig in der Zubereitung, deswegen biete ich sie bei uns nur selten an. Am liebsten zu Ostern, wenn alles schön bunt sein soll.«

David schmunzelte und hüllte sich in vielsagendes Schweigen.

»Hey«, protestierte ich, »jetzt pflanzt *du* mir gerade einen Parasiten ins Hirn! Schluss damit. Für so was habe ich keine Zeit. Vielleicht in hundert Jahren, wenn wir mit dem Café reich geworden sind und uns noch eine Aushilfe leisten können.«

»Sag niemals nie.« Er lächelte immer noch und schob sich einen Löffel Mousse in den Mund.

Ich verzichtete auf eine Antwort und machte mich stattdessen über meine eigene Portion her. Es war wirklich lecker, und ich dachte, dass ich mir diese *Kuchenreh*-Geschichte vielleicht doch mal durch den Kopf gehen lassen sollte. Vor meinem geistigen Auge erschienen pastellfarbene Faltschachteln aus recycelter Pappe, die mit den appetitlichsten Gebäckstücken gefüllt waren. Auf dem Deckel prangte ein Sticker, der ein süßes Kitz und den Schriftzug *Kuchenreh* zeigte. Die Gäste des Hofcafés würden uns die Boxen schier aus den Händen reißen, weil sie sich perfekt als Mitbringsel und Urlaubserinnerung eigneten ... Mhm. Die Vorstellung gefiel mir.

Es wurde ein rundherum gelungener Heiligabend. Vielleicht lag es daran, dass alles ganz zwanglos ablief und niemand den typischen weihnachtlichen Erwartungsdruck verspürte. Oder daran, dass wir so nette Gäste hatten und in dem gemütlichen Ambiente des alten Stalls beisammensaßen, an einer festlich gedeckten Tafel bei Kerzenschein. Mehr als einmal dachte ich daran, wie dankbar wir für all das sein mussten, denn wie viele Menschen hatten an Weihnachten nichts dergleichen – keine Familie, keine warme Mahlzeit, ja, nicht einmal ein Dach über dem Kopf?

Als wir unser Festessen gegen neun Uhr beendeten, hatte sich sogar Elsa ein Stück weit aus ihrer Ecke herausgewagt und wedelte verhalten mit dem Schwanz, wenn sie angesprochen wurde. Sie hatte die Köstlichkeiten auf dem Tisch die ganze Zeit aufmerksam im Auge behalten, sich jedoch wegen der vielen Leute nicht näher herangetraut. Am Ende war es dann ausgerechnet Esther, die Elsa zu ihrer neuen Lieblingsmenschin auserkor, was mich über alle Maßen erheiterte. Zumal das ganz sicher nicht Esthers Absicht gewesen war.

Weil wir es innerhalb der Familie als höchst fragwürdig empfanden, Hunderte von Euros für Weihnachtsgeschenke auszugeben, hatten wir vor einigen Jahren die Regel eingeführt, dass jeder nur im Wert von maximal zehn Euro beschenkt wurde. Natürlich hatten Habbo und David keine Ahnung von unseren familieninternen Absprachen, und außerdem waren sie unsere Gäste und spontan eingeladen worden. Esther, die es nicht ertrug, die beiden mit leeren Händen zu verabschieden, beschenkte sie mit unserem feinsten Tee und jeweils einer Tüte von den köstlichen, selbst gebackenen Mürbeteigkeksen, die wir normalerweise dazu reichten. Und weil sie ein durch und durch gerechter Mensch war, holte sie für Elsa ein paar Streifen Trockenfleisch aus dem Lager. Die waren eigentlich für die vier Katzen gedacht, mit denen sie ihre Wohnung teilte. Katzen waren auch so ziemlich die einzigen Lebewesen, denen meine Mutter freiwillig Fleisch fütterte.

Sobald sie David die in Papier eingewickelten Kaustangen reichte, gab Elsa ihre Zurückhaltung auf, lehnte sich nachdrücklich gegen Esthers Beine und sah mit einem Blick zu ihr auf, der die Polkappen endgültig hätte zum Schmelzen bringen können. Und schon gerieten Esthers alberne Vorurteile gegenüber Hunden sichtbar ins Wanken.

»Na, du?«, sagte sie zu der Hündin und legte ihr die Hand auf den Kopf. Elsa zuckte nicht mal mit der Wimper, sondern drückte sich noch ein bisschen fester an meine Mutter und schmachtete sie unverhohlen an. Ich konnte förmlich zusehen, wie Esther weich wurde, und krümmte mich innerlich vor Vergnügen.

Nachdem David sich ungefähr zehn Mal bedankt hatte, brachte ich ihn und seine verfressene Vierbeinerin noch bis zur Tür. Ich verspürte ein zaghaftes Bedauern, dass wir keine Gelegenheit gehabt hatten, uns über persönliche Dinge zu unterhalten. Ich hätte zu gern mehr über ihn und sein Leben in der Großstadt erfahren, doch unsere heutige Runde hatte nicht den passenden Rahmen für private Gespräche geboten. Womöglich war das auch besser so.

»Danke für den schönen Abend und vor allem das großartige Essen, Toni. Jetzt habe ich mich schon zum zweiten Mal innerhalb von vierundzwanzig Stunden bei euch durchgefressen.« Er runzelte die Stirn, als wäre es ihm unangenehm. »Hoffentlich kann ich mich bald mal angemessen revanchieren.«

»Das hast du doch schon. Siehe *Kuchenreh.* Ist vielleicht wirklich eine coole Idee, unsere eigene Marke zu launchen. Sagt man das so? Bei unseren Gästen würden schicke Geschenkboxen voller Schweinereien bestimmt super ankommen.«

»Da bin ich mir sicher! Melde dich, wenn du Hilfe mit dem Claim brauchst. Oder mit der Gestaltung des Logos. Ich kenne ein paar Grafiker, die das perfekt umsetzen würden. Und Toni – was du vorhin gesagt hast ... Also, ich hoffe, ich bringe das jetzt richtig rüber.« Er überlegte einen Moment, bevor er weitersprach. »Es ist nichts Schlechtes daran, ein Kuchenreh zu sein. Gar nichts. Im Gegenteil. Kuchenrehe sind wunderschöne Tiere.«

Mit diesen Worten drehte er sich um und ging, während Elsa neben ihm fröhlich auf und ab hüpfte. Ich starrte den beiden hinterher und merkte erst nach ein paar Sekunden, dass mein Mund offen stand.

Hatte David das gerade wirklich gesagt? Zu mir? *Kuchenrehe sind wunderschöne Tiere.* Hach.

Na gut. Ich würde wohl weiterhin für David Weiler schwärmen und mich damit abfinden müssen, Vernunft hin oder her. Ein solches Kompliment hatte mir noch nie jemand gemacht. Ja, er war verheiratet und hatte sich wahrscheinlich nur für die Einladung erkenntlich zeigen wollen. Auch wenn es so geklungen hatte, als würde er seine Worte ehrlich meinen. Aber schließlich hatte ich seine Frau gesehen, und die gehörte eindeutig zum Typ Salatreh.

Bloß weil er ein netter Mensch war, würde ich jetzt nicht anfangen, mir etwas darauf einzubilden, wie er mich heute

Abend angesehen hatte. Sonst käme ich am Ende noch auf die Idee, aus seinem intensiven Blick mehr herauszulesen als freundliches Interesse.

Und solange es beim Schwärmen blieb, tat ich ja nichts Verwerfliches, oder? In ein paar Tagen würde David nach Köln zurückfahren, und dann hatte sich das Ganze sowieso für immer erledigt.

Es war ungewohnt, aber gleichzeitig herrlich, am nächsten Morgen nicht wie sonst früh aufstehen zu müssen. Wilko und Lenne, die zu viele Aperol Spritz getrunken und ihr Nachtlager spontan in meinem Wohnzimmer aufgeschlagen hatten, waren von mir als Gegenleistung zum Schafe füttern verdonnert worden. Lenne war vormittags bei seiner Schwester zum Brunch eingeladen und hatte Wilko so lange in den Ohren gelegen, bis der sich einverstanden erklärte, ihn zu begleiten. Sprich, sie mussten sowieso irgendwann aus den Federn, um nach Hause zu fahren und sich umzuziehen.

Ich hörte sie gegen sieben Uhr zum ersten Mal in der Wohnung rumoren. Draußen war es noch stockfinster. Irgendwer tappte in die Küche, die neben meinem Schlafzimmer lag, und warf den Kaffeeautomaten an. Wahrscheinlich Wilko. Im Badezimmer rauschte die Spülung, und dann hörte ich, wie sie sich gedämpft miteinander unterhielten, während sie im Wohnzimmer aufräumten – zumindest ging ich davon aus, dass sie das taten. Im Prinzip war mir alles egal, solange ich mein gemütliches Nest nicht verlassen musste. Während ich dem Stimmengemurmel lauschte, das durch die Wand drang, döste ich wieder ein, bis die Zwischentür zum Treppenhaus mit einem satten Knall zuschlug. Da war es ungefähr halb acht und die Minions hoffentlich auf dem Weg in den Schafstall. Die Auen, die normalerweise um diese Uhrzeit längst ihre Heuration bekommen hatten, waren bestimmt hellauf empört. Doch einmal im Jahr würden sie es überleben.

Als ich das nächste Mal die Augen aufschlug, war es schon fast halb elf, und ich hatte Lust auf Kaffee. Das war allerdings auch der einzige Grund, aus dem ich kurzzeitig unter meiner warmen Decke hervorkroch. An Frühstück verschwendete ich keinen Gedanken. Nach unserem Gelage vom Vortag fühlte ich mich immer noch vollgefressen.

Draußen herrschten höchstens ein paar Grad über null. Die Welt vor meinem Fenster war in einen eisigen weißen Nebel gehüllt, der von der Nordsee ins Landesinnere zog. Konnte es für einen faulen Tag, den ich im Schlafanzug zu verbringen gedachte, überhaupt passenderes Wetter geben?

Mit einem großen Becher Kaffee bewaffnet, verzog ich mich wieder ins Bett, um ein bisschen zu lesen. Später schaltete ich den Fernseher ein und guckte mir zum gefühlt hundertsten Mal ein paar Folgen meiner Lieblingsserie *Grey's Anatomy* auf DVD an. In Zeiten von Netflix und Co. outete ich mich damit vermutlich als altmodischer Dinosaurier, aber so war es nun mal, wenn man einer Serie hoffnungslos verfallen war – man hortete alle verfügbaren Staffeln, um sie jederzeit durchsuchten zu können.

Am frühen Nachmittag bekam ich schließlich doch Hunger. Ich beschloss, Spaghetti zu kochen, weil ich keine Lust auf aufwendige Vorbereitungen hatte. Ich dachte kurz an die Reste des gestrigen Essens, die in der Tiefkühltruhe lagerten, aber dort hielten sie sich noch ein Weilchen. Mich kriegten heute keine zehn Pferde ins Café – es reichte, wenn ich später kurz das Haus verlassen musste, um die Schafe in den Stall zu holen. Vielleicht hatte ich ja Glück und Esther erbarmte sich, diese Aufgabe zu übernehmen. Ich konnte mir ohnehin nicht vorstellen, dass sie es einen ganzen Tag lang in ihrer Wohnung aushielt, dafür war sie viel zu hibbelig. Ganz im Gegensatz zu mir. Ich hatte so selten Gelegenheit, faul zu sein, dass ich richtiggehend lethargisch wurde, wenn die Umstände es schließlich doch einmal zuließen.

Heute war ein solcher Tag. Ich hockte in einer Art glückseligem Dämmerzustand im Bett, schaufelte Nudeln mit einer eilig zusammengerührten Tomatensoße und viel zu viel Knoblauch in mich hinein und guckte meinen Lieblingsärzten dabei zu, wie sie sich ver- und entliebten und Leben retteten. Das Schöne war, dass ich dabei überhaupt nicht denken musste. So tauchte selbst David Weiler nur ab und an verschwommen am Rand meiner Gedanken auf, doch ich konnte ihn wunderbar ignorieren. Mir reichte das angenehme Gefühl, das der gestrige Abend in mir hinterlassen hatte, fürs Erste völlig aus. Heute gehörte ich nur mir allein, der Rest der Welt durfte draußen bleiben.

Nachdem Esther mir per Textnachricht versichert hatte, dass sie die Versorgung der Schafe mit ihrer Joggingrunde verbinden würde – ja, meine Mutter war jemand, der nicht mal am ersten Feiertag die Füße stillhalten konnte –, war ich auch in dieser Hinsicht aus dem Schneider. Höchst zufrieden schlüpfte ich nach einer kurzen Dusche in einen frischen Pyjama und tauschte per Handy Weihnachtsgrüße mit ein paar Bekannten aus, bevor ich wieder ins Bett kletterte, um mir einen Spielfilm nach meinem Geschmack anzusehen. Glücklicherweise bot das Feiertagsprogramm genügend Auswahl. Allerdings konnte ich nicht verhindern, dass mir bereits nach einer halben Stunde die Augen zufielen, während David Bowie als böser Koboldkönig Jareth über den Bildschirm flimmerte. Es war völlig untypisch für mich, um neun Uhr abends tief und fest zu schlafen, vor allem, nachdem ich den Tag mit Nichtstun verbracht hatte. Offenbar war ich nach einem langen Jahr ohne nennenswerten Urlaub erschöpfter, als ich mir eingestehen wollte. Eine Mini-Auszeit in Form von Weihnachten kam da gerade recht.

# 9

Am nächsten Morgen waren meine Akkus glücklicherweise wieder aufgeladen. Voller Elan sprang ich gegen sechs Uhr aus der Koje, fütterte die Schafe und machte mich anschließend daran, meine Wohnung zu putzen. Das war nicht gerade meine Lieblingsbeschäftigung, aber etwas, das allein aus Zeitgründen ständig zu kurz kam, also biss ich die Zähne zusammen und brachte es hinter mich. Zur Belohnung plante ich im Anschluss eine gemütliche Fahrradtour am Hafen vorbei in Richtung Ostermarsch. Auf dem Rückweg würde ich mir einen Kaffee holen, vielleicht noch einen Abstecher zum Strand machen und dann wieder nach Hause radeln.

In puncto Fahrradfahren war ich eine typische Ostfriesin. Das Auto war ein notwendiges Übel, aber mein Hollandrad liebte und benutzte ich bei fast jedem Wetter. Sich bei kräftigem Gegenwind so richtig abzustrampeln war besser als jedes Work-out im Fitnessstudio, und außerdem half es hervorragend gegen schlechte Laune. Man musste nur aufpassen, dass man sich im Winter warm genug anzog. Besonders wasser- und winddichte Handschuhe waren ein Muss, wie ich aus Erfahrung wusste.

Am späten Vormittag machte ich mich auf den Weg. Es war ein wenig wärmer geworden, aber die Sonne schaffte es nicht, mit ihren Strahlen das feuchte Grau zu durchdringen. Immerhin regnete oder schneite es nicht. Ich trug eine bequeme Thermohose von einer schrecklich teuren Marke, die Esther in einem Secondhandladen entdeckt und mir zu Weihnachten geschenkt hatte; dazu wintertaugliche Sneakers und meine wattierte Jacke. Die Mütze tief ins Gesicht gezogen, radelte ich gemächlich am Deich entlang. Ich schlug den Weg zum Fähranleger ein, Dreh- und Angelpunkt für den Schiffsverkehr zwischen dem Festland und den Inseln Juist und Norderney.

Es war einiges los an diesem zweiten Feiertag. Sobald ich den Ortseingang passiert hatte und mich den Aufgängen zum Strand näherte, musste ich höllisch achtgeben, keine Urlauber umzufahren, die mir immer wieder vors Rad liefen. Auch an der Mole herrschte wie so oft Hochbetrieb – wahrscheinlich hatte gerade eine Fähre angelegt. Als ich die Norddeicher Straße in Richtung Osthafen überquerte, schoben sich die Autos im Schneckentempo vorwärts. Glücklicherweise lichtete sich das Gewühl kurz hinter dem Bahnübergang, sodass ich, den Kutterhafen zu meiner Linken, unbehelligt den Deich erreichte. Ich wollte bis zum Roten Pfahl radeln und dann wieder umkehren. Den Strand hob ich mir für ein anderes Mal auf, wenn weniger Menschen unterwegs waren.

Ich genoss meine einsame Tour am Meer entlang mit allen Sinnen. Es war ablaufendes Wasser, besser bekannt als Ebbe. Der Seenebel über dem Watt beschränkte die Sicht auf wenige Meter, doch das störte mich kein bisschen. Die Stille, die nur von den Geräuschen des Fahrtwinds und dem monotonen Surren der Räder unterbrochen wurde, war unglaublich wohltuend. Der gleichmäßige Tretrhythmus entfaltete eine nahezu hypnotische Wirkung. Ich hätte ewig so weiterfahren können, doch irgendwann durchdrang die feuchte Kälte sogar meine dicken Klamotten. Kurz bevor ich den Roten Pfahl erreichte, wechselte ich auf die andere Seite des Deichs und fuhr auf der Tunnelstraße zurück gen Norddeich. Hier war es windgeschützter, und ich kam flott voran.

Als ich am Fischereihafen schließlich vom Rad stieg, musste ich erst einmal meine Beine schütteln. Es fühlte sich merkwürdig an, wieder festen Boden unter den Füßen zu haben. Während ich noch überlegte, ob ich meinen Kaffee lieber am Fähranleger oder in einem der Cafés im Ort trinken sollte, sagte eine männliche Stimme hinter mir: »Hey, Toni, du bist ja ganz schön sportlich unterwegs bei dem Wetter!«

Überrascht fuhr ich herum. Es war David, der mit einem gestrickten Schal um den Hals, die Hände in den Taschen seiner Jacke vergraben, vor mir stand und mich anlachte. Unvermittelt schlug mein Herz einen Purzelbaum und hopste dann hektisch in meiner Brust herum. Anscheinend hatte es mit dem Mann aus Köln ebenso wenig gerechnet wie ich.

»David! Ich, äh – was machst du hier?«

»Spazieren gehen. Ich gucke mir euren Hafen an. Oder sind es mehrere Häfen? Ich wusste gar nicht, dass das so ein riesiger Komplex ist. Gefällt mir echt gut.«

»Warst du schon auf einer der Inseln?«

»Noch nicht. Das wollte ich mir fürs nächste Mal aufheben. Bevorzugt bei zwanzig Grad und Sonnenschein.« Er grinste.

So, so. Er plante also wiederzukommen. Das war ja höchst interessant.

»Verstehe. Und wo hast du Elsa gelassen?«

»Die liegt im Apartment und schläft tief und fest. Sie hat sich in den paar Tagen so gut eingewöhnt, dass ich es gewagt habe, sie für ein Weilchen alleinzulassen. Ostfriesland bekommt ihr. Sie powert sich draußen richtig aus und fällt dann um wie ein Baum. Wach ist sie nur zum Fressen und Spazierengehen.«

Ich musste lächeln. »Das klingt, als würde sie sich wohlfühlen.«

»Das tut sie ganz sicher. Apropos – es ist mir ein Rätsel, wie du es bei der Kälte auf dem Fahrrad aushältst.« Er trat fröstelnd von einem Bein aufs andere. »Kann man hier irgendwo einen Kaffee bekommen? Ich lade dich ein. Dann kann ich mich wenigstens ansatzweise für das tolle Weihnachtsessen revanchieren.«

Ich verdrehte in gespielter Empörung die Augen, obwohl in mir ein Feuerwerk explodierte. Er wollte mich *einladen.* Mhm.

»So ein Quatsch, du musst dich nicht revanchieren. Aber was Heißes zu trinken hätte ich jetzt auch gern. Trotz der dicken Klamotten sterben mir nämlich langsam die Zehen ab.«

»Dann los. Ab ins Warme, damit du mit heilen Füßen nach Hause radeln kannst. Oder soll ich dich lieber im Auto mitnehmen?« Sein Blick war eindeutig besorgt. Es konnte natürlich Einbildung sein, aber ich fühlte mich sofort besser, weil er sich Gedanken um mein Wohlergehen machte.

»Nein nein, alles in Ordnung. Das schaffe ich schon, sobald ich wieder aufgetaut bin.« Suchend schaute ich mich um. »Wo parkst du denn?«

»Gleich da vorn.« Er wies mit dem Kinn in Richtung Hafenbecken, an dessen Rand ich neben einer Reihe anderer Autos den Beetle entdeckte.

»Okay. Lass uns zum Anleger laufen, das ist nicht sehr weit. Ganz am Ende der Mole gibt es ein nettes Bistro, da kriegen wir einen brauchbaren Kaffee.«

David war einverstanden, also machten wir uns auf den Weg. Ich schob mein Fahrrad, und er ging neben mir her. Wir redeten nicht viel, aber das Schweigen zwischen uns war von der angenehmen Sorte.

Insgeheim genoss ich die Gesellschaft dieses sympathischen Mannes mehr, als ich vielleicht sollte. Es war schön, einmal nicht solo unterwegs zu sein, und ich fand, dass er am helllichten Tag noch attraktiver war als abends bei künstlicher Beleuchtung. Seine blaugrünen Augen bildeten einen reizvollen Kontrast zu dem rötlichen Bart, und die dichten erdbeerblonden Haare saßen selbst bei dieser feuchtkalten Witterung auf geheimnisvolle Weise perfekt. Es machte nicht mal den Eindruck, als hätte er dafür sonderlich viel Aufwand betrieben.

Ich hatte mir ganz unspektakulär Zöpfe geflochten, um meine störrischen Locken beim Fahrradfahren in Schach zu halten. Spätestens dann, wenn ich die Mütze absetzte, würde ich aussehen wie ein Vogel in der Mauser.

Das Bistro war überheizt und voller Menschen, und wir fanden nur mit Mühe einen freien Tisch am Fenster. Erleichtert kletterte ich auf einen der hohen Stühle und drückte mein Bein gegen den brüllend heißen Heizkörper. Herrlich! Erst jetzt merkte ich, wie durchgefroren ich war. Von diesem Platz würde ich mich so schnell nicht wieder erheben.

»Okay, möchtest du Kaffee? Oder lieber was anderes?« David betrachtete mich über den Rand der Karte hinweg. Ich hatte meine Beanie abgenommen und versucht, dabei nicht allzu viel Schaden anzurichten. Wenn ich jetzt um den Kopf herum trotzdem bescheuert aussah, konnte ich es nicht ändern. Ich hoffte einfach, dass der kirschrote Sweater mit hohem Kragen und Kapuze, für den ich mich heute entschieden hatte, davon ablenken würde. Er passte nämlich super zu meinen schwarzen Haaren – zumindest redete ich mir das ein. Man sollte sich ja immer auf die Pluspunkte fokussieren.

»Oh, Kaffee ist genau richtig.« Umständlich pellte ich mich aus meiner dicken Jacke. »Ich darf außerdem nicht vergessen zu fragen, ob sie heute Heidesandtaler im Angebot haben. Willst du auch welche?«

»Können die mit deinen selbst gebackenen Keksen mithalten?«

»Ach, mit denen kann man nicht viel falsch machen, solange sie frisch sind. Und sie sind vegan! In anderen Cafés kannst du mit der Lupe nach Plätzchen ohne Tier suchen und würdest keine finden.«

»Ist das so? Ehrlich gesagt kann ich da gar nicht mitreden. Kaffee und Kekse sind aber immer eine gute Kombi. Ich nehme das Gleiche.«

Als hätte er uns belauscht, erschien wie aus dem Nichts ein leicht gehetzt dreinblickender, aber freundlicher Mann vom Service an unserem Tisch, sodass wir bestellen konnten. Wir hatten Glück und bekamen jeder zwei riesige runde Mürbeteigtaler auf einem Teller angerichtet, dazu große Becher dampfenden Kaffees. Allein dafür hatte mein Ausflug sich gelohnt. Und natürlich für das unverhoffte Date, das er mir beschert hatte.

»Biffchen trocken«, nuschelte David, der sich wie ich das krümelige Gebäck in den Mund stopfte. »Aber efft lecker!«

Ich musste kichern und hätte mir um ein Haar die Lippen an dem frisch aufgebrühten Kaffee verbrannt. »Trocken ist normal bei Mürbeteigkeksen. Hey, pass mit dem Kaffee auf! Der ist heißer als die Flammen im Schicksalsberg von Mordor.«

David stellte folgsam den Becher wieder auf den Tisch. Als er zu Ende gekaut hatte, meinte er mit sanftem Spott: »Ich hätte nicht gedacht, dass du ein Fan von *Herr der Ringe* bist.«

»Bin ich auch nicht. Eher von *Grey's Anatomy.* Davon habe ich gestern gefühlt fünfzig Folgen gebingewatched.«

»Ein fauler Tag vor der Glotze, ja?« David schmunzelte. »Viel mehr ist bei mir auch nicht passiert. Ehrlich gesagt musste ich mich von dem Fressgelage an Heiligabend erst mal erholen. Da hat meine Impulskontrolle komplett versagt, weil alles so lecker war. Ohne Elsa wäre ich den ganzen Tag nicht vom Sofa hochgekommen.«

»Tut mir leid. Wenn ich dich nicht von deinen Chips weggelockt hätte, wäre das nicht passiert.«

Er grinste über meine ironische Bemerkung. »Oh, ich kann mich dafür nicht oft genug bei dir bedanken.« Unvermittelt wurde er ernst. »Im Vergleich zum Vorjahr war dieser Heiligabend ein absolutes Highlight. Und ganz sicher einer der entspanntesten, die ich je erlebt habe.«

»Wieso, was ist denn letztes Jahr passiert?« Die Frage war mir entschlüpft, bevor ich sie hinunterschlucken konnte. Ich wollte nicht neugierig erscheinen, aber es interessierte mich. Natürlich.

David schaute aus dem Fenster, auch wenn es draußen außer weißgrauem Seenebel nicht allzu viel zu sehen gab. Für einen Moment machte sich Resignation auf seinen Zügen breit, und er wirkte abwesend, als dächte er an etwas ganz anderes. Dann wandte er sich wieder mir zu. Sein Blick war klar und intensiv, wie ich es von ihm kannte.

»Meine Frau und ich haben uns letztes Weihnachten getrennt. Genauer gesagt ist uns einen Tag vor Heiligabend aufgefallen, dass wir beide überhaupt keine Lust hatten, die Feiertage miteinander zu verbringen. Oder überhaupt noch *irgendwelche* Tage. Dass unsere Streitereien gar nicht mit dem üblichen Vorweihnachtsstress zusammenhingen, sondern mit einem viel grundlegenderen Problem, war uns bis dahin gar nicht klar gewesen. Die Erkenntnis hat eingeschlagen wie eine Bombe. Du kannst dir vorstellen, dass Weihnachten danach gelaufen war.« Er sagte es mit einem kleinen Lächeln, das seine Augen nicht ganz erreichte.

Es fehlte nicht viel, und ich hätte vor Überraschung nach Luft geschnappt. Gerade noch rechtzeitig unterdrückte ich diesen verräterischen Impuls. Ich konnte nur hoffen, dass ich dabei nicht allzu dümmlich aus der Wäsche schaute.

»Das – äh, das ist ja heftig. Wow. Ich meine, ich habe mich schon ein bisschen gewundert, dass deine – deine Frau dich zwar hier besucht hat, aber nicht geblieben ist.« Ich stockte kurz und fuhr dann hastig fort: »Nicht, dass ich mir darüber den Kopf zerbrochen hätte. Ich dachte eher, ich hätte mal wieder einen Trend verpasst …«

David lachte leise und nahm einen Schluck von seinem Kaffee. Diesmal wirkte er ehrlich belustigt. »Den Trend, dass Ehepaare Weihnachten vorsätzlich getrennt verbringen? Nein, ich glaube nicht, dass es den gibt. Und wenn doch, habe ich ihn auch verpasst. Melanie war bloß da, um ein paar letzte Details wegen der Scheidung zu besprechen. Das Trennungsjahr ist im Prinzip vorbei, und sie hat es ziemlich eilig, mich loszuwerden. Gleich morgen will sie bei ihrer Anwältin den Papierkram in Auftrag geben.« Er verzog amüsiert den Mund. »Ich habe ganz sicher nichts dagegen, den offiziellen Teil hinter mich zu bringen, aber ein bisschen übertrieben finde ich es schon, dass das nicht mal bis zum neuen Jahr Zeit hat. Ich glaube, sie macht sich Sorgen, dass ich auf dumme Gedanken komme und, ich weiß nicht, an ihr Geld will oder so. Dabei haben wir diesen Punkt längst geklärt.«

Eine Weile saßen wir einfach nur schweigend da und sahen uns an. Weil mir nichts Besseres einfiel, fragte ich schließlich: »Hat sie denn so viel Geld?«

»Mehr als ich«, erwiderte David lapidar. »Wir sind beide selbstständig, aber Melanie hat sich über die Jahre als Eventmanagerin für die richtig großen Dinger positioniert. Dagegen bin ich bloß Kleinverdiener. Hat mich aber nie gestört. Sie hat Tag und Nacht für ihren Erfolg gearbeitet, und auch wenn unsere Ehe der Preis für ihre Karriere war, gönne ich ihr jeden Cent von Herzen. Auf jeden Fall käme ich nie auf die Idee, von ihrem Geld leben zu wollen.« Sein angewiderter Gesichtsausdruck sprach Bände.

Puh. Ich lehnte mich zurück und trank langsam meinen Kaffee, um Zeit zu gewinnen. Ich musste erst mal verdauen, was er mir da aufgetischt hatte. Und vor allem, dass von einer Minute zur nächsten alles *anders* geworden war.

Sein Geständnis an sich war das eine. Das Vertrauen, das er in mich setzte, indem er mir von diesem privaten Teil seines Lebens erzählte – nun, das hob unsere noch sehr oberflächliche Bekanntschaft auf ein neues Level. Ich konnte nicht recht einschätzen, ob ihm überhaupt bewusst war, dass er mich damit in seinen inneren Kreis holte, aber mir gefiel es. Ab sofort war ich zwar nicht gerade eine Verbündete, aber doch eine Eingeweihte, und das erfüllte mich mit einem seltsamen Gefühl von Stolz.

Außerdem gab es noch etwas Positives an der ganzen Geschichte – wenn man in diesem Zusammenhang überhaupt von »positiv« sprechen konnte. Vielleicht war ich auch nur durch und durch egoistisch und mein Empfinden zutiefst verwerflich ... Aber mein dummes kleines Herz frohlockte insgeheim, weil David *Single* war. Oder zumindest nicht mehr vergeben außer auf dem Papier.

Natürlich rechnete ich mir nicht ernsthaft Chancen bei ihm aus, doch ich musste auch nicht mehr krampfhaft versuchen, ihn mir aus dem Kopf zu schlagen, was aus irgendeinem Grund ohnehin nicht klappen wollte. Ich durfte mir vielleicht sogar ein paar harmlose Träumereien erlauben, weil sie meiner einsamen Seele schmeichelten. In wenigen Tagen kehrte David schon zurück ins ferne Köln, und so vertraulich sich der gegenwärtige Moment auch anfühlen mochte, so war doch alles, was mir von diesem interessanten Mann bleiben würde, eine Handvoll schöner Erinnerungen, die mir den Winter versüßten. Nicht mehr und nicht weniger.

# 10

Tja, so dachte ich. Aber wie so oft hatte ich meine Schlüsse zu früh gezogen, denn David hatte mir noch nicht alles erzählt.

»Das Verrückte ist«, er griff nach dem letzten Rest seines Plätzchens und zerbröselte ihn geistesabwesend zwischen den Fingern, »dass ich eine ziemlich teure Altlast von ihr übernehme, und das auch noch freiwillig.«

Ich brauchte eine Sekunde, um aus der verworrenen Welt meiner Gedanken in die Gegenwart zurückzukehren. »Was meinst du?«

»Melanie hat sich vor etlichen Jahren, als sie noch Zeit für Hobbys hatte, ein Pferd gekauft. Genauer gesagt ein größeres Pony, eine Stute; Mary heißt sie. Die beiden waren manchmal ganze Wochenenden auf Wanderritten unterwegs und hatten jede Menge Spaß. Dann war Melanie mit dem Studium fertig und hat sich selbstständig gemacht, und das Pferd stand mehr oder weniger nur noch herum. Es kam so weit, dass ich manchmal zum Stall gefahren bin und sie bewegt habe, damit sie nicht vollends verkümmert. Dabei bin ich nicht gerade der klassische Pferdemensch.« Er grinste ein bisschen schief. »Vor zwei Jahren hat Melanie Mary dann in einem Pensionsstall untergebracht, in dem schimmeliges Heu verfüttert wurde, und Mary hat equines Asthma entwickelt. Erst nur eine leichte Form, aber dann wurde es schlimmer. Das Wichtigste bei dieser Krankheit ist eine möglichst staubfreie Umgebung und Fütterung. Aber versuch in Köln mal einen Stall zu finden, in dem die Haltungsbedingungen für so ein Pferd stimmen.«

»O Mann. Das ist bestimmt wie die Suche nach der Nadel im Heuhaufen.« Ich war voller Mitgefühl für Mary, denn ich stellte es mir schrecklich vor, nicht richtig atmen zu können. Das arme Tier!

»Ja, im wahrsten Sinne. Über drei Ecken hat Melanie damals einen Aktivstall ausfindig gemacht, der pro Monat ungefähr so viel kostet wie eine Einzimmerwohnung in Köln. Aber das nur am Rande. Da ich ja in Zukunft als Stalljunge wegfalle, wenn sie mal wieder keine Zeit für das Pferd hat, will sie Mary nun verkaufen. Was natürlich Schwachsinn ist. Niemand kauft eine achtzehnjährige Stute mit diesem Krankheitsbild.« David blickte mich an, und ich ahnte, was nun kam. »Also werde ich sie übernehmen. Wenn ich es nicht tue, ist das vermutlich in absehbarer Zeit ihr Ende, und das hat sie nicht verdient.«

»Nein«, erwiderte ich leise, »das hat sie wirklich nicht.«

Wenn ich ihn nicht ohnehin schon gemocht hätte, wäre spätestens jetzt der Zeitpunkt gekommen, an dem ich mich ein klitzekleines bisschen in ihn verguckt hätte. Kaum etwas machte in meinen Augen einen Mann so anziehend wie sein Mitgefühl für ein wehrloses Geschöpf. Und schließlich hatte David schon ein versehrtes Tier aufgenommen – Elsa. Die zum Glück körperlich gesund war, nur eben ein bisschen ängstlich.

»Ich habe mich schlaugelesen und herausgefunden, dass Pferde mit equinem Asthma an der Nordsee optimal aufgehoben sind. Das Reizklima tut ihren Lungen gut. Ist mit ein Grund, warum ich meinen Weihnachtsurlaub in Ostfriesland verbringe – um mich umzuhören, ob es hier irgendwo einen Platz auf der Sommerweide für Mary gibt. Am besten mit Familienanschluss, denn ich bin ja weit weg. Das wäre der erste Schritt.« Er seufzte und schob die Kekskrümel auf seinem Teller zu kleinen Häufchen zusammen. »Mein Problem ist, der Sommer und die Weidesaison sind noch lange hin. Ich habe keine Ahnung, wie ich mir bis dahin Marys jetzige Stallmiete leisten soll. Mehr zu arbeiten ist nicht wirklich eine Option. Ich schiebe jetzt schon viel zu oft Zwölf-Stunden-Schichten.«

»Hm.« Ich trank meinen Kaffee aus, der mittlerweile kalt war, und dachte nach. Erzählte David mir das alles, weil er sich Hilfe erhoffte? Von mir? Eigentlich machte er eher den Eindruck, als wollte er seine Sorgen mit jemandem teilen. Ich wusste nur zu gut, wie es sich anfühlte, wenn einen etwas bedrückte und man nicht wusste, an wen man sich wenden sollte. Ich hatte zwar Esther und Wilko, wenn es hart auf hart kam, aber wen hatte David?

Anscheinend interpretierte er mein Schweigen falsch, denn er sagte entschuldigend: »Tut mir leid, ich wollte dich nicht mit meinen Problemen zuquatschen. Ich rede heute zu viel. Also ... Schluss jetzt mit dem Gejammer, es ist schließlich Weihnachten. Willst du noch was trinken?«

»Hey«, rügte ich ihn sanft. »Alles in Ordnung. Du quatschst mich nicht zu. Ich habe bloß nachgedacht, ob ich dir vielleicht weiterhelfen kann. Wegen Mary, meine ich. Ich kenne leider nur eine einzige Pferdefrau, und das ist Jana. Sie ist schon zu unserer Grundschulzeit geritten und betreibt seit Jahren ihren eigenen Reitstall. Allerdings bin ich mir nicht sicher, ob sie für eure Zwecke die richtige Adresse ist.«

Ich runzelte die Stirn und versuchte mir Janas Hof ins Gedächtnis zu rufen. »Soweit ich weiß, hat sie relativ wenig Land. Im Sommer sind ihre Weiden immer voll mit Pferden. Wie es bei ihr im Stall aussieht – keine Ahnung. Aber es gibt sicher noch andere Reiterhöfe in der Gegend, die für Mary besser geeignet sind. Du könntest sie doch schon vor dem Sommer hierherbringen, oder? Ich kann mir nicht vorstellen, dass du in Ostfriesland genauso viel für einen Stallplatz bezahlst wie in Köln.« Fragend blickte ich David an.

Er zuckte mit den Schultern. »Vermutlich nicht. Es wäre nur wichtig, dass sie eine Box mit freiem Zugang nach draußen hat und zuverlässig betreut wird. Sie braucht regelmäßig ihre Medikamente, in Wasser eingeweichtes Heu und so weiter. Für ein Pferdemädchen wäre das wahrscheinlich ein Traumjob. Vielleicht finde ich ja eine Reitbeteiligung, die das Ganze aus Idealismus macht.«

»Ja, warum nicht?« Plötzlich kam mir ein Gedanke. »Mag Mary Schafe?«

»Schafe?«

»Genau. Mähh.«

»Uff, keine Ahnung, ob sie je welche getroffen hat. Ich könnte dein Blöken aufnehmen und es ihr vorspielen. Dann sehen wir ja, wie sie reagiert.«

Wir kicherten ausgelassen.

»Wieso fragst du?«

»Na ja, wir haben ein bisschen Land, und wir haben Schafe. Im Sommer sind sie rund um die Uhr auf der Weide. Da könnte Mary ihnen im Prinzip Gesellschaft leisten. Es gibt sogar einen stabilen Unterstand, der groß genug sein müsste für sie. Nur für den Rest des Jahres bräuchtest du einen richtigen Pferdestall mit Rundumbetreuung. Wir haben bloß eine große alte Scheune, in der die Schafe im Winter wohnen. Alles sehr rustikal. Und staubig.«

David blickte mich unverwandt an. Ich konnte sehen, wie es hinter seiner Stirn arbeitete. »Rustikal wäre nicht schlimm«, meinte er schließlich. »Mary ist sehr robust. Nur mit Staub kommt sie nicht klar. Aber sie ist auch weiß.«

»Wer ist weiß?«

»Mary. Wie eure Schafe.«

»Ein bisschen größer ist sie aber schon, oder?«

»Klar. Und auch nicht ganz so wollig. Es besteht also keine Verwechslungsgefahr.«

Wir grinsten uns an. Obwohl keiner von uns es laut aussprach, hatten wir anscheinend gerade so etwas wie eine Abmachung getroffen.

»Hast du ein Foto?«, wollte ich wissen.

»Natürlich.« Er kramte sein Smartphone aus der Tasche seiner Jacke und scrollte einen Moment durch die Galerie, ehe er es mir über den Tisch hinweg zuschob. »Hier. Ein waschechtes englisches Fellpony, wie Queen Elizabeth sie gezüchtet hat.«

Ich betrachtete das Bild auf dem Display. Es zeigte ein wunderhübsches weißes Pferd wie aus dem Märchen, mit einer herrlich langen Mähne und klugen dunklen Augen.

»Fehlt nur noch das Horn«, platzte ich hervor.

David lächelte. Er verstand sofort, was ich meinte. »Oh, das braucht sie nicht. Sie hat auch so magische Kräfte, glaube ich.«

In dem Moment erschien der Mann vom Service wieder an unserem Tisch, räumte unsere leeren Becher ab und fragte, ob wir noch etwas trinken wollten. Ich warf einen kurzen Blick auf die Uhr auf Davids Handy und schüttelte bedauernd den Kopf. »Danke, ich möchte nichts mehr. Ich muss mich langsam auf den Rückweg machen, es wird so schnell dunkel.«

»Oh. Ich wusste gar nicht, dass es schon so spät ist. Wir haben uns verquatscht ... oder vielmehr ich. Nein, lass mich das übernehmen.« Er legte seine Finger ganz leicht auf mein Handgelenk, als ich nach meiner Geldbörse griff. »Ich bin dran. Du hast mich jetzt oft genug durchgefüttert.«

Obwohl er mich fast augenblicklich wieder losließ, war ich wie gebannt von seiner Berührung. Mir fiel auf, dass er schöne Finger hatte, schlank und wohlgeformt. Sie fühlten sich angenehm warm an auf meiner Haut, und ich ertappte mich bei dem Wunsch, er hätte die Hand nicht so schnell zurückgezogen.

Während er zahlte, rutschte ich einigermaßen verwirrt von meinem Hocker, schlüpfte in meine Jacke und zog mir die Mütze wieder über die Ohren. Plötzlich hatte ich überhaupt keine Lust mehr, mich auf mein Fahrrad zu schwingen und durch die Kälte nach Hause zu radeln. Viel lieber hätte ich noch ein Weilchen im Warmen gesessen und mich weiter mit David unterhalten – worüber auch immer. Aber ich wollte nicht im Stockdunkeln unterwegs sein, und außerdem hatte ich zugesagt, heute die Schafe von der Weide zu holen. Alles Hadern nützte also nichts.

David hielt mir die Tür auf, und wir traten hinaus in den feuchtgrauen Dezembernachmittag. Ganz in der Nähe ertönte das Nebelhorn eines Schiffs, und ich dachte daran, wie vertraut mir dieses Signal war. Wenn man in Deichnähe lebte, gehörte es zur alltäglichen Geräuschkulisse, ähnlich wie die Rufe der Silbermöwen.

Als wir vor meinem Fahrrad standen, das ich an einen Laternenpfahl gekettet hatte, sagte David zu mir: »Ich komme mir ein bisschen blöd vor, dass ich die ganze Zeit nur von mir erzählt habe. Du bist eine sehr gute Zuhörerin. Jetzt kennst du alle meine dunklen Geheimnisse, ich deine aber nicht.«

Amüsiert blickte ich zu ihm auf. »Ich bin mir gar nicht sicher, ob ich überhaupt welche habe. Was wüsstest du denn gern?«

Seine Augen funkelten verschmitzt. »Hast du schon mit deinem Vater telefoniert?«

Vor Überraschung ließ ich beinahe mein Fahrradschloss fallen. Dass er sich das gemerkt hatte!

»Ich, äh – wie kommst du jetzt darauf?«

»Entschuldige, wenn ich zu indiskret bin.« Er wirkte plötzlich verlegen. »Als deine Mutter ihn Heiligabend erwähnt hat, hast du sofort alle Schotten dichtgemacht. Also steckt vermutlich eine Geschichte dahinter. Die du natürlich nicht erzählen musst«, fügte er hastig hinzu.

»Ach, so spannend ist das alles nicht. Und um deine Frage zu beantworten: Ich habe ihn heute Vormittag angerufen, bevor ich losgefahren bin. Wollte es hinter mich bringen.« Ich lachte kurz auf, merkte aber, dass es nicht echt klang. Na schön. Massimo war und blieb ein Reizthema für mich, aber dafür konnte David ja nichts.

»Er hat mir frohe Weihnachten gewünscht und mich zu einer Art Familientreffen am Neujahrstag eingeladen«, erklärte ich. »Ich weiß aber noch nicht, ob ich hingehe.«

An Davids ratlosem Gesicht erkannte ich, dass er sich auf meine Aussage keinen rechten Reim machen konnte. Also beschloss ich, etwas weiter auszuholen. Schließlich hatte er mir auch von seiner Scheidung erzählt – Quidproquo war da nur fair.

»Wie du dir wahrscheinlich schon gedacht hast, leben mein Vater und meine Mutter nicht zusammen. Genau genommen tun sie das nicht mehr, seit ich ein Kleinkind war, und davor auch nur sporadisch. Ich glaube, Esther ist früh aufgegangen, dass es unmöglich ist, Massimo längere Zeit um sich zu haben, ohne dabei den Verstand zu verlieren. Aber das sieht er wahrscheinlich anders ... Jedenfalls ist er sehr von sich eingenommen. So sehr, dass er der Meinung ist, die Welt reichlich mit seinen Genen beglücken zu müssen.« Ich spürte, wie der altbekannte Groll in mir aufstieg. Das geschah jedes Mal, wenn ich über meinen Vater sprach, und es gab mir zu denken. Wann würde das endlich aufhören?

»Ich habe insgesamt fünf Halbgeschwister. Vier davon haben Massimo als Vater. Zumindest sind das die, von denen ich weiß. Carmine ist der Älteste, er wohnt in Hamburg. Er wurde ein paar Jahre vor mir geboren. Dann gibt es noch drei Kinder, die Massimo mit seiner jetzigen Frau hat. Das macht fünf Kinder von drei Frauen, was an sich ja nicht verwerflich ist. Mich regt nur auf, dass Massimo sich liebend gern als treu sorgender Vater und Oberhaupt einer großen, glücklichen Familie inszeniert. Dabei interessiert er sich einen *Scheiß* für uns. Zumindest für Carmine und mich. Zu meinen anderen Geschwistern habe ich wenig Kontakt, vielleicht ergeht es denen besser als uns.«

Während ich redete und David zuhörte, spazierten wir mit dem Fahrrad zwischen uns langsam zum Fischereihafen hinunter, wo David den Beetle geparkt hatte. Mir war nur halb bewusst, wohin wir gingen. Ich war völlig in meine verkorkste Familiengeschichte vertieft. Auch das war typisch – ich sprach höchst ungern über die Beziehung zu meinem Vater, doch wenn ich einmal anfing, konnte ich nicht mehr aufhören.

David hatte bis zu diesem Punkt geschwiegen. Vielleicht ahnte er instinktiv, dass es besser war, sich jeden Kommentar zu Massimo zu verkneifen. Als ich eine Pause machte, um Luft zu holen und mich ein bisschen zu sammeln, meinte er vorsichtig: »Du hast gesagt, du hast fünf Halbgeschwister. Ist Nummer fünf dein Bruder Wilko?«

»Genau. Er hat das Glück, nicht mit Massimo verwandt zu sein, haha! Wobei Glück immer relativ ist. Seinen Vater kennen wir nicht mal. Esther behauptet, sie wäre damals in einer komischen Phase ihrer Selbstfindung gewesen und hätte sich auf eine Affäre mit einem verheirateten Urlauber aus Österreich eingelassen. Das ungeplante Ergebnis war Wilko. Der Urlauber war natürlich längst wieder daheim in den Bergen bei seiner Frau, als Esther gemerkt hat, dass sie schwanger war. Aber ich glaube, sie hat ihm keine Träne nachgeweint. Um es mit ihren eigenen Worten auszudrücken: ›Er war sowieso nur ein Trostfick.‹«

David starrte mich an, ich starrte zurück. Dann platzten wir los. Es war wie eine Explosion, die mir die Tränen in die Augen trieb. Zu meiner Überraschung stellte ich fest, dass es sich gut anfühlte, meine Anspannung einfach wegzulachen. Vielleicht war es höchste Zeit, dieses bescheuerte Familienwirrwar als das zu sehen, was es *wirklich* war, nämlich zum

Schreien komisch. Auf jeden Fall war es nichts, worüber man sich nach so vielen Jahren noch grämen sollte, oder?

Dass mir das plötzlich klar wurde, hatte ich David zu verdanken. Er war der Erste, der mir die Absurdität des Ganzen vor Augen führte, ohne auch nur ein Wort zu verlieren. Stattdessen lachte er sich mit mir zusammen über Esthers Kaltschnäuzigkeit kaputt. Das nahm mich noch mehr für ihn ein. Hilfe! Schnell an etwas anderes denken.

»O Mann.« Schniefend wischte ich mir mit dem Jackenärmel die Lachtränen von den Wangen. »Ich habe wirklich eine vorbildliche Mutter … nicht. Ich meine, bei ihren Männern hat sie offenbar immer die falsche Wahl getroffen, doch sie hat es jedes Mal hingebogen. Sie hat Wilko und mich ganz selbstverständlich allein großgezogen, und bei den üblichen Anlässen wie Einschulung oder Abifeier, wenn alle auf Familie gemacht haben, waren wir nur zu dritt. Aber für uns hat das gereicht.«

David beobachtete mich mit einem Lächeln in den Augen. Ich würde bestimmt nie vergessen, wie wir gerade miteinander gelacht hatten. Er hätte mir keinen größeren Gefallen tun können.

»Ihr drei macht auf mich nicht den Eindruck, als würde euch etwas fehlen. Jedenfalls kein unzuverlässiger Mann und Vater.«

»Nein.« Ich schüttelte den Kopf und hatte ein ganz warmes Gefühl im Bauch bei seinen Worten. »Wer braucht die schon?«

Mittlerweile waren wir an Davids Auto angelangt. Blitzartig ging mir auf, dass unser unerwartetes Zusammentreffen hier endete. Es war eine merkwürdige Vorstellung, denn ich war ehrlich gesagt noch nicht bereit, mich von ihm zu trennen. Ich wusste jetzt schon, dass ich ihn für den Rest des Tages vermissen würde.

»Bist du sicher, dass ich dich nicht mitnehmen soll? Dein Fahrrad können wir auch morgen holen.«

Wir? Hm. Das klang verlockend.

»Danke, aber nein. Ich hätte viel zu viel Angst um mein Rad. Dass jemand es klaut oder so. Außerdem ist es ja nicht sehr weit.«

»Okay.« Mit einem hörbaren Klicken entriegelten sich die Autotüren, doch David machte keine Anstalten, einzusteigen. Wir standen voreinander, das Fahrrad immer noch zwischen uns, und kriegten nicht so recht die Kurve. Ich musste den Kopf in den Nacken legen, um ihm ins Gesicht zu sehen. Er war mir in den letzten zwei Stunden seltsam vertraut geworden; auf eine Weise, die ich körperlich fühlen konnte. Wenn mich nicht sämtliche Instinkte trogen, ging es ihm ähnlich.

»Dann komm gut nach Hause, Toni, und danke fürs Zuhören. Ich – na ja, anscheinend hatte ich mehr Redebedarf, als mir bewusst war.« Er fuhr sich mit einem verlegenen Schnauben durch die Haare.

»Hey, daran ist nichts verkehrt! Ich fand's spannend, ein bisschen mehr über dich zu erfahren.« Ich schluckte. Puh, damit hatte ich mich ganz schön weit vorgewagt. »Außerdem kennst du jetzt auch meine dunklen Familiengeheimnisse. Obwohl die gar nicht so dunkel sind. Eher lächerlich.«

»Ach, ich glaube, dass du bei Weitem nicht die Einzige bist, die mit einer schrägen Verwandtenkonstellation geschlagen ist. Warte bloß, bis ich mit meiner Geschichte rausrücke«, witzelte er. »Aber das heben wir uns für einen anderen Tag auf. Wenn du magst, reden wir auch noch mal über Mary. Das heißt, falls du dein Angebot vorhin ernst gemeint hast.«

»Oh, das habe ich«, erwiderte ich mit Nachdruck. »Natürlich muss ich vorher noch Esther fragen, aber ich wüsste nicht, was dagegenspräche. Wir haben genug Land, um über den Sommer ein Pony sattzukriegen. Und für die restliche Zeit des Jahres findest du bestimmt eine Lösung.«

»Davon gehe ich aus.« David lächelte wieder. Einen Augenblick lang hatte ich den Eindruck, als wollte er sich vorbeugen und mich umarmen, doch dann wandte er sich rasch ab und öffnete die Fahrertür.

»Fahr vorsichtig, Toni.« Er nickte mir zu und stieg ein.

Ich stieß die Luft aus, die ich unwillkürlich angehalten hatte. Okay. Zeit, dass ich nach Hause kam.

# 11

Am folgenden Tag öffneten wir das Hofcafé wieder, und ein Strom von Urlaubern brach über Esther, Finja und mich herein wie eine zweite Sintflut. Offenbar waren die Leute nach drei Tagen Weihnachtsfeierei so gelangweilt, dass sie unbedingt vor die Tür und etwas erleben wollten. Dass über die Winterferien viel Betrieb herrschte, war normal, doch an diesem siebenundzwanzigsten Dezember waren bereits am späten Vormittag alle Tische durchgehend besetzt, sodass wir Gäste fortschicken mussten. Viele wollten Kuchen oder Esthers gegrillte Panini mit selbst gebackenem Brot zum Mitnehmen, was mich wahnsinnig machte, denn ich kam mit den Bestellungen einfach nicht hinterher. Ich schaffte es nicht mal, zwischendurch aufs Klo zu gehen.

Als ich am Nachmittag zuvor nach meinem Kaffeedate mit David wieder zu Hause angekommen war, hatte ich mich richtig beschwingt gefühlt. Ich hatte die Schafe in den Stall gebracht und ihnen während des Fütterns erzählt, dass sie im Sommer Gesellschaft in Form eines weißen *Keinhorns* bekommen würden. Dann war ich voller Elan in die Küche gestiefelt und hatte einen Apfelstreusel mit Zimt und eine herrlich schokoladige Lebkuchentorte fabriziert. Ich war so aufgekratzt gewesen, dass ich unbedingt etwas mit meinen Händen hatte tun müssen. Das Backen hatte mich wie immer beruhigt, und meine lärmenden Gedanken waren verstummt. Ich war voller Vorfreude auf den nächsten Tag gewesen, wenn im Café wieder Leben einkehrte.

Keine vierundzwanzig Stunden später war von meiner Euphorie nicht mehr viel übrig. Am späten Nachmittag war ich erschöpft und gereizt und sehnte den Feierabend herbei. Zu allem Überfluss beehrten Veronika und Bernd, unser Essener Gästepaar, das Hofcafé ausgerechnet heute mit ihrer Anwesenheit. Sie passten mich ab, als ich gerade mit einem Tablett voll schmutzigem Geschirr in den Händen in Richtung Küche hastete, um mir in bemerkenswerter Lautstärke mitzuteilen, wie *phänomenal* der Urlaub sich bereits auf ihr Liebesleben ausgewirkt hätte. Während ich mit einem verkrampften Lächeln im Gesicht dastand und mir wünschte, der Boden möge sich auftun, tobte um mich herum das Chaos unvermindert weiter. Finja rettete mich schließlich, indem sie mir das Tablett abnahm und mir ins Ohr trompetete, dass es an Tisch vier ein Malheur gegeben habe und ich mich sofort darum kümmern müsse. Tatsächlich saß an besagtem Tisch nur Habbo in Gesellschaft seines Neffen samt Familie und zwinkerte mir zu. Er hatte mein Dilemma erkannt und mir Finja geschickt. Dankbar drückte ich ihm die Schulter und flüchtete in die Küche, um mich der nächsten Bestellung zu widmen.

David bekam ich den ganzen Tag lang nicht zu Gesicht. Wann immer ich zwischendurch für einen kurzen Moment an ihn dachte, mir vielleicht sogar wünschte, er möge auf einen Sprung im Café vorbeischauen, kam garantiert sofort etwas dazwischen, das meine Aufmerksamkeit beanspruchte. Am Ende des Tages war ich froh, dass er nicht aufgetaucht war. Ich hätte kaum eine Minute für ihn erübrigen können, was ich zweifellos bedauert hätte. So hoffte ich einfach auf eine andere Gelegenheit, noch ein wenig Zeit mit ihm zu verbringen, bevor sein Urlaub bei uns zu Ende ging.

Der folgende Morgen bescherte uns gnädigerweise eine Verschnaufpause. Zwar war das Hofcafé wieder gut besucht, doch wir blieben von den Menschenmassen des Vortags verschont, und die Arbeit plätscherte so angenehm vor sich hin wie die dezente Lounge-Musik im Hintergrund. Ich überlegte sogar, ob ich es schaffen würde, zwischendurch rasch ein paar Zimtwaffeln zu backen. Die passten hervorragend zu einer Tasse Ostfriesentee und waren bei allen Gästen gleichermaßen beliebt. Während ich im Kopf die Zutaten durchging, wurde in meinem Rücken die Tür aufgerissen, und David platzte herein, wetterfest verpackt in Jacke und Schal. Freudig überrascht wollte ich den Mund öffnen, um ihn zu begrüßen, als mir sein gehetzter Gesichtsausdruck auffiel. Uff. Das verhieß nichts Gutes.

»Moin, David.« Ich hielt den Blick fest auf ihn gerichtet. Die Anspannung, die von ihm ausging, war mit Händen zu greifen.

»Toni.« Er schien erleichtert, mich zu sehen, und kam ohne Umschweife zur Sache. »Ich habe ein Problem. Ein großes sogar. Elsa ist weg. Beim Spazierengehen abgehauen, weil sie sich vor einem Trecker erschreckt hat. Ich konnte gar nicht so schnell gucken, wie sie sich aus dem Halsband rausgewunden hat.«

Er stockte und holte hörbar Luft. Als ich ihn nur sprachlos anstarrte, fuhr er rasch fort: »Ich weiß, das ist an sich erst mal kein Weltuntergang, aber sie war wirklich panisch. Normalerweise sichere ich sie doppelt mit Geschirr und Halsband, damit genau so etwas nicht passiert – oberste Regel bei schreckhaften Hunden. Aber sie war in den letzten Tagen super drauf und auf mich fokussiert, sodass ich es heute beim Halsband belassen habe, ich Vollidiot …«

»Na ja, du konntest nicht wissen, dass sie so reagiert. Und sie kann jetzt zumindest nirgendwo hängen bleiben, das ist schon mal ein Vorteil. Wo ist sie denn weggelaufen?«

»Wir waren ungefähr auf der Hälfte des Wirtschaftswegs. Einer von diesen monströsen Riesentreckern kam vorbei, und wir sind seitlich auf eine der Weiden ausgewichen. Der Traktor hat einen Höllenlärm gemacht. Ich glaube, Elsa hat so ein Ding noch nie gesehen. Sie ist dann quer über die Wiese abgehauen und in einem Wäldchen verschwunden. Seitdem ist sie wie vom Erdboden verschluckt. Erst wollte ich ihr hinterherrennen, aber das hätte ihr wahrscheinlich noch mehr Angst gemacht. Ich habe keine Ahnung, wo ich sie jetzt suchen soll. Das kleine Waldstück habe ich schon durchkämmt, da ist sie nicht mehr.«

»Hm.« Ich war ebenso überfragt wie er. »Vielleicht kommt sie ja einfach von selbst zurück? Ich meine, mittlerweile kennt sie den Weg ja ziemlich gut.«

»Das schon, aber alles drumherum ist ihr fremd. Ich kann nur hoffen, dass sie nicht zu weit wegläuft und sich verirrt.«

*Vor allem nicht bei diesem ekelhaften Wetter,* dachte ich, sprach es aber nicht aus. David wirkte schon unglücklich genug, da wollte ich ihm nicht noch mit ausgeschmückten Schreckensszenarien Angst einjagen.

»Verdammt noch mal.« Jetzt war ich auch beunruhigt. »Was wirst du tun? Kann ich dir irgendwie helfen?«

»Oh, ich will dich nicht von der Arbeit abhalten. Eigentlich bin ich nur hier, um dir meine Handynummer zu geben. Würdest du mich anrufen, falls sie auf dem Hof auftaucht?«

»Natürlich.« Ich zog mein Smartphone aus der Gesäßtasche meiner Jeans und speicherte die Nummer, die er mir diktierte. »Ich habe deine Daten zwar in unserer Buchungssoftware, aber der Rechner steht im Büro. Vorsichtshalber schicke ich dir auch gleich meinen Kontakt. Melde dich unbedingt, wenn du sie gefunden hast, okay?«

»Mach ich. Danke, Toni. Ich gehe jetzt erst mal wieder zu der Stelle, wo sie mich abgehängt hat. Angeblich kehren die meisten Hunde früher oder später an diesen Ort zurück. Das könnte ein Geduldspiel werden.«

»Sie kommt wieder«, sagte ich impulsiv. Alles andere war einfach undenkbar. »Soll ich vorsichtshalber der Polizei Bescheid sagen? Ich glaube, die sind als Erste zuständig, wenn ein Hund entlaufen ist.«

»Ja, gern. Ich glaube zwar nicht, dass Elsa sich von Fremden einfangen lassen würde, aber es kann nicht schaden, wenn eine offizielle Stelle informiert ist.«

Ich sah durch das Fenster, wie David mit großen Schritten die Wiese vor dem Café überquerte und nach links in den Wirtschaftsweg einbog. Dort verschwand er aus meinem Blickfeld.

Elsa musste einen guten Kilometer vom Hof entfernt ausgebüxt sein; irgendwo auf den riesigen Kuhweiden, die unserem Nachbarn Hermann gehörten. Sie konnte mittlerweile überall sein.

Ich schlüpfte nach hinten in die Küche, wo ich einigermaßen ungestört telefonieren konnte, und dankte im Stillen dem Universum dafür, dass das Café heute nicht so überlaufen war wie gestern.

Esther, die mitbekam, wie ich mit der Polizei sprach, wollte natürlich wissen, was passiert war, nachdem ich mein Gespräch mit dem hörbar desinteressierten Beamten beendet hatte.

»Ich dachte immer, dass Hunde auf jeden Fall wieder nach Hause finden«, meinte sie und betrachtete mich nachdenklich. »Die haben doch so feine Nasen.«

»Nach Hause vielleicht schon, aber hier kennt sie sich nicht aus. Außerdem ist sie ja sehr ängstlich. David klang nicht gerade zuversichtlich.«

»Dann hilf ihm doch suchen.«

»Ich? Aber ich kann doch nicht einfach verschwinden und dich mit Finja und dem vollen Café alleinlassen.«

»Ach, das schaffen wir schon. Gestern wären wir ein bisschen ins Schwitzen geraten, aber doch nicht heute.« Esther war wie üblich tiefenentspannt. »Und du magst ihn doch.«

»Wen, den Hund?«, fragte ich irritiert. »Natürlich mag ich den.«

»Ich meine den Mann.« Esther lachte leise. »David.«

Ich verzog das Gesicht, als hätte ich in eine Zitrone gebissen. Woher wusste sie *das* schon wieder? Wahrscheinlich nannte man so etwas mütterlichen Instinkt. Brr. Aber im Prinzip war es auch egal, denn ich hatte ganz sicher nicht vor, mein Gefühlsleben vor Esther auszubreiten. Zumal David für mich ohnehin nie mehr sein würde als ein Schwarm. Ein *heimlicher* Schwarm, bitte schön.

»Ich bleibe nicht lange weg«, erwiderte ich knapp, bevor ich meinen guten altmodischen Bestellblock und die Geldbörse in eine Schublade verfrachtete. »Finja sage ich noch Bescheid.«

Esther verkniff sich jede weitere Bemerkung, doch ihr süffisantes Lächeln sprach Bände. Am liebsten hätte ich ihr einen Schubs versetzt. Sie hatte es wirklich drauf, sich innerhalb von Sekunden von einer verständnisvollen Supermutter in eine skrupellose Höllenfürstin zu verwandeln. Aber ich kannte es ja nicht anders.

Wenige Minuten später stapfte ich in meinen bequemen Winterstiefeln in Richtung Deich. Ich ging davon aus, dass David noch immer die Wiesen hinter dem Hof absuchte, also wollte ich es in der entgegengesetzten Richtung versuchen, ehe ich zu ihm stieß. Vom Deich aus konnte ich mir einen Überblick über die nähere Umgebung verschaffen, und falls irgendwo im Umkreis von mehreren Hundert Metern ein Hund herumlief, würde ich ihn mit etwas Glück entdecken.

Meine Hoffnungen zerschlugen sich schneller, als mir lieb war. Ich stand knappe zehn Minuten auf der windumtosten Deichkrone und ließ meinen Blick ein ums andere Mal über die gefrorene Winterlandschaft zu meinen Füßen wandern. Der Seenebel hatte sich längst aufgelöst; die Luft war eisig kalt und klar, und ich konnte weit ins Inland schauen. Auch das Watt auf der anderen Seite des Deichs nahm ich sorgfältig in Augenschein. Bald war Flut, und zu meiner Erleichterung konnte ich in der Ferne nirgendwo ein hellbraunes, sich bewegendes Etwas ausmachen. Ein Hund, der sich bei auflaufendem Wasser draußen im Watt aufhielt, noch dazu bei diesen Temperaturen, wäre verloren. Ich konnte nur hoffen, dass Elsas Instinkt sie davon abhielt, das feste Land zu verlassen.

Auf dem Weg zurück zum Hof lief ich David in die Arme. Ein Blick in sein Gesicht genügte mir, um zu wissen, dass seine Suche erfolglos verlaufen war.

»Hey, Toni. Was machst du hier?«

»Ich bin auf den Deich gestiegen und habe Ausschau nach Elsa gehalten. Leider vergeblich.«

»Das ist echt lieb von dir, aber musst du nicht arbeiten?«

»Äh, ja. Theoretisch schon, doch das ist schließlich ein Notfall. Hast du sie entdeckt? Gibt es irgendeine Spur?«

»Nichts. Absolute Fehlanzeige. Sie ist immer noch wie vom Erdboden verschluckt.« Er wirkte so niedergeschlagen, dass es mir einen Stich versetzte. Aber traurig zu sein half niemandem. Ein Plan musste her. Alles war besser, als nichts zu tun.

»Die Polizei weiß auf jeden Fall Bescheid. Was hältst du davon, wenn ich die Straße links runterlaufe und du rechts? Vielleicht treffen wir jemanden, dem sie begegnet ist. Sonst können wir später auch noch mit dem Auto rumfahren.«

So ernst wie heute hatte ich David noch nie gesehen, doch jetzt stahl sich endlich ein Lächeln auf seine Züge. Er schien sich zu freuen, dass ich ihm bei der Suche half. Immerhin etwas Positives.

Als wir uns nach einer knappen Stunde wieder beim Hof einfanden, war uns beiden das Lachen vergangen. Elsa blieb verschwunden; niemand wusste etwas oder konnte uns irgendwie weiterhelfen. Ich musste zurück ins Café, weil Esther und Finja mich brauchten. David wollte natürlich nichts unversucht lassen und setzte sich in den Beetle, um die Gegend abzufahren. Ich verstand ihn nur zu gut. Hätte ich nicht arbeiten müssen, hätte ich ihn begleitet, doch so blieb mir nichts anderes übrig, als ihm im Geist die Daumen zu drücken und mir zu wünschen, dass Elsa sich irgendwo zeigte. Immer wieder blickte ich aus dem Fenster in der Hoffnung, sie plötzlich draußen auf dem Hof zu entdecken, doch die Wiese vor dem Café blieb leer. Ich lief sogar zweimal zum Apartment, um sicherzugehen, dass sie nicht vor der Tür oder irgendwo im Garten wartete. Nichts.

Als es dämmerte, war David noch immer nicht wieder da, und das Herz wurde mir schwer. Erst gegen halb sechs, als es bereits stockfinster war und das Café sich merklich geleert hatte, kam er zur Tür herein.

»Hey«, sagte er leise. »War sie hier?«

Ich schüttelte den Kopf und bedeutete ihm, sich an einen der freien Tische zu setzen. Er sah müde und verfroren aus, also brachte ich ihm einen Pott Kaffee und die letzten Zimtwaffeln mit einem Klecks Schlagcreme. Um mich abzulenken, hatte ich einen ganzen Stapel gebacken, der rasend schnell dahingeschmolzen war. Seeluft machte alle hungrig.

Dankbar blickte er mich an und nahm einen großen Schluck Kaffee, ehe er in das frische Gebäck biss. Ich ließ ihn erst mal in Ruhe essen und kassierte die Gäste am Nebentisch ab, ehe ich mich kurz zu ihm setzte.

»Ich nehme an, du hast nichts erreicht?«

»Gar nichts. Ich bin so weit gefahren, wie es meiner Meinung nach Sinn macht, und bin immer wieder ausgestiegen und habe nach ihr gerufen. Aber ich muss mich wohl damit abfinden, dass ich nichts tun kann außer zu warten, bis sie von selbst zurückkommt. Wahrscheinlich ist sie viel zu verschreckt, um sich zu zeigen. Trotzdem überlege ich, heute Abend einen Aufruf bei Facebook zu starten.«

»Ja, warum nicht? Vielleicht halten die Leute dann die Augen offen. Ich schätze, ansonsten kannst du nur alle ein, zwei Stunden nachschauen, ob sie vor deiner Tür steht. Ich werde auf jeden Fall regelmäßig aus dem Fenster gucken – von oben habe ich einen guten Überblick. Die Außenbeleuchtung lassen wir heute Nacht an.«

»Danke, Toni. Ich weiß das zu schätzen, ehrlich. Das wird eine lange Nacht. Aber vermutlich kriege ich sowieso kein Auge zu.« Er seufzte. »Deine Waffeln sind übrigens unglaublich. Echtes Seelenfutter. Bis eben wollte ich die ganze Zeit nur heulen, aber jetzt geht's mir besser.«

Ich strahlte ihn an. »Das freut mich.«

Und das tat es wirklich. Wenn ich sonst schon nichts ausrichten konnte, dann backte ich eben süße Trostspender. Das gab mir zumindest das Gefühl, irgendwie von Nutzen zu sein.

»Ich packe dir gern ein paar Waffeln für später ein, als Mitternachtssnack oder so.« Ich verschwieg ihm, dass ich dafür neuen Teig würde anrühren müssen. Wenn es ihm half, nahm ich diesen kleinen Umstand gern in Kauf.

Doch er schüttelte den Kopf und stand auf. »Ich habe deine Hilfsbereitschaft heute schon mehr als genug strapaziert. Aber trotzdem vielen Dank. Wie gesagt, ich weiß das zu schätzen. Das ist nicht nur so dahingesagt.«

Das Lächeln, mit dem er mich bedachte, war bezaubernd und dabei so traurig, dass es mir den Hals zuschnürte. Bevor er sich zum Gehen wandte, berührte er mich ganz sachte am Arm. Es war nicht mehr als ein Antippen, aber es fühlte sich an wie etwas sehr Persönliches. Eine winzige und dennoch intime Geste.

*Er ist ein bisschen durch den Wind,* redete ich mir ein, *und er will nett sein.*

Als er fort war, räumte ich das wenige Geschirr vom Tisch auf mein Tablett. David hatte es irgendwie geschafft, einen Zehneuroschein unter den Teller mit den Waffeln zu mogeln. Den würde ich ihm morgen zurückgeben, notfalls gegen seinen Willen.

Ich durfte nicht weiter darüber nachdenken, wie er mich gerade angelächelt hatte. Mich berührt hatte. Ich musste mich zusammenreißen, sonst konnte es passieren, dass er mir das Herz brach. Und das wäre nicht gut – überhaupt nicht gut.

# 12

Es war kurz vor eins, als ich zum ersten Mal im Bett hochschreckte.

Ich war spät eingeschlafen und hatte wirres Zeug geträumt, nachdem ich zuvor noch eine Runde ums Haus gedreht hatte. Der Gedanke an Elsa, die ganz allein in Kälte und Dunkelheit umherirrte, hatte mir einfach keine Ruhe gelassen. Vorsorglich hatte ich eine Schale mit Katzenfutter im Schutz der beiden Müllcontainer deponiert, die hinter dem Hofcafé standen. Hier kam die Hündin vorbei, wenn sie aus Richtung der Kuhweiden auf direktem Weg zum Apartment lief.

Ich schälte mich aus dem Bett und trat an das Fenster, das zum Café hinauszeigte. Still und verlassen lag die gefrorene Rasenfläche im matten Schein der Außenlampe. Nichts rührte sich. Ich stieß einen Fensterflügel auf und lauschte in die Nacht, doch ich vernahm nur das zarte Wispern des Windes in den Ästen der Bäume ringsum. Für den Fall, dass Elsa mich hören konnte, rief ich leise ihren Namen. Irgendein Instinkt verriet mir, dass sie ganz in der Nähe war. Doch wenn das stimmte, ließ sie sich nicht blicken. Ich konnte nur hoffen, dass der Hunger irgendwann ihre Furcht überlagerte und sie sich schließlich daran erinnerte, wo ihr Lieblingsmensch zu finden war.

Ich schüttelte mich vor Kälte und schloss das Fenster rasch wieder. Draußen herrschten Temperaturen um den Gefrierpunkt. Es war bei Gott keine Nacht, um sich lange im Freien aufzuhalten.

In den folgenden Stunden döste ich immer wieder ein, um kurz darauf voller Unruhe zusammenzufahren. Gegen halb vier gab ich es auf, zog einen dicken Fleecepulli über den Schlafanzug und schlüpfte in Socken und Winterstiefel. Noch im Halbschlaf ging ich zum Kühlschrank und nahm den Rest des Tofu-Burgers heraus – mein Abendessen aus dem Café. Der Großteil war übrig geblieben, weil ich keinen rechten Appetit gehabt hatte. Ich verstaute ihn in einer kleinen Plastikbox, die ich mir in die Jackentasche steckte. Wer konnte schon wissen, ob ich nicht ein Lockmittel brauchen würde?

Es gab keine logische Erklärung, aber irgendetwas, mochte es eine Ahnung, mein Bauchgefühl oder pure Einbildung sein, zog mich nach draußen. Ich lief so leise wie möglich die Treppe hinunter, um Esther nicht zu wecken, und öffnete die Haustür. Die Kälte traf mich wie ein Schlag ins Gesicht.

Ich zog mir die Kapuze über den Kopf und bog um die Hausecke. Rasch überquerte ich den Rasen, anstatt wie sonst den gepflasterten Weg zum Café zu nehmen. Als ich die Müllcontainer erreichte, bückte ich mich und tastete nach der Schale mit Futter. Sie war leer, ausgeputzt bis auf den letzten Krümel.

Ich konnte nicht ausschließen, dass eine von Esthers Katzen sich das Futter einverleibt hatte. Doch ich glaubte nicht so recht daran. Die vier Stubentiger waren eine verwöhnte Bande, die im Winter kaum je eine Pfote vor die Tür setzte. Außerdem waren sie wählerisch und vollgefressen, sodass sie meistens nur in den Näpfen herumpickten. Und hier hatte jemand großen Hunger gehabt. Vielleicht war es auch ein Fuchs oder Marder gewesen.

Langsam richtete ich mich auf und drehte mich einmal um die eigene Achse. Die Außenbeleuchtung war so schwach, dass sie nicht bis in die hintere Ecke des Hofs reichte, also versuchte ich meine anderen Sinne zu schärfen.

»Elsa«, rief ich leise. »Bist du da?«

Ein kurzes, schabendes Geräusch drang an mein Ohr, dann herrschte wieder Stille. Ich hielt den Atem an. Da! Hinter dem gelben Müllcontainer hatte sich etwas bewegt. Oder war es nur der Schatten der Bäume gewesen?

»Elsa, komm! Komm her, mein Mädchen.«

Meine Hand fuhr in die Tasche meiner Jacke und zog die Plastikdose hervor. Schnell nahm ich den Deckel ab, damit der köstliche Geruch des gebratenen Tofus sich verbreiten konnte. Den Container ließ ich dabei nicht aus den Augen.

»Elsa, schau, was ich hier habe. Lecker Burger – mhmm!«

Wieder das Schaben, als streife etwas an dem Kunststoff entlang. Diesmal war ich sicher, dass ich es mir nicht eingebildet hatte. Aber war das wirklich die Hündin?

Gerade wollte ich wieder den Mund aufmachen, um sie zu locken, da hörte ich ein leises Winseln. Eindeutig von einem Hund!

Mir wurden die Knie weich vor Erleichterung. Sie hatte tatsächlich zurückgefunden. Jetzt hieß es vorsichtig sein, um sie nicht erneut zu erschrecken.

Ganz langsam ging ich wieder in die Hocke und streckte die Hand aus, in der ich ein Stück Burger hielt. Elsas Gefräßigkeit war meine einzige Chance.

Mit sanfter Stimme schmeichelte und plapperte ich um mein Leben. Nach einer Weile schob sich der schmale Kopf mit dem langen Fang und den großen Ohren vorsichtig hinter dem Container hervor. Weitere endlose Minuten später bewegte sich der ganze Hund in geduckter Haltung zentimeterweise in meine Richtung. Als Elsa endlich das fettgetränkte Brötchen aus meiner Hand nahm, sprang sie fast im selben Augenblick mit einem Riesensatz zurück, doch ich hätte vor Freude trotzdem am liebsten losgeheult.

Zum Glück kroch sie gleich darauf wieder auf mich zu, den Blick gebannt auf die Dose in meiner Hand gerichtet. Jetzt hatte ich sie an der Angel. Ich lief Schritt um Schritt rückwärts, Elsa wie an einer unsichtbaren Leine hinter mir herziehend, und betete, dass David noch wach war und mir die Tür aufmachte.

Tatsächlich drang gedämpftes Licht aus den Fenstern des Apartments. Wahrscheinlich hatte der arme Mann genau wie ich die ganze Nacht kaum ein Auge zugetan. Ich stieg in Zeitlupe die zwei Stufen hinauf und klopfte verhalten gegen die Glasscheibe. Die Plissees dahinter waren hochgezogen, doch schon nach wenigen Sekunden hörte ich drinnen Schritte, die sich näherten. Elsa starrte immer noch auf den Burger in meiner Hand. Ich gab ihr vorsichtshalber ein weiteres Stück, damit sie nicht umdrehte und das Weite suchte, sobald die Tür sich öffnete.

Doch die Hündin hatte die Nase offenbar gründlich voll von Abenteuern. Als David auf der Schwelle erschien, sprang sie an mir vorbei die Stufen hinauf und an ihm hoch, wobei sie vor Begeisterung hohe, quietschende Töne von sich gab. David ging mit einem erstickten Ächzen in die Knie und ließ sich mitsamt dem sich ekstatisch windenden Hund rückwärts auf den Teppich fallen. Ich schob mich blitzschnell hinter den beiden in die Waschküche und drückte mit beiden Händen die Tür zu. Ha! Wir hatten sie!

Gott im Himmel. Ich war fix und fertig. Meine Beine fühlten sich an wie Pudding, also hockte ich mich zu dem glückselig verknäulten Mann-Hund-Gespann auf den Läufer und versuchte, durch gleichmäßiges Atmen mein wild klopfendes Herz zu beruhigen. Das Adrenalin rauschte unvermindert durch meine Blutbahn. Diese Aktion hatte mich garantiert ein paar Monate meines Lebens gekostet.

Irgendwann gelang es David, Elsa von sich herunterzuschieben. Sie blieb neben ihm auf dem Boden liegen, den Kopf auf seinen Oberschenkel gebettet, und starrte verzückt zu ihm auf. Ihre Rute schlug unablässig auf den Boden.

Eine Hand in ihrem Fell, schaute David mich an. Sein Blick ging mir durch und durch. Als er die andere Hand nach mir ausstreckte, krabbelte ich wie ferngesteuert auf ihn zu.

Was dann passierte, hätte ich nie für möglich gehalten. David zog mich in eine Umarmung, drückte mich wortlos gegen seine Brust, und automatisch hielt ich mich an ihm fest und vergrub das Gesicht im weichen Stoff seines Sweaters. Reines, warmes Glück breitete sich wie eine auslaufende Welle in meinem Körper aus und vertrieb das Adrenalin. Ich schloss die Augen und wurde ganz ruhig. Es war lange her, dass ich einem Mann zuletzt so nah gewesen war. Vielleicht fühlte es sich deswegen so intensiv an. Die ewige Skeptikerin in mir fragte sich sogar, ob sie das Ganze bloß träumte. Denn das konnte doch nicht wirklich geschehen – oder?

Es vergingen Minuten, vielleicht auch ein Zeitalter, bis David schließlich die Arme sinken ließ. Stattdessen ergriff er meine eiskalten Hände und wärmte sie, indem er mit den Daumen sanft über meine Handrücken fuhr. Wir hockten immer noch sehr nah voreinander, und ich hatte seinen Geruch in der Nase: eine verlockende Mischung aus Zeder und Seife und warmer Männerhaut. Elsa fiepte leise.

»Wie in aller Welt hast du das geschafft, Toni?« Der Ausdruck in seinen blaugrünen Augen war weich, beinahe zärtlich. Genau wie seine Stimme. »Wo hast du sie gefunden? Ich habe die ganze Nacht lang gefühlt alle zwei Minuten den Kopf zur Tür rausgesteckt und nach ihr gerufen, aber sie hat sich nicht bemerkbar gemacht.«

Ich erzählte ihm von dem Katzenfutter und meiner unbestimmten Ahnung, die mich mit einem Tofu-Burger in der Jackentasche um halb vier Uhr früh aus dem Haus getrieben hatte. Dabei war ich mir die ganze Zeit bewusst, dass er meine Hände in seinen hielt.

»Bitte mach mir jetzt keine Vorwürfe, weil ich ihr Katzenfutter und gebratenen Tofu gegeben habe«, plapperte ich aufgedreht. »Ich war in einer – einer Notlage.«

David lachte. Die Anspannung war von seinen Zügen verschwunden; er wirkte wie befreit. »Von mir aus hättest du ihr die ganze Speisekarte hoch und runter servieren können! Wobei dein Burger anscheinend unwiderstehlich war. Bestimmt hat sie noch nie etwas so Köstliches gefressen.«

»Ach, den hat Esther gemacht«, wehrte ich verlegen ab. »Ich kann nur Kuchen.«

Er schüttelte leicht den Kopf. »Das spielt keine Rolle, Toni. Du bist einfach unglaublich. Ich habe noch nie jemanden getroffen, der in alles, was er tut, so viel Herzblut investiert. Du machst keine halben Sachen. Sieh dir an, was du erreichst! Seit ich dich kenne, passieren endlich wieder gute Dinge in meinem Leben.«

Beim letzten Satz war seine Stimme leiser geworden. Dann murmelte er etwas, das klang wie »Ach, scheiß drauf«, und neigte sich vor, um mich zart auf den Mund zu küssen.

Zu behaupten, ich wäre überrascht, war die Untertreibung des Jahrhunderts. Es glich einem Wunder, dass ich nicht hintenüber kippte und wie ein Käfer schreckerstarrt auf dem Rücken liegen blieb. Vielleicht tat ich es bloß nicht, weil ich dann das Beste verpasst hätte.

Dass David mich je küssen würde, war mir bisher so wahrscheinlich erschienen wie die Rückkehr der Dinosaurier. Deshalb hatte ich auch nie weiter darüber nachgedacht. Es war wie ein unerwartetes und äußerst kostbares Geschenk, das er mir in die Hand drückte. Mein Körper reagierte instinktiv auf ihn. Mit geschlossenen Augen ließ ich diesen federleichten und doch innigen Kuss auf mich wirken. Er fühlte sich richtig und absolut perfekt an.

Doch die Magie unseres ersten zaghaften Körperkontakts währte nicht lange – natürlich nicht! Ausgerechnet Elsa machte Davids Annäherungsversuch den Garaus und holte uns beide unsanft auf den Boden der Tatsachen zurück. Als wir die Köpfe zusammensteckten und uns nicht weiter rührten, wurde sie unruhig. Ihr Fiepen steigerte sich zu einem

Bellen, und sie sprang so unvermittelt auf, dass wir auseinanderfuhren.

»Herrgott«, David hatte vor Schreck meine Hände losgelassen, »dieser Hund macht mich noch irre!«

Ich schnappte nach Luft, während Elsa einen hysterischen Tanz aufführte. Sie war offenbar völlig überdreht von ihrem Abenteuer und brauchte Aufmerksamkeit.

Ich schaute David an und konnte sehen, dass er sich fragte, was ihn da gerade überkommen hatte. Auf seiner Miene spiegelten sich Zweifel, Verlegenheit und eine Spur von Trotz. Ob er seinen spontanen Entschluss, mich zu küssen, lieber wieder rückgängig gemacht hätte? Für meinen Geschmack kam er etwas zu hastig auf die Beine, während ich noch immer auf dem Boden kniete und mich irgendwie verloren fühlte.

»Ähm, ich glaube, ich gebe ihr noch ein bisschen Futter.« David trat einen Schritt zurück und fuhr sich nervös durch die Haare. Sein sonst so klarer Blick irrte an mir vorbei. Hm.

Ich stand langsam auf. Meine Beine waren steif, als hätte sie jemand in den Gelenken festgeschraubt, und ich merkte plötzlich, wie müde und durchgefroren ich war. Kein Wunder, schließlich war ich nicht mal vollständig angezogen. Der Gedanke entlockte mir ein leicht überdrehtes Kichern. Da war ich mitten in der Nacht mit meinem Schwarm allein, er küsste mich, und ich trug ausgerechnet einen Flanellschlafanzug! Verführerischer konnte ein Outfit wohl kaum sein, vor allem, wenn man es noch mit einer Winterjacke kombinierte.

Davids Gesicht hellte sich auf, als er meine Erheiterung bemerkte. »Was ist los?«, wollte er wissen.

Ich wies auf meine mit Schäfchen bedruckte Schlafanzughose, die in den gefütterten Stiefeln steckte. »Ich habe mich vorhin extra sexy angezogen, und es hat gewirkt.«

Wir lachten beide, und zu meiner Erleichterung löste es die Spannung zwischen uns. Na ja, beinahe.

»Ich glaube, ich gehe jetzt zurück ins Bett. Bald muss ich wieder raus.« Das stimmte zwar, aber vor allem wollte ich uns beiden Zeit geben, die Ereignisse dieser Nacht zu verdauen. Außerdem war es mittlerweile bestimmt nach vier, und ich sollte dringend zusehen, dass ich noch ein bisschen Schlaf bekam.

David trat vorsichtig auf mich zu und blieb direkt vor mir stehen. Er schien sich wieder gefangen zu haben.

»Natürlich. Du musst ja arbeiten.« Täuschte ich mich, oder schwang in seiner Stimme leises Bedauern mit? »Danke noch mal, Toni. Für alles. Reden wir später?«

Seine Augen suchten meine und hielten sie fest. Insgeheim war ich froh, dass er nicht vorhatte, den Kuss wie einen Ausrutscher zu behandeln und stillschweigend darüber hinwegzugehen. Denn das hätte mich verletzt, mehr als alles andere.

»Klar. Morgen ... heute, meine ich. Du weißt ja, wo du mich findest. Komm einfach vorbei, wenn du Lust hast. Und, äh, pass unbedingt besser auf deinen verrückten Hund auf, okay?«

Er lächelte. Nun war auch ihm die Müdigkeit anzusehen. »Mach ich. Verlass dich drauf. Gute Nacht!«

Als er die Hand ausstreckte und mit den Fingerspitzen behutsam meine Wange berührte, erschauerte ich. Auf gewisse Weise war diese Geste fast genauso intim wie ein Kuss. Sie gab mir Gewissheit, dass es nicht nur die Euphorie des Augenblicks gewesen war, die David dazu verleitet hatte, mir nahezukommen. Da war noch mehr. Die Frage war bloß, ob die übrigen Umstände dazu geeignet waren, sich rosaroten Fantasien hinzugeben – oder ob ich besser daran tat, sämtliche Hoffnungen auf der Stelle zu begraben.

# 13

Nach dem Aufstehen fühlte sich alles, na ja, anders an. Und ein bisschen seltsam. Ich hatte Kopfschmerzen wie bei einem Kater, obwohl ich keinen Tropfen Alkohol getrunken hatte. Das musste der Schlafmangel sein. Ich war erst um kurz vor fünf ins Bett gefallen und hatte nur noch gedöst, bis es Zeit zum Aufstehen gewesen war. Zu viel war in der Nacht passiert, als dass mein Hirn einfach Ruhe gegeben und mich hätte schlafen lassen.

Nun war ich hundemüde und quälte mich durch den Vormittag, bediente die späten Frühstücksgäste und brühte mir selbst zu viele doppelte Espressi auf. Als ich gerade die erste Curryvurst des Tages servierte, sah ich draußen David und Elsa. Er winkte mir zu, als er mich durch das Fenster entdeckte, und mein Herz machte einen aufgeregten kleinen Hüpfer. Ich hatte seit meiner spontan angesetzten Kaltwasserdusche zum Wachwerden die bange Frage im Kopf hin- und hergeschoben, ob heute tatsächlich noch ein Gespräch zwischen David und mir stattfinden würde. Denn in ungefähr vierundzwanzig Stunden kehrte er zurück nach Köln, und abgesehen davon, dass er seine Stute im Sommer zu uns bringen wollte, hatte ich keinerlei Anhaltspunkt, ob und wann wir uns wiedersehen würden. Rein gar nichts war geklärt zwischen uns – faktisch kannten wir uns nicht mal. Lediglich ein paar gemeinsam verbrachte Stunden mit tollen Gesprächen und der überraschende Kuss von letzter Nacht verbanden uns. Ich war in Sorge, dass diese dürftige Grundlage nicht ausreichen würde, um uns über die Distanz hinweg einander näherzubringen. Selbst wenn David bald geschieden sein würde, hieß das ja noch lange nicht, dass er sofort etwas Neues wollte. Oder *mich.*

Ein Klopfen an der Scheibe unterbrach meine Gedanken. Ich wünschte der Dame mit der Curryvurst guten Appetit und trat dann rasch vor die Tür, die Arme gegen die Kälte vor der Brust verschränkt.

»Hi, Toni!« Davids Lächeln verriet mir, dass er sich freute, mich zu sehen. Falls er nervös war, verbarg er es sorgfältig. Elsa schob unterdessen ihre feuchte Nase in meine Hand, als wären wir neuerdings die besten Freundinnen. Ich stellte fest, dass sie zusätzlich zu ihrem Halsband ein Brustgeschirr trug, und musste schmunzeln. So schnell würde David sie nicht mehr entwischen lassen.

»Wie geht's dir? Ich will dich nicht lange von der Arbeit abhalten, sondern nur fragen, wann du heute Feierabend machst.«

Ahh. Mein Puls stieg in ungeahnte Höhen. Offenbar würde ich mein Gespräch bekommen. »Hey. Oh, mir geht es gut. Ich bin nur müde. Normalerweise sollte ich spätestens um halb acht drüben in meiner Wohnung sein. Eher früher, mir ist so gar nicht nach Überstunden.«

»Okay. Falls du nichts weiter vorhast, würde ich gern auf einen Sprung vorbeischauen. Natürlich nur, wenn es dir recht ist.«

»K-klar! Komm einfach hoch und klopf an meine Tür.« Vor lauter Aufregung war ich ungewohnt einsilbig.

»Super, werde ich machen. Jetzt geh wieder rein, bevor du erfrierst. Ich laufe mit dem Ungeheuer hier eine große Runde. Heute Morgen hat sie sich kaum vor die Tür getraut, aber mittlerweile ist sie schon wieder ziemlich frech. Na ja, abhauen kann sie jedenfalls nicht mehr, das verhindert meine Spezialkonstruktion.« Er hielt die beiden Leinen hoch, die an Halsband und Geschirr befestigt waren.

Ich musste lachen. »Pass bloß auf, dass du dich damit nicht aus Versehen selber fesselst …«

Ich schlüpfte zurück in die Wärme des Cafés. Durchs Fenster blickte ich den beiden nach, wie sie über den Rasen liefen und in Richtung Deich abbogen. Mein Herz war gleichzeitig leicht und schwer. Einerseits konnte ich kaum glauben, dass David tatsächlich ein gewisses Interesse für mich aufzubringen schien; andererseits war die Tatsache, dass er Ostfriesland morgen verließ, ein schwerwiegendes Hemmnis, das ich nicht einfach ignorieren konnte. Ich war mehr als gespannt, was er mir nachher zu sagen hatte.

Um Viertel vor acht klopfte es an meiner Wohnungstür. Ich war ungefähr eine halbe Stunde zuvor aus dem Café gekommen, hatte mich ein wenig frisch gemacht und meine Arbeitskleidung mit einem herrlich kuscheligen grünen Strickpullover und bequemen Jeans vertauscht. Es waren meine absoluten Wohlfühlklamotten, und trotzdem war ich ganz zappelig vor Unruhe.

Wenigstens ließ David mich nicht warten. Ich flitzte durch den Flur, um die Tür zu öffnen, und betete dabei, dass Esther nichts mitbekommen hatte. Sonst würde sie mir morgen früh garantiert neugierige Fragen stellen, und darauf konnte ich gut verzichten.

Er war allein gekommen, ohne den Hund.

»Hey«, sagte er nur, und ich sah sofort, dass ich diesmal nicht die Einzige war, die von Nervosität geplagt wurde. Er hatte die Hände in den Taschen seiner Jeans vergraben und zog die Schultern hoch. Vielleicht war ihm aber auch bloß kalt. Flur und Treppenhaus in unserem alten Gulfhaus wurden nicht gerade großzügig beheizt.

Ich bat ihn herein, und als ich die Tür hinter ihm schloss, zitterten meine Finger. Wir gingen in die Küche, die gemütlich genug für ein offenes Gespräch, gleichzeitig aber so etwas wie neutraler Boden war. Ich hatte schließlich keine Ahnung, was mich erwartete.

David blickte sich um, während er sich setzte. »Wow. Du hast ja eine tolle Wohnung. Ziemlich groß, oder?«

Ich drehte mich halb zu ihm um, während ich nach dem Wasserkessel neben der Spüle griff.

»Ja, über hundert Quadratmeter. Eigentlich ist es viel zu viel Platz für eine Person, und das Wohnzimmer nutze ich gar nicht richtig. Mein Schlafzimmer ist quasi der Ort, wo ich wohne, wenn ich zu Hause bin. Aber es ist trotzdem cool, sich ausbreiten zu können. Tee?« Ich schwenkte den Kessel.

»Hm, also, ich will dich nicht lange aufhalten, aber eine Tasse trinke ich gern mit.« Die Fältchen um seine Augen kräuselten sich leicht. Ich wandte vorsichtshalber den Blick ab und konzentrierte mich darauf, Wasser in den Kessel laufen zu lassen.

Was hatte es zu bedeuten, dass er mich *nicht lange aufhalten wollte*? War das gut oder schlecht? Gleich würde ich es erfahren, vorausgesetzt, ich drehte vorher nicht durch.

Dann saßen wir einander gegenüber an meinem wuchtigen alten Holztisch, den ich bei meinem Einzug in einem blassen Salbeiton lackiert hatte, genau wie die Anrichte neben dem Fenster. Ich liebte diese Farbe und fand, dass sie perfekt zu Vintagemöbeln und alten Häusern passte. Vielleicht konnte ich Esther irgendwann überreden, dass wir unsere zweiflügelige Haustür salbeifarben strichen. Noch hielt sie eisern an dem typischen dunklen »Friesengrün« mit weißen Elementen fest.

Glücklicherweise ergriff David das Wort, bevor ich anfangen konnte, von Möbeln und Türen zu schwafeln. Wenn wir uns noch zehn Sekunden länger über unsere Teepötte hinweg angestarrt hätten, wäre ich vor lauter Anspannung garantiert in hektisches Geplapper verfallen.

»Wegen letzter Nacht, Toni ... oder heute früh, wie auch immer ... Ich weiß nicht so genau, wie ich es ausdrücken soll.« Er umklammerte mit beiden Händen seinen Becher und schien angestrengt nach Worten zu suchen. O Gott, was kam jetzt?

»Erst mal hoffe ich, dass ich dir nicht zu nahe getreten bin.« Er blickte mich an, halb besorgt, halb belustigt, und schlagartig wurde ich ruhiger. Offenbar versuchte er mir *nicht* schonend beizubringen, dass der Kuss ein peinliches Versehen gewesen war.

»Nein, bist du nicht.« Ich blieb auf der Hut, nur zur Sicherheit.

»Okay, das macht mich froh. Ich habe keine Ahnung, ob du das auch so siehst, aber zwischen uns – *ist* etwas. Nicht nur an der Oberfläche, meine ich. Du bist die erste Frau überhaupt, zu der ich mich hingezogen fühle, seit meine Ehe in die Brüche gegangen ist. Mit so etwas habe ich überhaupt nicht gerechnet. Das Blöde ist, dass ich jetzt mitten in der Scheidung stecke und unser Timing nicht schlechter sein könnte. Weißt du, was ich meine?« Er klang sehr sanft, so als wollte er verhindern, dass ich die falschen Schlüsse zog.

»Ich glaube schon«, erwiderte ich vorsichtig. »Du – du hast den Kopf gerade voll mit anderen Dingen, ist es das?«

»Ja, so würde ich es zusammenfassen. Versteh mich bitte richtig. Ich will, dass wir in Kontakt bleiben, mehr als alles andere. Natürlich nur, wenn du das auch willst «, fügte er hastig hinzu. Als ich schwieg und nur ein winziges Nicken andeutete, huschte ein Lächeln über sein Gesicht. Dann wurde er wieder ernst. »Wenn diese ... Sache erst über die Bühne gegangen ist, wird sich vieles ändern. Bald. Aber im Moment kann ich dir nicht mehr bieten. Auf jeden Fall möchte ich nicht, dass du denkst, ich spiele irgendwelche Spielchen mit dir, denn so ist es nicht.«

Ich antwortete nicht sofort, sondern konzentrierte mich darauf, Schluck für Schluck meinen Tee zu trinken. Was er sagte, war viel zu groß, zu ungeheuerlich. Es überrollte mich mit der Wucht eines Achtzehntonners. Ich musste all diese unerwarteten Offenbarungen wenigstens kurz sacken lassen, ehe ich reagierte.

Allein dass er sich zu mir hingezogen fühlte und glaubte, dass zwischen uns etwas war, machte mich sprachlos. Ich hatte es mir also nicht eingebildet – seine Art, mich anzusehen. Dann die Behauptung, dass Kuchenrehe wunderschöne Tiere seien. Wow. O Mann. Wenn ich den Kuss dazuzählte, gelangte ich beinahe zu der Überzeugung, dass meine Durststrecke mit Männern sich hier und jetzt ihrem Ende zuneigte. Beinahe, weil mein Selbstbewusstsein mir nicht so viel Kredit gab und seine Scheidung noch zwischen uns stand.

Schließlich hob ich den Kopf und erwiderte Davids Blick. Er hatte mich die ganze Zeit beobachtet und darauf gewartet, dass ich etwas sagte.

»Wir haben ja keinen Zeitdruck, oder? Ich meine, wir können es langsam angehen lassen, in unserem eigenen Tempo.« Ich zögerte ein wenig, diese Dinge auszusprechen. Es kam mir irgendwie vermessen vor, so als würde ich Vorgaben machen, doch ich wollte David zu verstehen geben, dass es okay war, nichts übers Knie zu brechen. Nach einer Woche kannten wir uns einfach noch nicht sonderlich gut. Was, wenn einem von uns – oder beiden – irgendwann aufging, dass wir doch nicht zusammenpassten? Alles war möglich.

Sein Lächeln verriet mir, dass er erleichtert war. »Nein. Überhaupt keinen Zeitdruck.«

Er trank langsam seinen Tee, wobei er mich nicht aus den Augen ließ. Eine Weile betrachteten wir einander bloß stumm, so als versuchten wir zu begreifen, dass unser Verhältnis ab jetzt ein anderes sein würde.

Schließlich fragte er vorsichtig: »Gilt dein Angebot wegen Mary noch? Das mit der Sommerweide?«

»Natürlich gilt das noch.«

Seine Augen leuchteten. »Cool. Wenn ich sie hochbringe, werde ich mir ein paar Tage frei nehmen. Ich will sehen, wie sie sich eingewöhnt.«

»Am Ende gefällt es ihr hier so gut, dass sie gar nicht mehr wegwill.«

»Da wäre sie nicht die Einzige«, meinte er leise. »Mittlerweile frage ich mich selbst schon, ob ich noch am richtigen Ort wohne.«

Jetzt wurde es mir doch ein bisschen unheimlich. Sollte das etwa heißen, dass er in Erwägung zog, an die Nordsee überzusiedeln? Himmel hilf. Das konnte nur ein Scherz sein.

»Und dabei hast du noch längst nicht alles von Ostfriesland gesehen«, zog ich ihn versuchsweise auf. »Für einen Besuch auf den Inseln ist es dir ja zu kalt ...«

»Vielleicht hast du im Sommer Lust, mit mir rüberzufahren und mich ein bisschen rumzuführen.«

Oh. Fast hätte ich mich an meinem letzten Rest Tee verschluckt. Der Sommer war zwar noch lange hin, aber die Vorstellung, dass David mit mir zusammen Juist oder Norderney erkunden wollte, war ... Mir fiel einfach kein passender Superlativ ein.

Wir grinsten uns dümmlich an, und ich fragte mich im Stillen, wie der Abend sich wohl noch entwickeln würde. Schlechtes Timing hin oder her, aber es könnte nicht schaden, sich ein bisschen näher kennenzulernen, bevor er abreiste, oder?

Doch zu meinem Erstaunen gab er sich einen sichtlichen Ruck und stand auf. »Danke für den Tee, Toni. Und ... für deine Geduld mit mir. Ich lasse dich jetzt in Frieden, damit du noch was von deinem Feierabend hast.«

»Äh, warte mal – du musst nicht gehen.« Ich war perplex und ein bisschen verletzt, weil er sich schon verabschieden wollte.

»Doch, muss ich. Glaub mir.«

Es dauerte eine Sekunde, ehe ich begriff. Hm.

Anscheinend sah David mir meine Enttäuschung an, denn nach kurzem Zögern streckte er die Hand aus. »Komm her.«

Wie eine Schlafwandlerin erhob ich mich von meinem Stuhl und ging zu ihm. Er zog mich an sich, und ich versank in seinen Armen wie in einem Meer geheimer Träume.

Oh, es tat so gut, ihm so nah zu sein. Es fühlte sich sofort richtig an, genau wie der Kuss letzte Nacht. Ich schmiegte meine Wange an seine Brust und genoss die Wärme, die sein Körper ausstrahlte. Er überragte mich um fast zwei Köpfe, und wieder roch er zart nach Zeder und Seife und ein kleines bisschen auch nach Hund. Er hielt mich fest an sich gedrückt und wiegte mich behutsam, fast als würden wir tanzen. Seine Finger spielten mit meinem Haar, und ich verspürte ein angenehmes Prickeln auf der Kopfhaut.

Ich wollte nicht, dass er ging. Ich wollte ihn überhaupt nie wieder loslassen. Ich war seit Ewigkeiten nicht so umarmt worden, innig und liebevoll und auch ein wenig ehrfürchtig. David war hier und jetzt der richtige Mann für mich, und diese Gewissheit wurzelte in etwas, das viel größer war als ich selbst. Lange hatte ich auf einen solchen Menschen gewartet. Warum also musste ich mich morgen schon wieder von ihm verabschieden? Das Leben war manchmal gnadenlos bescheuert.

»Toni«, murmelte David dicht an meinem Ohr. »Wenn ich jetzt nicht gehe, bleibe ich wahrscheinlich für immer hier.«

»Ich hätte nichts dagegen«, hörte ich mich in seinen Pullover nuscheln. »Sehen wir uns morgen noch?«

»Ich glaube nicht.«

Ich hob den Kopf und schaute zu ihm auf. In seinen schönen Augen stand ein bekümmerter Ausdruck, und er seufzte.

»Ich wollte schon ganz früh losfahren. Einer meiner wichtigsten Kunden hat sich heute gemeldet und ein bisschen Stress gemacht wegen einer neuen Kampagne, die früher als geplant an den Start gehen soll. Sie haben das gesamte Konzept kurzfristig noch mal umgeworfen. Ja, sag nichts. Manchen Firmen ist gar nichts heilig, da wird auch über den Jahreswechsel Vollgas gegeben. Ich werde also direkt vom Urlaub wieder in den Job zurückgebeamt, und ausnahmsweise habe ich null Bock zu arbeiten. Hier bei euch konnte ich nach langer Zeit mal wieder runterfahren ... Na ja, abgesehen von dem Theater mit Elsa.« Er grinste, wenn auch ein bisschen schief.

Dann war das hier also unser Abschied. Und ich wusste nicht mal, wann ich ihn wiedersehen würde!

»Eigentlich kannst du jetzt nicht gehen. Ich weiß doch noch gar nichts über dich. Nicht mal, was du am liebsten machst, wenn du nicht arbeitest, außer mit deinem verrückten Hund unterwegs zu sein.«

»Ach, da gibt es einiges. Ich bin auch ohne Elsa gern draußen. Wandern, Biken, Langstreckenlauf, all so was. Sonst würde ich den Kopf gar nicht freikriegen. Und ich zeichne gern, am liebsten Tiere. Oft sind es nur Scribbles oder kurze Comics, aber für mich ist das sozusagen Instantentspannung. Was ist mit dir?«

»Backen. Lesen. Fahrradfahren. Aber das weißt du alles schon.«

»Nicht das mit dem Lesen.« Er streichelte meine Wange, und ich hätte unter seinem liebevollen Blick am liebsten losgeheult. Warum hatten wir nicht mehr Zeit, verdammt noch mal?

Ihm schienen ähnliche Gedanken durch den Kopf zu gehen, denn er küsste mich ohne Vorwarnung auf die Stirn und flüsterte: »Wir haben eine Menge aufzuholen, Toni, und das werden wir auch, wenn es so weit ist. Ich halte dich auf dem Laufenden.«

Ich schluckte schwer. »Bitte tu das. Ich will alle Einzelheiten. Und komm gut ins neue Jahr! Es wird besser werden als das alte ... glaube ich.«

»Das wird es ganz sicher.« Er lächelte, dann ließ er mich los. »Feiere schön und pass auf dich auf. Bis dann!«

Damit drehte David Weiler sich um und ging. Ich hätte ihn zur Tür bringen können, doch ich stand einfach nur still da, bis ich hörte, wie sie ins Schloss fiel. Als seine Schritte auf der Treppe verklungen waren, hatte ich mich immer noch nicht vom Fleck gerührt.

War das ein Anfang oder ein Ende, und sollte ich lachen oder weinen? Kaum hatte ich meinen Prinzen gefunden, war er auch schon wieder fort. Hallo und Auf Wiedersehen.

# 14

Als ich am nächsten Morgen gegen halb sieben aus dem Fenster schaute, stand nur noch der Nissan von Veronika und Bernd auf dem Gästeparkplatz. David war also wie angekündigt in aller Frühe aufgebrochen, und obwohl ich nichts anderes erwartet hatte, versetzte es mir einen Stich. Vielleicht war es albern, aber er fehlte mir bereits.

Ich hatte unruhig geschlafen und mich von einer Seite auf die andere gewälzt. Irgendwann, nachdem ich mir aus der Küche ein Glas Wasser geholt hatte, war ich beinahe so weit gewesen, mich ein Stockwerk tiefer zu schleichen und an seine Tür zu klopfen. Schließlich wohnten wir im selben Haus, und für einen kurzen Moment war es mir lächerlich vorgekommen, dass wir unsere letzte »gemeinsame« Nacht getrennt verbringen sollten, obwohl wir uns doch einig waren, dass wir mehr wollten als Freundschaft. Aber es war drei Uhr früh gewesen, und am Ende hatte meine Vernunft gesiegt – zum Glück.

David hatte sich am Vorabend natürlich nicht ohne Grund so rasch zurückgezogen. Es gefiel mir, dass er nicht darauf aus war, nahtlos die Beziehung zu wechseln, sondern erst die Scheidung hinter sich bringen und klare Fronten schaffen wollte. Wenn wir der Versuchung nachgegeben und ein bisschen herumgeknutscht hätten – ohne Garantie, dass es dabei geblieben wäre –, hätten wir uns das Leben unnötig schwer gemacht. Ich war gern bereit zu glauben, dass er sich emotional längst abgenabelt hatte, aber ich war ganz sicher nicht scharf darauf, mich mit irgendwelchen Altlasten in

Form einer Noch-Ehefrau herumzuplagen. Nein, ein sauberer Schnitt war unabdingbar, bevor wir uns ernsthaft miteinander einlassen konnten.

Allerdings war es noch zu früh am Morgen, um sich den Kopf über derlei Dinge zu zerbrechen, also schlüpfte ich stattdessen in meine Stallklamotten und machte mich auf den Weg in die Scheune, um die Schafe zu füttern. Die Arbeit mit den Tieren war das zuverlässigste Beruhigungsmittel, das ich kannte. Nichts half mir besser, mein Gedankenwirrwarr zu sortieren.

Heute war ich spät dran, da ich mich nach der kurzen Nacht nur schwerlich hatte aufraffen können, mein warmes Bett zu verlassen. Das brachte mir den Unmut der wolligen Fünf ein, wie ich sie gern nannte. Ich bestach sie mit einer Extraportion Heu, um die Wogen zu glätten. Sobald der Tag anbrach, würde ich die Herde wie immer auf die Weide lassen. Doch das hatte Zeit. Vorher wollte ich die Waschküche aka unser Studio sauber machen und für neue Gäste vorbereiten. Wir hatten im Laufe der letzten Tage ein paar Last-Minute-Anfragen für unser Ferienhaus erhalten. Das war zwar seit Monaten für die Dauer der Winterferien ausgebucht, aber vielleicht konnte ich ja den einen oder anderen Gast kurzfristig für unser neues Hofapartment begeistern. Ein paar Euros extra konnten nicht schaden, fand ich.

Na ja, vielleicht wollte ich auch einfach nur David ein letztes Mal nahe sein, und wo war das besser möglich als in dem Raum, den er eine ganze Woche bewohnt hatte?

In dem kleinen Durchgang von der Scheune zum Hausflur tauschte ich meine Gummistiefel gegen Schlappen und hängte die dicke Steppjacke an den dafür vorgesehenen Haken in der Mauer. Aus dem winzigen Kabuff unter der Treppe schnappte ich mir einen Wäschekorb für benutzte Bettwäsche und Handtücher, bevor ich an Esthers Wohnungstür vorbei in Richtung Waschküche lief.

Als Erstes warf ich einen Blick in das kleine Badezimmer. Es wirkte seltsam nackt und leer, wenn man von ein paar gebrauchten Handtüchern absah, die zu einem ordentlichen Stapel arrangiert vor der Dusche lagen. Ich sammelte sie ein und ging durch den Flur zurück zum Eingang des Hofapartments. *So heißt es jetzt, Toni,* schärfte ich mir zum hundertsten Mal ein, *Hofapartment, nicht Waschküche.*

Zögernd drückte ich die Klinke nach unten. David hatte nicht abgeschlossen, der Schlüssel steckte auf meiner Seite im Schloss. Behutsam öffnete ich die Tür und betrat den weitläufigen Raum. Halb erwartete ich David zu sehen, der mir mit verwuschelten Haaren und in einem ausgeleierten T-Shirt vom Frühstückstisch aus zuwinkte, doch das war natürlich Unsinn. Dennoch hatte der Gedanke etwas bemerkenswert Tröstliches. Vielleicht sah so die Zukunft aus.

Er hatte alles sehr ordentlich hinterlassen. Das Bettzeug war abgezogen, die Wäsche zusammengefaltet auf der Matratze abgelegt. Kein Geschirr in der Spüle, alle Flächen waren sauber abgewischt. Lediglich ein paar Hundehaare auf dem Fußboden verrieten, dass hier jemand mit seinem Vierbeiner gewohnt hatte. Und dann war da noch ein weißer Umschlag, der mitten auf dem Esstisch lag. Nur ein Name stand darauf: *Toni.*

Meine Wangen glühten, als ich auf den Tisch zutrat und den Brief in die Hand nahm. Er fühlte sich fest an, als steckte etwas Kartoniertes in dem Papier, und natürlich musste ich sofort erfahren, was es war. Ich drehte das Kuvert um und riss es auf.

Zum Vorschein kam eine aufklappbare Grußkarte, auf deren Vorderseite der kitschige Druck eines herumtollenden Rehkitzes prangte, komplett mit bunten Blümchen und Glitzerpartikeln. Allerdings hatte David dem Kitz mit schwarzem Edding eine Konditormütze verpasst und eine aufwendig verzierte Torte direkt vor seine Hufe gestellt. Es sah aus, als würde das Tier gleich mitten hineinspringen. Ich kicherte wie blöde. Das Kuchenreh! Wie genial war das denn.

Beide Seiten der Karte waren eng beschrieben, in einer schönen, klaren Schrift – sehr passend für einen Mann, der beruflich mit Worten umging.

*Toni,*

*ich will dir unbedingt noch sagen, wie wichtig die letzte Woche für mich war. Was sie mit mir gemacht hat. Was DU mit mir gemacht hast.*
*Deine Großzügigkeit und Leidenschaft haben mir gezeigt, was ich lange Zeit schmerzlich vermisst habe. Ich bin froh, dass du mir die Augen geöffnet hast. Du und die Nordsee, ihr fehlt mir jetzt schon. Deine Heimat zu dieser Jahreszeit zu erleben hatte eine therapeutische Wirkung, mit der ich nie gerechnet hätte. Nicht zu vergessen dein Kuchen. Den Begriff »Seelenfutter« habe ich jetzt erst so richtig verstanden.*
*Ich melde mich heute oder morgen bei dir. Und wenn alles geregelt ist (du weißt, was ich meine), will ich das Kuchenreh ganz genau kennenlernen.*

*Frohes neues Jahr!*
*David*

Ich las die Zeilen wieder und wieder. Jeder einzelne Satz war wie ein warmer Regen, der auf mich niederging, und ich ließ mich genüsslich berieseln. Einen so wundervollen Brief hatte mir noch nie jemand geschrieben. Dass ausgerechnet David es jetzt getan hatte, erfüllte mich mit einer Mischung aus Stolz und Freude. Endlich hatte ich wieder das Gefühl, dass ein Mann es ernst mit mir meinte. Anderenfalls hätte er ganz bestimmt nicht solche Worte benutzt. Aber nun hatte ich es schriftlich: David Weiler wollte mehr von mir als Freundschaft!

Als ich reichlich verspätet mit dem Putzen loslegte, schwebte ich wie auf Wolken. Es war alles viel zu schön, um wahr zu sein. Nicht mal das leidige Saubermachen konnte meine Laune schmälern. Summend saugte und wischte ich mich durch das Apartment und hätte um ein Haar die Schafe vergessen, die ja ins Freie wollten. Draußen vor den Fenstern war mittlerweile der Tag angebrochen, grau und diesig zwar, doch das störte die fünf Auen kein bisschen. Auch am vorletzten Tag des Jahres wollten sie auf der Weide herumlaufen, Gras rupfen, wiederkäuen und sich den Nordseewind um die samtigen Nasen wehen lassen.

Das Hofcafé war gut besucht an diesem 30. Dezember, die Atmosphäre voll freudiger Erwartung; wie meistens kurz vor dem Jahreswechsel. Weihnachten war geschafft, nun warteten alle gespannt, was das neue Jahr ihnen bringen würde. Nach wie vor waren eine Menge Urlauber unter den Gästen, doch ich entdeckte auch einige Einheimische, allen voran Habbo, der sich Esthers deftigen Grünkohleintopf schmecken ließ und von mir wissen wollte, was ich an Silvester vorhatte.

»Och, nichts Besonderes«, erwiderte ich achselzuckend. »Wir treffen uns bei Wilko und Lenne zum Essen und Spielen. Was wahrscheinlich bedeutet, dass ich auf dem Sofa döse, während die Gamer die ganze Nacht durchzocken.«

Habbo blickte mich verständnislos an.

»Computerspiele, Habbo«, half ich ihm auf die Sprünge. »Darin sind Wilko und seine nerdigen Freunde ganz groß. Ich gucke meist lieber zu. Wenn es langweilig wird, kann ich schlafen oder lesen. Alles in Ordnung.«

Tatsächlich war mir in diesem Jahr nicht nach Ausgehen und Partylärm zumute, sondern nach einem gemütlichen und entspannten Abend unter Menschen, denen es herzlich egal war, ob ich Jeans und Pulli trug statt Discofummel und High Heels.

Ich hatte Lust auf cremige Lasagne und fettige Chips, die ich mit Sekt hinunterzuspülen gedachte, bis ich beschwipst und vollgefressen auf der Couch einnickte. Außerdem konnte ich unbehelligt von David träumen, während die anderen zockten. Alles in allem die ideale Silvesterfeier!

Esther wollte den Abend bei Freunden in Emden verbringen und auch dort übernachten, weil sie im Dunkeln ungern längere Strecken fuhr. Unser Hof würde also verwaist sein, bis ich nach Hause kam. Was spätestens zur Fütterungszeit der Schafe geschehen würde.

Nachdem wir das Café wie üblich um halb sieben geschlossen hatten, stand ich noch mit Esther in der Küche und half ihr beim Aufräumen. Finja war schon vor ein paar Stunden nach Hause gegangen.

Als ich mir gerade etwas von dem übrig gebliebenen Eintopf in eine Frischhaltedose füllte, um ihn mir später aufzuwärmen, vibrierte mein Handy. Da ich Esther nicht mit meinen Privatgesprächen belästigen wollte, ging ich die wenigen Schritte hinüber ins Café, bevor ich den Anruf annahm.

»Hey, Bruder aus der fernen Großstadt«, flötete ich zur Begrüßung. Auf dem Display leuchtete nämlich Carmines Name. Es war typisch für ihn, sich die Öffnungszeiten des Cafés zu merken und mich erst nach Feierabend anzurufen. In solchen Dingen war er äußerst gewissenhaft. »Ist noch ein bisschen früh, um mir ein gutes neues Jahr zu wünschen.«

Ich hörte ihn am anderen Ende schnauben. »Sei nicht so frech, du Gör. Noch bin ich nicht senil.«

»Du bist fast vierzig«, gab ich trocken zurück. Er war gerade vierunddreißig, aber der Brauch verlangte es, dass wir uns bei jeder Gelegenheit gegenseitig aufzogen. Wir sahen uns zwar nicht oft, aber Carmine war so was wie mein Lieblingsbruder. Gleich nach Wilko, verstand sich.

»Ja ja, mach dich ruhig lustig. Da kommst du auch noch hin. Aber weswegen ich eigentlich anrufe – hat der Alte sich Weihnachten auch bei dir gemeldet und dich für Neujahr zum Mittagessen eingeladen? Ich will nur sichergehen, dass ich ihn richtig verstanden habe. Wird das so eine Art Familienfeier?«

Mit dem »Alten« meinte er natürlich Massimo. Ähnlich wie ich hatte Carmine ein zwiegespaltenes Verhältnis zu unserem Vater. Allerdings war mein Halbbruder schon immer viel selbstsicherer gewesen als ich und ließ sich von einem Blender wie Massimo nicht aus der Reserve locken. Vielleicht lag es daran, dass Carmines Stiefvater, den seine Mutter Silke später geheiratet hatte, ihn stets wie einen leiblichen Sohn behandelt hatte. Um Liebe, Respekt und Anerkennung hatte er nicht kämpfen müssen, und so war es ihm seit jeher leichtgefallen, eine gesunde Distanz zu unserem Erzeuger zu wahren – ganz im Gegensatz zu mir.

»Ich glaube schon.« Ich versuchte mir das kurze Telefonat mit Massimo ins Gedächtnis zu rufen. Davon abgesehen, dass wir einander nie sonderlich viel zu erzählen hatten, verspürte ich in der Regel auch wenig Lust, mit ihm zu plaudern. »Alle Kinder werden da sein, so meinte er zumindest. Oder hat er Silke auch eingeladen?«

»Gott bewahre. Sie würde sowieso niemals hingehen. Esther etwa?«

Wie auf Kommando wieherten wir los. Die Vorstellung, dass unsere Mütter mit Massimos heutiger Familie friedlich vereint an einem Tisch saßen, war bizarr. Dafür war im Laufe der Jahre viel zu viel Porzellan zerschlagen worden.

»Ich behaupte, wenn jemand Massimos Sperenzchen noch weniger ertragen kann als ich, dann ist es Esther. Du kennst ihn doch. Wenn er selbst kocht, wird er zum Mittagessen vermutlich Schweinebraten servieren, obwohl er ganz genau weiß, dass ich zeit meines Lebens Veganerin bin. Das wäre gegebenenfalls der Zeitpunkt, an dem Esther Mord ernsthaft in Betracht ziehen würde.«

Wir lachten noch ein bisschen, bis Carmine schließlich fragte: »Gehen wir trotzdem hin?«

»Keine Ahnung. Kommst du dann extra aus Hamburg nach Leer?«

»Ich bin schon in Leer, ein bisschen verspätet Weihnachten mit Silke und Ludwig feiern.« Ludwig war sein Stiefvater. »An Neujahr fahre ich wieder zurück.«

»Ach so. Hm.« Ich war unschlüssig, aber Massimo gegenüber sehr viel gnädiger gestimmt als sonst. Seit ich heute Morgen Davids Karte gelesen hatte, konnten mich die üblichen kleinen Widrigkeiten des Lebens nicht mehr erschüttern. Die Welt war rosarot, und ich hielt es für möglich, meinen Vater ein paar Stunden lang um mich zu haben, ohne mich mit ihm zu streiten. Außerdem wäre Carmine ja dabei. Es konnte also gar nicht so schlimm werden. Vielleicht würden wir sogar alle einen richtig netten Tag miteinander verbringen.

»Okay, lass es uns tun. Wenn er wieder mal das herablassende Arschloch mimt, hältst du mir einfach den Mund zu.«

»Juchhu!« Carmine fand das Ganze offenbar höchst amüsant. »Das wird ein Spaß. Kann's kaum erwarten.«

Wir vereinbarten noch Uhrzeit und Treffpunkt – Massimos Haus ohne meinen Bruder als moralischen Beistand zu betreten, erschien mir dann doch ein bisschen zu gewagt –, bevor wir das Gespräch beendeten. Ich steckte mein Handy wieder in die Hosentasche, um weiter aufzuräumen. Du lieber Himmel. Auf was hatte ich mich da eingelassen?

Esther, die vor der Spüle stand und Besteck polierte, hatte anscheinend ein paar Gesprächsfetzen aufgeschnappt. »Das war Carmine, oder? Geht ihr am Ersten gemeinsam zu Massimo?«

»Ja und ja. Keine Sorge, du musst nicht mitkommen. Ich will nicht, dass du wegen Totschlag im Affekt in den Knast wanderst.«

Wir kicherten wild drauflos.

»Na ja, es wäre eher Mord mit Ansage«, gluckste meine Mutter. »Ich weiß nicht, ob ich da mit Bewährung rechnen könnte.«

»Ach, ich würde dir auf jeden Fall Gesellschaft leisten. Wegen Beihilfe und so.«

In bester Laune beendeten wir unser Tagwerk. Während Esther noch ihre Lebensmittelliste für den nächsten Tag kontrollierte, packte ich meine Siebensachen zusammen und ging hinüber in meine Wohnung. Auf dem Weg fasste ich den Entschluss, David eine E-Mail zu schreiben. Der Gedanke hatte schon den ganzen Tag in mir rumort, und nun freute ich mich richtiggehend darauf. Ich wollte mich für seine Karte bedanken und ihn wissen lassen, wie viel seine Worte mir bedeuteten.

Nachdem ich in bequeme Feierabendklamotten geschlüpft war und mir einen Kräutertee aufgebrüht hatte, setzte ich mich an den Küchentisch und öffnete feierlich meinen Laptop. Davids Mailadresse stand in unserem Buchungsprogramm, und mittlerweile kannte ich sie auswendig. Ich war mir zwar nicht hundertprozentig sicher, ob ich sie einfach so für persönliche Zwecke nutzen durfte, aber immerhin hatte er sie mir freiwillig gegeben, ebenso wie seine Handynummer. Außerdem waren wir ja gerade dabei, uns menschlich näherzukommen, sodass er kaum etwas dagegen haben würde, wenn ich ihm eine private E-Mail schickte, oder? Ein Brief hätte vielleicht mehr Stil gehabt, aber dafür war ich zu ungeduldig. Ich wollte *sofort* mit ihm kommunizieren, und seine Karte bot den perfekten Aufhänger.

Nach mehreren Anläufen gelang es mir schließlich, einen Ton zu treffen, der locker, aber nicht oberflächlich anmutete. Der Meinung war ich zumindest. Gleichzeitig lag mir viel daran, nicht zu überschwänglich zu klingen, was sich deutlich schwieriger gestaltete. Selbst wenn Davids Zeilen an mich sehr persönlich gewesen waren, wollte ich nicht den Eindruck erwecken, irgendwie bedürftig zu sein. Das verbot mir mein Stolz und ein klein wenig auch mein Instinkt, der mich davor warnte, zu diesem frühen Zeitpunkt bereits die Karten offenzulegen. Dafür blieb später noch genügend Gelegenheit.

*Moin David,*

*hoffentlich seid Elsa und du gut in Köln angekommen. Ich habe heute Morgen deine Karte gefunden und mich riesig darüber gefreut. Vielen Dank! Dein Zeichentalent wird nur noch von deiner Ausdrucksfähigkeit getoppt. ☺ Es wundert mich kein bisschen, dass du als Texter arbeitest. Deine Worte haben mich sehr berührt. Habe ich schon danke gesagt?*
*Morgen ist also das alte Jahr zu Ende, und als Zeichen des guten Willens habe ich beschlossen, an Neujahr die Einladung meines Vaters zum Familientreffen anzunehmen. Mein Bruder Carmine kommt auch. Er wird dafür sorgen, dass ich kein Blutbad anrichte, falls Massimo sich doch wieder wie der egozentrische Armleuchter benimmt, der er ist. Womit ich absolut rechne! Drück mir bitte die Daumen, dass ich mich dieses eine Mal täusche.*
*Vorher werde ich aber mit Wilko und Lenne (und vermutlich einigen ihrer IT-Freunde) ins neue Jahr feiern. Ich freue mich auf eine gemütliche Sofaparty mit den Nerds und wünsche dir, dass du einen mindestens genauso entspannten Abend verbringst.*
*Halte mich auf dem Laufenden, wie es bei dir weitergeht. Sollte es stressig werden und du eine Auszeit brauchen, weißt du ja jetzt, wo das Kuchenreh sein Unwesen treibt. Ostfriesland und ich warten auf dich und deinen verrück-*

*ten kleinen Hund – und natürlich auf das bezaubernde Einhorn, das kein Horn braucht.*

*Bis bald und frohes neues Jahr!*
*Toni*

Ich las die E-Mail bestimmt zehnmal durch, bevor ich es wagte, auf »Senden« zu klicken. Puh! Ich schüttelte mich vor Aufregung. Nun gab es kein Zurück mehr.

Ich war furchtbar neugierig, wie David auf meine Worte reagieren würde. Natürlich hoffte ich auf schnelle Antwort. Dass er seine privaten Mails regelmäßig abrief, wusste ich. Die Buchung unseres Ferienhauses, die dank der Digitalphobie meiner Mutter bekanntermaßen im Sande verlaufen war, hatten wir seinerzeit rein elektronisch abgewickelt. Damals hatte er sich auf jede Nachricht innerhalb eines Tages zurückgemeldet. Zudem hatte er mir ja gerade erst schwarz auf weiß versichert, dass er spätestens morgen von sich hören lassen wollte. Ich war also guter Dinge, bald eine Nachricht in meinem Posteingang vorzufinden. Vielleicht würde er mich sogar anrufen. Mhmm ... Das Leben war plötzlich ganz schön spannend.

# 15

Als Esther mich am nächsten Abend gegen sechs vor Wilkos und Lennes Wohnung absetzte, fielen gerade zaghaft ein paar Schneeflocken vom Himmel. Ich freute mich darüber, denn in Ostfriesland war Schnee eine Rarität. Ich ging zwar nicht davon aus, dass die weiße Pracht lange liegen bleiben würde, aber Neuschnee zum neuen Jahr erschien mir wie ein gutes Omen, warum auch immer.

In der Maisonette meiner beiden Lieblingsnerds war es heiß und stickig, laute Musik dröhnte aus den Boxen im Wohnzimmer, und hinter der Eingangstür türmten sich Jacken und Schuhe in wildem Durcheinander. Anscheinend waren alle anderen vor mir gekommen.

Es stellte sich heraus, dass wir nur zu sechst waren, obwohl das Chaos im Flur etwas anderes vermuten ließ. Neben zwei Kumpeln aus ihrem Gamer-Freundeskreis hatten Wilko und Lenne zu meiner Überraschung diesmal auch eine Frau eingeladen. Sie hieß Natalie und wirkte mit ihrer zierlichen Gestalt und dem mädchenhaften Gesicht beinahe wie ein Teenager. Da sie jedoch seit Kurzem in der IT-Administration der Stadtwerke arbeitete, wie mein Bruder mir verraten hatte, ging ich davon aus, dass sie älter war, als sie aussah. Oder war sie am Ende die Azubine?

Wilko schüttelte vehement den Kopf, als ich ihn darauf ansprach. Wir standen kurzzeitig allein in der Küche, wo ich meine vorbereitete Lasagne auspackte und in den Ofen schob. Ich hatte die größte Auflaufform gewählt, die ich finden konnte, und war einigermaßen zuversichtlich, alle Gäste inklusive mich selbst satt zu bekommen.

»Ich weiß, sie geht glatt als Zwölfjährige durch, aber sie ist ein Genie«, flüsterte Wilko mir ehrfürchtig zu, während er stangenweise Knoblauchbaguette aus dem Kühlschrank holte und anschließend meinen Nachtisch – einen Himbeer-Käsekuchen, den man nicht backen musste – darin verstaute. »Sie entwickelt nicht nur unglaublich coole 3D-Spiele, sondern hat sogar selbst ein Programm dafür geschrieben. In der Gamer-Szene hat sie einen Namen. Außerdem ist sie ein echter Bluthund. Wenn bei uns mal wieder die IT zusammenbricht, kannst du sicher sein, dass sie den Fehler findet. Wir nennen sie nur noch *The Brain.*«

»Wow.« Ich war schwer beeindruckt. Meine Freude darüber, nicht der einzige weibliche Gast zu sein, wich allerdings der Befürchtung, dass wir wenig Gesprächsstoff haben würden. Als Gamerin gab ich eine armselige Figur ab, und von IT und Programmieren verstand ich ungefähr so viel wie ein Fisch vom Fahrradfahren.

Allerdings musste mein Bruder Natalie irgendetwas Respekteinflößendes über mich erzählt haben, denn sie behandelte mich von Beginn an mit einer gewissen Ehrfurcht, was ich drollig fand, auch wenn ich den Grund dafür nicht verstand.

Als Wilko uns vorstellte, musterte sie mich mit großen Augen und rückte dabei sogar ihre silberfarbene Brille mit den runden Gläsern zurecht. »*Du* bist Wilkos Schwester!«

In ihrer Stimme schwang Bewunderung mit, so als würde allein diese Tatsache mich zu etwas Besonderem erheben. Ich lächelte freundlich und verstand nur Bahnhof.

Während des Essens zeigte sich schnell, dass wir wider Erwarten sehr wohl etwas gemeinsam hatten, nämlich unsere Liebe zu Büchern. Genau wie ich schätzte Natalie einen unterhaltsamen, nicht zu seichten Feel-Good-Roman, um nach der Arbeit abzuschalten. Es wäre mir nie in den Sinn gekommen, dass sie Unterhaltungsliteratur mögen könnte. Insgeheim hatte ich geglaubt, sie würde technikbezogene Sachbücher verschlingen, bei denen ich jedes dritte Wort googeln musste. Aber nein, wir hatten sogar dieselbe Lieblingsautorin! Die Nerds staunten nicht schlecht, als wir uns über den Tisch hinweg lautstark über die Bücher austauschten, die uns am besten gefielen. Für diese Jungs waren Liebesromane ganz klar böhmische Dörfer.

Zum Glück waren sich beim Essen alle einig. Meine Lasagne mit Sonnenblumenhack und Hefeschmelz kam hervorragend an und wurde bis auf den letzten Happen verputzt. Als ich zum Nachtisch dann jedem ein Stück pinkfarbenen Käsekuchen servierte, stieß Natalie einen glückseligen Seufzer aus. »Wilko hat erzählt, dass du und deine Mutter ein veganes Hofcafé betreibt. Und dass du wahnsinnig tolle Kuchen und Desserts zauberst.« Genüsslich leckte sie ihre Gabel ab. »Gott, das ist so köstlich! Ich liebe Süßigkeiten, aber ich bin eine totale Niete, was Kochen und Backen angeht. Meist ernähre ich mich von Tiefkühlpommes und Schokolade. Und Apfelmus aus dem Glas. Danach bin ich süchtig.«

Ich musste lachen. »Siehst du, dafür habe ich absolut null Ahnung von IT. Jeder hat seine Talente, schätze ich. Bei uns ist Wilko der mit dem technischen Gehirn.«

»Oh, und er ist genial!« Wieder dieser ehrfürchtige Blick. »Ich habe schon so viel von ihm gelernt in den zwei Monaten, die ich jetzt bei den Stadtwerken arbeite.«

Wilko hörte gerade nicht hin, weil er sich mit den anderen Nerds über die Stärken und Schwächen eines brandneuen Computerspiels unterhielt, aber ich registrierte sehr wohl den schwärmerischen Unterton in Natalies Stimme. *Sieh an,* dachte ich, d*ie beiden könnten glatt ein neues Traumpaar abgeben, so wie sie über einander reden.* Ich beschloss insgeheim, diesen Punkt im Auge zu behalten. Mein Bruder war nicht unbedingt das, was man einen Eigenbrötler nennen würde, aber ich konnte mich ehrlich gesagt nicht daran erinnern, wann er zuletzt eine Freundin gehabt hatte. Na schön, er *war* ein Eigenbrötler. Vielleicht war es gut, dass endlich eine Frau im Kreis seiner IT-Kollegen aufgetaucht war. Dass er sie zu Silvester eingeladen hatte, sprach für sich. Möglicherweise hatte er ja nicht nur für ihre technischen Fähigkeiten etwas übrig.

»In deinem Job brauchst du doch bestimmt tonnenweise Nervennahrung«, sagte ich zu Natalie. »Du bist jederzeit herzlich willkommen im Café. Ich backe normalerweise jeden Morgen frischen Kuchen, und wenn du Fritten magst, wirst du die selbst gemachten von meiner Mutter lieben.«

»O Mann, wie cool! Danke. Ich komme auf jeden Fall bald mal vorbei.« Sie strahlte und schob sich ihre glatten nussbraunen Haare hinter die Ohren. »Hört sich an wie das Paradies. Ich stelle es mir irrsinnig romantisch vor, ein Hofcafé zu führen. Fast wie in einem der Bücher von Jenny Colgan.«

»Oh, na ja, es geht so«, erwiderte ich trocken. »Ehrlich gesagt ist es meistens ziemlich chaotisch, und die Tage fliegen nur so vorbei. Ich komme kaum zu etwas anderem als meiner Arbeit. Aber es macht mir Spaß, meine eigene Herrin zu sein. Ich kann mich ohne Ende kreativ austoben.« Als ich es aussprach, fiel mir einmal mehr auf, wie glücklich ich mich schätzen konnte, meinen Lebensunterhalt mit etwas zu verdienen, das ich liebte. Allein beim Gedanken daran, wieder einen Bürojob anzunehmen, drehte sich mir der Magen um. Nein – im Hofcafé war ich genau am richtigen Ort.

Nach dem Essen machten wir es uns auf der riesigen Couch im Wohnzimmer bequem. Im Prinzip bestand der Raum nur aus einem Sofa und einem Bildschirm, beides in überdimensionalem Ausmaß. Dann gab es noch einen Schrank, in dem Wilko und Lenne ihre Süßigkeitenvorräte für lange Zockernächte horteten. Diesen Schrank plünderte Lenne nun und häufte Tüten mit Chips und Fruchtgummi auf den Couchtisch.

Wie ich erwartet hatte, wollten die Nerds erst mal gemütlich eine Runde zocken. Nun ja. Ich hatte mich ja schon darauf eingerichtet, passive Zuschauerin zu sein. Amüsieren würde ich mich natürlich trotzdem. Ich holte die Flasche Sekt hervor, die ich vorsorglich mitgebracht hatte, und goss Natalie und mir zwei Gläser voll. Die Männer bevorzugten Bier und in einem Fall Apfelsaft, was mich schmunzeln ließ. Aber schließlich gab es keine Regel, die besagte, dass man an Silvester Alkohol trinken musste. Dumm nur, dass ich nicht mal im Hintergrund Musik laufen lassen konnte, weil das Gedudel aus der Konsole sowieso alles übertönte.

Da auch Natalie sich einen Controller schnappte, um mitzuspielen, griff ich mir eine Tüte Chips und mein Handy und zog mich in eine Ecke des Sofas zurück. Jetzt endlich hatte ich Zeit und Muße, das zu tun, was ich den ganzen Tag noch nicht geschafft hatte: meine E-Mails abzurufen. Ich hatte es absichtlich vermieden, zwischen Tür und Angel in mein Postfach zu schauen. Wie üblich war ich seit dem frühen Morgen auf den Beinen und hatte bis zum Nachmittag pausenlos gearbeitet. Das Café war brechend voll gewesen, bis wir es um sechzehn Uhr schlossen. Danach hatte ich das Essen für den Abend vorbereitet und mich selbst noch rasch geduscht und geschminkt. Letzteres tat ich nur für mich, denn den Nerds wäre es höchstens aufgefallen, wenn ich Clowns-Make-up aufgelegt hätte. Weil wir ohnehin die meiste Zeit auf dem Sofa verbringen würden, trug ich ein herrlich bequemes Strickkleid mit Kapuze, blickdichte Leggings und dicke Socken an den Füßen. Fehlte nur noch eine Antwort von David auf meine Mail vom Vorabend, und ich würde im siebten Wohlfühlhimmel schweben.

Gespannt öffnete ich die Mail-App und scrollte ungeduldig durch meinen heutigen Posteingang. Werbung, Newsletter und ähnlich unwichtiger Kram, doch keine Nachricht von David. Hmpf.

Ein wenig enttäuscht ließ ich das Smartphone sinken. Nun ja. Dass er mir noch nicht zurückgeschrieben hatte, konnte alle möglichen Gründe haben. Vielleicht hatte er wie ich den ganzen Tag lang gearbeitet, um die Kampagne für seinen wichtigen Kunden voranzubringen, von der er mir erzählt hatte. Und nun war er wahrscheinlich ebenfalls bei irgendeiner Silvesterparty. Schade, dass ich vergessen hatte, ihn zu fragen, wie und wo er den Abend verbrachte. Dann hätte ich ihn in Gedanken immer mal wieder dort besuchen können.

*Ach, was soll's. Er hat viel um die Ohren, genau wie ich auch, und deshalb ist es völlig legitim und normal, dass er nicht Gewehr bei Fuß steht und sofort zurückmailt,* rief ich mich zur Ordnung. *Entspann dich, es ist schließlich Silvester.*

Gedankenverloren stopfte ich mir ein paar Chips in den Mund und kostete von dem Sekt. Schmeckte gar nicht mal schlecht. Natalie, die ihren Controller kurz beiseitegelegt hatte, um ebenfalls etwas zu trinken, warf mir einen prüfenden Blick zu. »Alles okay mit dir?«

»Ähm, ja, alles super.« War es ja auch. Ich musste mich nur kurz sammeln, weil ich mich so auf ein paar Zeilen von David gefreut hatte. Aber auf diese Weise blieb es noch ein Weilchen länger spannend, redete ich mir tapfer ein.

Natalie ließ nicht locker. »Bist du sicher? Du hast gerade so seltsam geguckt.«

»Ach, ich warte nur auf eine Mail von jemandem, die ziemlich ... wichtig ist.«

»Was Geschäftliches?«

»Nein. Privat.« Ich konnte mir ein Lächeln nicht verkneifen. Allein die Tatsache, dass es wieder einen Mann in meinem Leben gab, auf dessen Nachrichten ich hinfieberte, bescherte mir ein warmes Kribbeln in der Magengegend. Wobei das auch vom Sekt kommen konnte.

Natalie schaltete sofort. »Oh. Ach so. Haha. Ein neuer Lover? Eine Loverin?«

»Männlich. Noch nicht so richtig. Wir stehen ganz am Anfang.«

»Das ist doch die beste Phase!« Natalie wurde ganz hibbelig. »Wo ist er? Wollte er heute nicht mitkommen?«

»Das ist ein bisschen schwierig. Er wohnt in Köln und, na ja, muss noch ein paar Altlasten entsorgen, bevor wir über so was nachdenken können.«

»Ich werde gerade unangemessen neugierig, weißt du das? Am liebsten würde ich ...« Sie wurde rüde von Wilko unterbrochen, der ihr den Controller unter die Nase hielt und maulte: »Falls du weiter mitspielen willst, dann jetzt. Auch wenn du *The Brain* bist, es geht nur eins: quatschen oder zocken.«

Ich verdrehte die Augen. Natalie hob die Schultern und bedachte mich mit einem entschuldigenden Blick, ehe sie sich wieder auf den Bildschirm konzentrierte.

Ich machte es mir in meiner Sofaecke bequem. Für den Moment hatte unser kurzer Austausch mir den Abend gerettet. Natalie lag vollkommen richtig – diese frühe Phase, in der die Verliebtheit langsam wuchs und man pausenlos aneinander dachte, war magisch und aufregend. Anstatt mir Stress zu machen, sollte ich einfach ein bisschen in meiner Sehnsucht schwelgen und das Kitzeln im Bauch genießen. Schließlich war David der Erste von uns beiden gewesen, der einen – sehr dezenten – Liebesbrief geschrieben hatte, also gab es keinerlei Anlass zur Beunruhigung.

Um nicht wieder in eine düstere Stimmung abzudriften, wandte ich meine Aufmerksamkeit dem Bildschirm zu. Die anderen hatten ganz offensichtlich eine Menge Spaß dabei, kleine Rennwagen über eine bucklige bunte Piste zu steuern und sich dabei gegenseitig von der Fahrbahn zu schubsen. Mir wurde schon vom Zusehen schwindlig, doch das ließ Natalie nicht als Ausrede gelten. Ihr zuliebe spielte ich ein paar Runden mit. Sie schien sich Sorgen zu machen, dass ich mich als passive Zuschauerin langweilen könnte. Ha! Wenn sie gewusst hätte, wie zufrieden ich damit war, in der angenehm unaufgeregten Gesellschaft der Nerds faul auf dem Sofa herumzulungern!

Ich bemerkte, wie Wilko neben mir in sich hineinschmunzelte. Er wusste natürlich, dass ich ein hoffnungsloser Fall war und mich einfach nicht fürs Zocken begeistern konnte. Videospiele waren mir zu laut, bunt und schnell. Aber ich musste zugeben, dass ich mit Natalie an meiner Seite, die mich unermüdlich anfeuerte, Spaß an der Sache entwickelte. Natürlich verlor ich immer wieder haushoch, doch das war ja nicht anders zu erwarten gewesen.

Eine Stunde vor Mitternacht gingen wir dazu über, Karaoke zu singen. Das war schon eher nach meinem Geschmack, zumal der Alkohol sich langsam bemerkbar machte. Abgesehen vom Apfelsaft trinkenden Peter hatten auch die anderen mittlerweile ein wenig Schlagseite. Wir performten mit viel Herzblut und lachten dabei so sehr, dass wir beinahe den Jahreswechsel verpasst hätten.

Gerade noch rechtzeitig fiel ich meinem Bruder und den übrigen Nerds einschließlich Natalie um den Hals, goss mir Sekt nach und ließ mich draußen in der Eiseskälte auf einem Terrassenstuhl nieder. Während wir uns das Feuerwerk anschauten, das über den Dächern der Stadt aufstieg, wünschte ich David in Gedanken ein glückliches neues Jahr. Ob er wohl auch an mich dachte?

Und was noch wichtiger war: Würden die vor uns liegenden zwölf Monate es gut mit uns meinen?

# 16

Es war Lenne, der schließlich den Vorschlag machte, noch auf einen Sprung *bi Anni* vorbeizuschauen – der Kneipe, die von meiner früheren Schulkameradin Svenna und ihrem Bruder Jon betrieben wurde, seit ihre Mutter Anni vor etwa anderthalb Jahren gestorben war.

Ich warf einen Blick auf die Uhr. Es war kurz vor zwei, und die Nerds zeigten bisher kaum Ermüdungserscheinungen. Zwar hatten sie vorübergehend eine Spielpause eingelegt, aber nur, um den übrig gebliebenen Kuchen zu vertilgen und sich dazu eine Tasse Kaffee hinter die Binde zu kippen. Ich ahnte, dass sie sich für eine lange Spielenacht stärkten, und plötzlich nervte mich die Aussicht auf weitere Stunden vor dem Bildschirm mit seinem nervtötenden Gedudel. Also sagte ich rasch: »Gute Idee! Mittlerweile müsste der größte Andrang vorbei sein.«

»Bist du sicher?«, fragte Wilko zweifelnd. »An Silvester kommt man doch vor lauter Menschen nicht mal in die Nähe des Eingangs.«

»Ach, bis wir da sind, ist es fast halb drei. Da sind viele schon nach Hause gegangen. Wir müssen höchstens den Schnapsleichen ausweichen, die vor dem Deich herumliegen. Jon kehrt die doch gnadenlos nach draußen.«

Natalie sah etwas beunruhigt aus. »Äh, na ja, ich weiß nicht, ich bin eigentlich nicht so die Kneipengängerin ...«

»Komm schon, das wird lustig!« Ich umfasste ihr Handgelenk und zog sie vom Sofa hoch. »Svenna ist bestimmt auch da. Ich bin früher mit ihr zur Schule gegangen, sie ist echt nett. Und wenn ihr Bruder heute Nacht auflegt, können wir richtig toll tanzen! Er hat ein Händchen für coole Musik.«

Ich hopste versuchsweise vor ihr auf und ab. Wie erwartet brachte sie das zum Grinsen. »Na siehst du. Lass uns ›Dancing Queen‹ spielen! Wir können schließlich nicht die ganze Nacht auf dem Sofa rumhängen und zocken, das ist ungesund.«

Natürlich war das das denkbar schlechteste Argument, das ich vorbringen konnte, aber dank Lennes gutem Zureden saßen wir alle zehn Minuten später in Apfelsaft-Peters geräumigem Kombi und fuhren gen Deich. In meinem Magen machte sich Vorfreude breit. An Silvester auszugehen war nicht mein Plan gewesen, doch nach stundenlangem Aufenthalt in virtuellen Welten hatte ich meine Meinung geändert. Das reale Leben war nun mal eher mein Ding.

Es musste Jahre her sein, seit ich zuletzt einen feuchtfröhlichen Abend *bi Anni* verbracht hatte, und ich hoffte inständig, Svenna zu treffen. Ich hatte ja ohnehin vorgehabt, Kontakt zu ihr aufzunehmen.

Erstaunlicherweise fand Peter sofort eine Lücke auf dem Parkplatz neben der Kneipe. Wahrscheinlich waren nicht allzu viele Leute mit dem eigenen Auto gekommen, oder sie hatten sich bereits auf den Heimweg gemacht.

Das Lokal selbst – eine kuriose, wenn auch charmante Mischung aus Fischerkneipe und Tanzschuppen – war nach wie vor voller Menschen und die Luft zum Schneiden. Wenigstens konnte man sich um diese Uhrzeit durch die Menge bewegen, ohne immer wieder stecken zu bleiben wie ein Korken in der Flasche. Wir sechs arbeiteten uns bis zur Theke vor. Svennas Bruder Jon hatte ich bereits hinter dem DJ-Pult erspäht, nur von Svenna selbst war nichts zu sehen. Allerdings war es bei so vielen Leuten auf engem Raum auch ein bisschen viel verlangt, eine bestimmte Person auf den ersten Blick auszumachen.

Es dauerte eine Weile, bis wir alle unsere Getränke hatten. Natalie hielt sich dicht an meiner Seite und musterte mit großen Augen die aufblasbare Meerjungfrau in Menschengröße, die in einem Fischernetz unter der niedrigen Decke hing, und all die anderen liebenswerten Verrücktheiten, die die Kneipe zu bieten hatte. Anscheinend war sie noch nie hier gewesen, und ich konnte ihr ansehen, dass sie aus dem Staunen gar nicht mehr herauskam.

Gerade in dem Moment, als Jon *Africa* von Toto spielte und ich überlegte, ob ich Natalie dazu überreden sollte, mit mir die Tanzfläche zu stürmen, fühlte ich eine Hand auf meinem Arm. Ich drehte mich um. Svenna!

»Toni!« Sie zog mich in eine kurze, aber herzliche Umarmung. »Mensch, dich habe ich ja ewig nicht gesehen. Wie geht's dir denn?«

Sie trug die blonde Wallemähne offen, und ihre blauen Kulleraugen blitzten vergnügt, während sie im Takt der Musik mit den Hüften wippte. Groß, schlank, in einer sexy metallicfarbenen Röhre und einem schlichten weißen Top hatte sie selbst ein bisschen was von einer Meerjungfrau an sich. Auf jeden Fall wirkte sie sehr *Rock 'n' Roll*, wie es sich für eine Kneipenwirtin gehörte. Im wahren Leben war sie allerdings Fitnesstrainerin, falls sie in der Zwischenzeit nicht den Beruf gewechselt hatte.

»Svenna, hey! Nach dir habe ich schon Ausschau gehalten. Alles super so weit – und bei dir? Heißes Outfit übrigens. Wie viele Heiratsanträge hast du heute schon gekriegt?«

Sie lachte fröhlich. »Keinen, von dem ich Tjado erzählen würde, sonst denkt er am Ende noch, er muss mir auch einen machen.«

»Wäre das so schlimm?«

»Neiiin, aber unnötig. Im Moment ist er sowieso auf See und kriegt von dem Irrsinn hier nichts mit.«

Sie machte einen so heiteren, ausgeglichenen Eindruck, dabei wusste ich, dass sie harte Zeiten hinter sich hatte. Es musste sehr schwer für sie gewesen sein, ihre Mutter jung zu verlieren. Anni war mit gerade mal Mitte fünfzig einem Krebsleiden erlegen. Svenna hatte damals in Bremen gewohnt, war jedoch nach Norden zurückgekehrt, nachdem sie Tjado wiedergetroffen hatte. Die beiden kannten sich von früher. Das war ein Jahr zuvor an Weihnachten gewesen, und mehr wusste ich nicht darüber.

Es hatte schon etwas Märchenhaftes an sich – eine vom Schicksal gebeutelte junge Frau begegnete am Fest der Liebe dem Mann ihrer Träume, und alles wurde wieder gut. Na ja, zumindest, wenn der »Deichtelegraf«, über den sich Neuigkeiten in unserem ostfriesischen Nest wie ein Lauffeuer verbreiteten, nicht übertrieben hatte. Aber wenn ich Svenna so ansah, kam ich nicht umhin zu glauben, dass sie glücklich war. Die Beziehung zu ihrem Kapitän schien ihr jedenfalls hervorragend zu bekommen.

Ich bemerkte plötzlich, dass Natalie die hübsche Svenna mit unverhohlenem Interesse musterte, und beeilte mich, die beiden vorzustellen. Ich wollte schließlich nicht unhöflich sein. »Natalie, das ist Svenna. Svenna, Natalie; wir haben heute Abend zusammen mit den Nerds gefeiert.«

»Den *Nerds*?« Svenna lachte. »Ach, du meinst deinen Bruder und seine Kumpels, richtig? Die sehe ich hier auch nicht allzu oft. Moin Natalie! Bist du zum ersten Mal bei uns?«

»Das bin ich. Und ich find's richtig geil!« Natalie entfuhr ein aufgeregtes Kichern. »Das nenne ich mal einen abgefahrenen Laden.«

»Schön, dass er dir gefällt. Und ja, abgefahren ist eine treffende Beschreibung. Vielleicht ein bisschen untertrieben. Heute zum Beispiel ist es hier zugegangen wie bei ›Karneval meets Oktoberfest‹ oder so ähnlich. Aber das ist ja nichts Neues.« Svenna grinste breit. » Wie sieht es aus, Mädels, wollen wir uns im neuen Jahr mal auf einen Tee treffen?

Dann können wir ganz in Ruhe quatschen. Ich muss jetzt nämlich weiter und schon mal anfangen, draußen Ordnung zu schaffen. Uns sind zwei Aushilfen ausgefallen, also springe ich ein, wo es nötig ist. Das wird noch eine lange Nacht ...« Sie zog eine Grimasse.

»Lass dich von uns nicht aufhalten«, sagte ich rasch. »Den Tee trinken wir auf jeden Fall bald zusammen! Ich rufe dich an, okay?«

Wir umarmten uns noch einmal kurz, dann verschwand sie in der Menge. Natalie winkte ihr hingerissen nach.

Ich stieß ihr scherzhaft den Ellbogen in die Seite. »Falls du dich gerade verknallt hast, muss ich dich enttäuschen. Sie ist in festen Händen.«

»Ach, ich finde sie total cool, aber ich stehe auf Männer. Apropos – was ist mit dem großen Blonden, der den DJ macht? Kennst du den zufällig?«

»Und ob ich den kenne. Das ist Jon, Svennas älterer Bruder. Und nein, den kannst du auch nicht haben, sorry. Der ist wie seine Schwester vergeben.«

Natalie zog eine Schnute. Ich bemühte mich, sie aufzumuntern. »Ach, mach dir nichts draus. Wir gehen ein andermal auf Männerfang, in Ordnung? Ab sofort kommen wir einfach öfter her. Jetzt lass uns erst mal tanzen, bevor die Nacht vorbei ist.«

Apfelsaft-Peter setzte mich gegen fünf Uhr morgens zu Hause ab, was ein bisschen prekär war, wenn man bedachte, dass ich mittags schon wieder bei meinem Vater auf der Matte stehen musste. Also verabreichte ich den Schafen ein überpünktliches Frühstück, bevor ich mich ins Bett legte und ein paar Stunden schlief. Keine dreißig Minuten vor meiner geplanten Abfahrt nach Leer quälte ich mich hoch und unter die Dusche. Mein vom Schlafmangel und Alkohol arg mitgenommenes Gehirn war vollkommen überfordert von der Frage, was ich anziehen sollte. Schließlich zerrte ich ein halbwegs elegantes Outfit aus dem Schrank: blau-weiß-geringeltes Top, dunkelblaue Jeans und eine gleichfarbige Jacke im Admiralsstil. Dazu wollte ich meine sandfarbenen Stiefel mit der dicken Sohle anziehen. Die passiv-aggressive Toni legte nämlich aus irgendeinem Grund großen Wert darauf, Massimo zu beeindrucken und ihm anhand ihrer Klamotten zu signalisieren, dass sie etwas aus sich gemacht hatte.

Wenn ich näher darüber nachdachte, erschien mir das zwar armselig bis traurig, aber ich war zu müde, um dagegen anzukämpfen. Außerdem fühlte ich mich in meiner gegenwärtigen Verfassung definitiv besser, wenn ich gut angezogen war.

Ich schminkte mich gerade ausreichend, um nicht angemalt auszusehen, und schlüpfte dann in meinen Wintermantel aus Fake-Wolle, den ich mir für besondere Gelegenheiten aufhob.

Draußen schien wundersamerweise die Sonne. Die dünne Schneeschicht vom Vorabend war nicht geschmolzen, sondern lag wie eine dünne Zuckerglasur auf Gräsern und Bäumen. Die Myriaden Eiskristalle reflektierten das Licht und blendeten mich, während ich zum Auto stapfte. Blinzelnd schirmte ich meine Augen mit einer Hand ab und versuchte mir in Erinnerung zu rufen, ob ich an alles Wichtige gedacht hatte. Handtasche mit Geld und Handy? Check. Mitbringsel? Hm, gute Frage.

Da entdeckte ich durch das Autofenster das Geschenk für Massimos Frau auf der Rückbank. In weiser Voraussicht hatte ich es bereits gestern Abend dort deponiert. Puh, Glück gehabt. Unausgeschlafen, wie ich war, hätte ich es andernfalls vielleicht zu Hause vergessen.

Ich hatte Silvia die traditionellen ostfriesischen Neujahrskuchen gebacken, allerdings nach meinem eigenen Rezept mit ordentlich Zimt und Vanille, weil ich weder Anis noch Kardamom leiden konnte. Beides wurde dem Teig normalerweise reichlich beigefügt – allein der Geruch verursachte mir Übelkeit.

Die Kuchen hatte ich in einer antik anmutenden Blechkiste luftdicht verschlossen. Dazu gehörte ein großes Glas in Rum eingelegte Kirschen, das ich hübsch dekoriert hatte.

So wenig ich meinen Vater ertrug, so wohl fühlte ich mich in Gesellschaft seiner Frau. Silvia war zurückhaltend, während Massimo extrovertiert war. Sie hatte eine gelassene, souveräne Art, die mir Vertrauen einflößte. Wir waren schon immer gut miteinander ausgekommen. Allerdings war es mir ein Rätsel, wie sie es seit so vielen Jahren mit meinem Vater aushielt. Vielleicht sollte ich sie einmal nach ihrem Rezept für eine stabile Ehe mit einem selbstverliebten Egozentriker fragen.

Als ich im Wagen saß, musste ich plötzlich an David denken. Ich hatte seit dem Aufwachen im Prinzip nur versucht, zu überleben, doch allmählich schien mein Gehirn in Gang zu kommen. Ehe ich mir in Ruhe überlegen konnte, ob die Idee *wirklich* gut war, griff ich nach meinem Handy und schrieb ihm eine Nachricht, in der ich ihm ein frohes neues Jahr wünschte. Zack, versendet. Ha!

Eine E-Mail beantwortete man vielleicht nicht sofort, aber ein Text im Messenger war ruckzuck geschrieben, selbst wenn man einen Brummschädel hatte. Und jemandem, den man mochte, schickte man doch einen Neujahrsgruß, richtig?

So hatte ich etwas, worauf ich mich später freuen konnte. Besonders für den Fall, dass unser Familientreffen weniger glücklich verlief, was definitiv im Bereich des Möglichen lag.

Als ich ein paar Minuten zu früh in die Straße einbog, in der Silvia und Massimo mit ihren drei Töchtern wohnten, war Carmine bereits eingetroffen. Er hatte seinen eleganten Audi mit Hamburger Kennzeichen außerhalb der Sichtweite des Wohnhauses der Familie geparkt – Absicht oder Zufall? – und stand auf dem Bürgersteig davor. Offensichtlich wartete er auf mich. Er kannte mich gut genug, um zu wissen, dass ich Massimo höchst ungern ohne Verstärkung gegenübertrat.

Ich stellte meinen Wagen ab und stieg aus. Angesichts des riesigen Blumenstraußes, den Carmine in der Hand hielt, konnte ich es wie üblich nicht lassen, ihn zu necken.

»Moin und frohes Neues! Ist der für mich? Das wäre doch nicht nötig gewesen ...«

Er legte den freien Arm um mich und drückte mir einen Kuss auf die Stirn. »Der ist für Silvia. Du freches Gör kriegst höchstens verspätet eins mit der Rute.« Er schob mich ein Stück von sich weg und lächelte. »Gut siehst du aus. Nur ein bisschen versoffen vielleicht.«

»Was dir natürlich nie passieren würde«, stellte ich mit leisem Spott fest.

»Das nennt man Selbstkontrolle, Schwesterherz.«

Carmine war so ziemlich der bestaussehende Mann, den ich kannte. Er war stets makellos gekleidet und frisiert und wirkte auch heute wie aus dem Ei gepellt. Der kühle hanseatische Schick, den er zur Schau trug, passte perfekt zu ihm und seinem markanten Gesicht mit den römischen Zügen. In der Hinsicht hatte er eindeutig nur die guten Gene von Massimo abbekommen, so viel stand fest.

Er lebte schon ewig in Hamburg und war Programmleiter bei einem großen Verlag. Entsprechend viel hatte er beruflich um die Ohren. Über sein Privatleben wusste ich wenig, außer dass seine Freundinnen ausnahmslos wunderschön waren, in der Regel aber nach ein oder zwei Jahren wechselten. Ich hatte den vagen Verdacht, dass das der Teil war, den er nicht ganz so gut im Griff hatte wie seine Karriere, doch wer war ich, das zu bewerten? Schließlich konnte ich bislang selbst nicht mit einer beständigen Beziehung aufwarten. Oder überhaupt *irgendeiner* Beziehung. Was sich in absehbarer Zeit möglicherweise ändern würde.

»Na los«, Carmine hakte mich unter und unterbrach damit meinen gedanklichen Monolog, »auf in den Kampf! Und denk daran, selbst wenn der Alte dummes Zeug von sich gibt, sind wir in ein paar Stunden wieder draußen. Und bis dahin lassen wir uns von Silvia dick und rund füttern.«

»Geht klar.« Mein fester Vorsatz, mich diesmal nicht von meinem Vater provozieren zu lassen, machte mich ungewohnt friedfertig. *Ich* würde mich erwachsen verhalten, ganz gleich, wie er sich benahm.

# 17

Wie es sich für einen geltungssüchtigen Angeber gehörte, residierte Massimo mit seiner Familie nicht in einem normalen Einfamilienhaus, sondern in einer Art Villa mit Säulen und Balkonen. Der dazugehörige Garten war von einem Landschaftsarchitekten entworfen worden und erinnerte eher an einen kleinen Park – es gab sogar künstlich angelegte Wasserläufe.

Als wir die breiten Stufen zum Eingang hinaufstiegen, musste ich kichern. Das war bestimmt die Nervosität.

»Es ist so *protzig*«, flüsterte ich Carmine zu. »Würdest du hier wohnen wollen?«

»Nö«, gab er zurück. »Wenn schon ein Riesenkasten, dann wenigstens mit Stil.«

Ich kicherte wieder, und prompt öffnete sich die Haustür. Carmine drückte unauffällig meinen Arm als Zeichen, dass ich mich jetzt zusammenreißen sollte. So interpretierte ich es zumindest.

Vor uns stand Silvia, selbstsicher und gepflegt in einem schlichten Schwarz-weiß-Ensemble. Das dichte, blonde Haar fiel ihr locker auf die Schultern. Sie streckte uns beide Hände entgegen.

»Hallo ihr Lieben, ich habe euch durch das Tor kommen sehen. Frohes neues Jahr! Wie schön, dass ihr hier seid. Gebt mir eure Mäntel.«

Als ich sie zur Begrüßung umarmte, stieg mir der Duft ihres teuren Parfums in die Nase, und ich schmunzelte in mich hinein. Sie war so ganz anders als Esther, die den Hippie in sich nicht verleugnen konnte, aber sie zählte eindeutig zu den Guten. Bei ihrem Ehemann war ich mir da nicht so sicher.

Carmine hatte sich unterdessen einem flauschigen weißen Fellknäuel zugewandt, das in der Halle aufgetaucht war und fröhlich um uns herumsprang.

»Ihr habt einen Hund?«, fragte ich Silvia erstaunt. »Wie habt ihr Massimo denn dazu überredet?«

Silvia winkte ab. »Leah hat ihm deswegen bestimmt ein Jahr lang in den Ohren gelegen. Irgendwann war der Hund wohl das kleinere Übel für ihn. Außerdem arbeite ich nur noch halbtags und kann mich um ihn kümmern.«

Soweit ich mich zurückerinnern konnte, war das die einzige Angelegenheit, in der Esther und Massimo jemals einer Meinung gewesen waren: Ein Hund kam ihnen nicht ins Haus. Demnach musste Leah, die jüngste Tochter meines Vaters, über bemerkenswerte Überredungskünste verfügen. Oder sie war einfach nur penetrant nervig gewesen, wie man es von einer Vierzehnjährigen erwarten konnte.

Wir folgten Silvia, die Carmines Blumenstrauß und meine Neujahrskuchen mit einem entzückten Lächeln auf den Lippen vor sich hertrug, in das riesige Wohnzimmer mit angrenzendem Essbereich. Natürlich würden wir nicht in der Küche zu Mittag essen – niemals! Etwas so Profanes wäre unter Massimos Niveau.

Obwohl die Einrichtung für meinen Geschmack von zu viel Marmor und Gold dominiert wurde, war es gemütlich in dem großen Raum. Im offenen Kamin brannte ein Feuer, und Leah rekelte sich auf einem der gigantischen weißen Ledersofas und bearbeitete mit beiden Händen ihr Smartphone, als hinge ihr Leben davon ab. Auch Massimo war da. Als wir eintraten, erhob er sich aus seinem Sessel und breitete in bester Patriarchenmanier die Arme aus. »Ciao, Kinder! Da seid ihr! Ahh, so lange haben wir uns nicht gesehen ...«

Er gab mir Küsschen auf beide Wangen und drückte Carmine betont wohlwollend an sich. Obwohl ich es nicht anders von ihm kannte, konnte ich es nicht lassen, mich zu fragen, warum er immer so *verdammt* italienisch tun musste. Er war als dreijähriger Knirps mit seinen Eltern nach Deutschland gekommen, wo sein Vater ganz dem Klischee entsprechend eine Eisdiele eröffnete und später standesgemäß seinem Sohn überschrieb. Davon abgesehen war Massimo im Prinzip nicht weniger deutsch aufgewachsen als ich. Aber es kam seinem Sinn für große Auftritte entgegen, den Italiener heraushängen zu lassen, dachte ich unfreundlich.

Dann riss ich mich zusammen. Schließlich hatte ich mir vorgenommen, den alten Groll für die Dauer des heutigen Besuchs hinunterzuschlucken. Statt weiter böse Gedanken zu wälzen, musterte ich meinen Erzeuger unauffällig, während er mit Carmine plauderte.

Seine schwarzen Locken waren ein wenig grauer und die Falten um seine Augen tiefer geworden, seit ich ihn zuletzt gesehen hatte. Ich war mir nicht ganz sicher, wann das gewesen war. Vielleicht zu Silvias Geburtstag im vergangenen Frühjahr?

Wie üblich trug er die Haare gerade so lang, dass es ihm die leicht verwegene Aura eines Lebemannes verlieh – mehr hätte Silvia vermutlich unterbunden. Seine Garderobe, bestehend aus weißem Hemd, dunkler Bundfaltenhose und einem teuren Kaschmirpullover, den er lässig um die Schultern gelegt hatte, unterstrich sein selbstbewusstes Auftreten. Normalerweise hätte ich es *großspurig* genannt. Aber gut, ich wollte ja nett sein.

Die Goldkette um den Hals, das um einen Knopf zu weit geöffnete Hemd, das alles entsprach dem Bild, das ich seit meiner Kindheit von ihm verinnerlicht hatte. Bis heute hatte sich daran nichts geändert, und ich ging auch nicht davon aus, dass er von diesen Alphamännchen-Accessoires jemals lassen würde.

Wenn ich ehrlich war, ging es auch gar nicht so sehr um Massimos äußere Erscheinung. Er war trotz seines fragwürdigen Geschmacks ein gut aussehender Mann, das musste ich mir wohl oder übel eingestehen. Sein Hang zu Kitsch und Pomp musste mir ja nicht gefallen. Nein, es war vielmehr seine Art, sich mir gegenüber zu verhalten, mit der ich auf Kriegsfuß stand. Ich war mir sicher, dass ich auch heute eine Kostprobe davon zu schmecken bekommen würde. Wir konnten beide nicht aus unserer Haut, was bisher noch immer für Zündstoff gesorgt hatte.

Es half auch nicht unbedingt, dass er seit Jahr und Tag ein erfolgreicher Geschäftsmann war. Er besaß zwei Eisdielen in verschiedenen Leeraner Stadtteilen und dazu ein kleines, elegantes Restaurant in bester Hafenlage. Dummerweise hatte das zur Folge, dass er noch mehr von sich eingenommen war und glaubte, mich bei jeder Gelegenheit belehren zu müssen. Das machte mich rasend, vor allem wenn er gleichzeitig die Nummer des treu sorgenden Familienoberhaupts abzog – das er definitiv *nicht* war.

Aber vorerst standen die Zeichen nicht auf Sturm. Leah war auf Silvias Wink hin vom Sofa aufgestanden, um uns zu begrüßen. Sie war ein süßes, vorlautes Ding mit langen braunen Haaren und die jüngste meiner drei Halbschwestern. Tarja war sechzehn, und Rieke hatte vergangenen Sommer ihr Abitur gemacht. Ich war gespannt, was sie als Nächstes vorhatte. Viel Kontakt hatte ich zu allen dreien nicht, aber ich nahm das nicht persönlich, sondern ging davon aus, dass ihr Leben als Heranwachsende sie voll und ganz vereinnahmte.

Die beiden Älteren ließen sich erst blicken, nachdem Silvia sie aus ihren Zimmern gescheucht hatte. Rieke konnte ich ansehen, dass sie eine feuchtfröhliche Partynacht hinter sich hatte; sie verzog brummig das Gesicht und war nicht sonderlich gesprächig. Tarja, Silvias Ebenbild, trug einen rosafarbenen Jogginganzug und Stöpsel in den Ohren, die mit ihrem Handy verbunden waren. Erst als ihre Mutter danach griff, legte sie beides beiseite und stieß einen genervten Seufzer aus. »Mama! Ich höre gerade einen *Podcast*!«

Ich verkniff mir das Lachen und nippte an meinem Aperitif, den Silvia mir in einem hübsch dekorierten Glas serviert hatte: eisgekühltes Sprudelwasser mit einem Schuss selbst gemachtem Cassis-Sirup. Auf Alkohol hätte ich sogar dann verzichtet, wenn ich nicht hätte fahren müssen. Ich war mir nicht mal sicher, ob ich schon wieder mit null Promille im Blut aufwarten konnte.

Insgeheim spendete ich Silvia immer wieder Beifall dafür, dass sie ihren Töchtern so ganz und gar unitalienische Namen gegeben hatte. Mit »Antonia« ließ es sich noch leben, aber bei »Carmine« hätte Silke seinerzeit lieber streiken sollen. Schließlich waren nicht die Eltern diejenigen, die sich später gegen den Spott der anderen Kinder zur Wehr setzen mussten!

Massimo unterhielt sich unterdessen mit meinem Bruder über irgendeine langweilige Steuerangelegenheit. Mir fiel auf, dass er seine missgelaunte Brut gekonnt ignorierte. Wahrscheinlich verließ er sich darauf, dass Silvia alles im Griff hatte. Was natürlich auch der Fall war.

»O nein, du bleibst schön hier«, befahl sie mir, als ich ihr beim Servieren der Vorspeise zur Hand gehen wollte. »Setz dich doch bitte schon mal mit den anderen an den Tisch, wo immer du magst. Es gibt keine festen Plätze. Rieke hilft mir mit dem Essen.« Sie verschwand mit meiner Schwester in der Küche. Ich wusste, dass uns diverse Köstlichkeiten erwarteten, solange Massimo nicht dazwischenfunkte, denn Silvia war eine hervorragende Köchin ohne Berührungsängste vor der veganen Küche. Wie gut, dass ich nicht gefrühstückt hatte!

Kurz darauf stellte sie einen Teller appetitlich dampfender Suppe vor mir ab und erklärte: »Minestrone – für dich natürlich rein pflanzlich. Die anderen bekommen Parmesan als Topping.«

Ich blickte lächelnd zu ihr auf und wollte mich gerade bedanken, als Massimo sich einmischte. »Ahh, so ein bisschen Käse, den kannst du doch mitessen. Diese *Gemüsediät* ist auf Dauer nicht gesund.«

Und da war sie auch schon – diese ganz bestimmte, wegwerfende Handbewegung, die mir an ihm so vertraut war. Und die ich zu hassen gelernt hatte.

*Sieh an,* dachte ich, *es geht los. Aber nicht heute, Satan!*

Gelassen erwiderte ich: »Eine Diät würde ich das nicht nennen. Du weißt doch, dass ich vegan lebe. Daran wird sich auch nichts ändern.«

Er hob die Augenbrauen, sagte jedoch nichts mehr, zumindest für den Moment. Ich konzentrierte mich darauf, meine Suppe zu löffeln, ohne mir den Mund zu verbrennen. Sie war ausgesprochen lecker, voll mit knackig frischem Gemüse. Ein echtes Geschmackserlebnis, das es mir vorerst erleichterte, Massimo auszublenden.

Zum Glück übernahm Silvia die Unterhaltung und erkundigte sich, wie es Esther und Wilko ging. Sie wollte auch wissen, was es im Café Neues gab und ob wir die Schafe noch hatten. Ihr Interesse war nicht geheuchelt, und das war etwas, was ich über die Maßen an ihr schätzte. Sie hatte uns schon ein paarmal auf dem Hof besucht und nahm aufrichtig Anteil an unserem Leben. Von meinem Vater konnte ich das beim besten Willen nicht behaupten.

Tatsächlich brachte er es fertig, geringschätzig den Mund zu verziehen, als ich Silvia berichtete, dass alle fünf Auen wohlauf waren und im Sommer sogar Gesellschaft von einem echten englischen Fellpony bekommen würden. Ich musste das endlich jemandem erzählen, sonst wäre ich vermutlich geplatzt. Leider fühlte Massimo sich bemüßigt, seinen Senf dazuzugeben.

»Ahh, willst du nicht lieber bei mir arbeiten? Das ist doch nichts Richtiges da oben in eurem Stall. Dafür hast du doch nicht studiert.«

Ich wandte langsam den Kopf und sah meinem Vater fest in die Augen. Er konnte es ganz offenkundig nicht lassen, mich zu beleidigen, auch wenn er das nicht mal mitbekam.

»In unserem *Stall*? Wir betreiben ein Hofcafé, Massimo. Die Touristen lieben es, und wir haben eine Stammklientel unter den Einheimischen. Bei dir würde ich auch nur in einer Eisdiele arbeiten, da nützt mir mein Tourismusfachwirt nichts«, entgegnete ich trocken.

Ich merkte, wie Silvia ihm einen mahnenden Blick zuwarf. Noch schaffte er es nicht, mich ernsthaft zu ärgern; es amüsierte mich eher, wie er dachte. Mein Blutdruck stieg deshalb nur ein ganz kleines bisschen. Nicht der Rede wert.

»Kann man bei euch Kuchen essen und dabei die Schafe streicheln?«, wollte Leah wissen, die hellhörig geworden war, als ich von den weißen Wollknäueln erzählte.

Ich grinste sie an. »Na klar! Allerdings nur im Sommer, wenn man draußen sitzen kann, weil sie natürlich nicht ins Café dürfen.«

Massimo hob beschwichtigend die Hände. Ihm war nicht entgangen, dass ich seine Frau und Leah auf meiner Seite hatte. »Ich will es dir nur anbieten. Niemand kann mir nachsagen, dass ich mich nicht um meine Kinder kümmere. Familie ist mir heilig.« Mit selbstgefälliger Miene wandte er sich wieder seiner Minestrone zu.

Rasch stopfte ich mir ein Stück von Silvias selbst gebackener Focaccia in den Mund, um das verächtliche Schnauben zu ersticken, das ich um ein Haar von mir gegeben hätte. Himmel, er war so *verblendet*! Nie hatte er auch nur einen Finger für Carmine oder mich krumm gemacht. Er hatte immer alles unseren Müttern überlassen. Während Silke durch die Ehe mit Carmines Stiefvater irgendwann nicht mehr auf sich gestellt gewesen war, konnte ich mich noch gut daran erinnern, wie oft Esther als alleinstehende Mutter zu kämpfen gehabt hatte, um Wilko und mich mit allem Notwendigen zu versorgen. Massimo hatte finanziell nur etwas beigesteuert, wenn er gerade Lust hatte. Zu besonderen Anlässen wie Geburtstagen beschränkte er sich seit jeher lieber auf belanglose Anrufe. Oder, noch schlimmer, nichtssagende Grußkarten. Manchmal vergaß er sogar beides. Persönlich war er quasi nie in Erscheinung getreten, und das würde ich ihm nicht verzeihen, solange ich lebte.

Ich konnte von Glück sagen, dass Carmine sich in die Unterhaltung einschaltete, während ich mit meinem Brot beschäftigt war. Vielleicht deutete er die Vorzeichen und wollte verhindern, dass ich in Fahrt kam. Mit einer Mischung aus Belustigung und Dankbarkeit beobachtete ich, wie geschickt er die Aufmerksamkeit von mir weg auf sich selbst lenkte. Mir war das nur recht. Was war er doch für ein eloquenter Herzensbrecher, mein großer Bruder! Wie nebenbei plauderte er über die Buchhighlights des kommenden Frühjahrs, die sein Verlag im Programm hatte, und alle hingen wie gebannt an seinen Lippen. Alle bis auf Leah, hieß das.

Die Jüngste in der Familie war gedanklich immer noch mit unseren Schafen beschäftigt und wollte wissen, ob sie mich besuchen könne, sobald es draußen wieder wärmer wurde. Anscheinend hatte sie sich nicht umsonst einen Hund mit weißen Löckchen ausgesucht. Was Tiere anbelangte, war ihr Beuteschema unverkennbar.

»Rieke kann mich fahren«, erklärte sie mir und wies auf ihre ältere Schwester, die wenig begeistert eine Augenbraue hob. »Dann helfe ich dir mit den Schafen und im Café. In Papas Eisdielen habe ich auch schon gearbeitet.«

»Du durftest mal eine Bestellung an den Tisch tragen, du Gartenzwerg«, spottete Rieke mit überlegener Miene. »Wenn ich deinen Chauffeur spielen soll, kostet dich das was. Und denk daran, dass wir im März zwei Wochen auf Kreuzfahrt sind.«

»Dann eben später. Im März ist das Wetter sowieso noch blöd.« Leah verdrehte genervt die Augen.

»Kreuzfahrt? Wow. Wohin geht's denn?«, erkundigte ich mich interessiert. Urlaub im Ausland, noch dazu auf einem Schiff, war in meiner Welt ein ebenso exotisches wie unerreichbares Vorhaben. Das letzte Mal war ich während eines Schüleraustauschs mit fünfzehn verreist: eine Woche nach Frankreich. Esther hatte damals monatelang eisern gespart, damit ich überhaupt teilnehmen konnte.

»In die Karibik, mit der ganzen Familie. Papa will noch mal mit uns allen zusammen Urlaub machen, bevor ich zum Sommersemester mit dem Studium anfange. Nach der Kreuzfahrt fliege ich dann für eine Woche nach New York. Hab ich mir zum bestandenen Abi gewünscht.« Rieke grinste selbstzufrieden. Ich verstand. In *ihrer* Welt war Reisen etwas ganz Normales, großzügig gesponsert vom eigenen Vater.

Ehe ich antworten konnte, sprang sie von ihrem Stuhl auf und beeilte sich, die nunmehr leeren Suppenteller einzusammeln. Offenbar wollte Silvia den Hauptgang servieren und hatte ihrer ältesten Tochter zu verstehen gegeben, dass sie den Tisch abräumen sollte. Sie führte ein diskretes, aber strenges Regiment; ganz anders als Esther, die Wilko und mir immer viel hatte durchgehen lassen.

Was Rieke mir über ihre Urlaubspläne erzählt hatte, stimmte mich nachdenklich. Einerseits freute ich mich für sie, dass ihr Leben als junge Erwachsene so ganz anders verlief als meins und sie die Chance bekam, die Welt zu sehen. Gleichzeitig war ich traurig, dass mir dieses Glück nicht vergönnt gewesen war. Vielleicht hatte ich etwas verpasst, das ich nie wieder aufholen konnte, weil ich immer entweder mit Lernen oder Arbeiten beschäftigt gewesen war – bis heute. Mich treiben zu lassen, fremde Länder zu erkunden, einfach bloß das Hier und Jetzt zu genießen, dafür hatte das Geld hinten und vorne nicht gereicht.

Als Silvia schließlich den Hauptgang servierte – duftendes Zitronenrisotto mit gebratenen Pilzen für mich, Kalbsschnitzel für die anderen –, war ich tief in Gedanken versunken. In mir arbeitete, nein, rumorte es wie in einem Vulkan kurz vor dem Ausbruch. Carmine schien etwas zu ahnen, denn er warf mir besorgte Blicke zu. Ich ignorierte ihn.

Irgendetwas drängte an die Oberfläche; verschüttet und verdrängt von dem Teil in mir, der mich vor mir selbst zu schützen versucht hatte. Ich wusste selbst nicht genau, was es war, das sich den Weg nach oben bahnte, bis ich es laut aussprach.

# 18

»Massimo«, meine Stimme klang erstaunlich ruhig, viel ruhiger, als ich mich fühlte, »hattest du eigentlich vor, Carmine und mir noch Bescheid zu sagen?«

Erstaunt blickte mein Vater von seinem Schnitzel auf. Er hatte natürlich nicht den blassesten Schimmer, wovon ich redete.

»Wegen der Kreuzfahrt im März«, half ich ihm auf die Sprünge, »in die Karibik. Zu der du die ganze Familie eingeladen hast. Mit Ausnahme von Carmine und mir, versteht sich. Dabei kümmerst du dich doch um *alle* deine Kinder, richtig? Und Familie ist dir heilig?«

Mein Bruder hatte aufgehört zu essen und hörte mir zu. Am ganzen Tisch herrschte plötzlich atemlose Stille. Die Ruhe vor dem Sturm.

Es gefiel mir überhaupt nicht, dass meine jüngeren Geschwister Zeuge dessen werden würden, was jetzt unweigerlich folgte. Aber vielleicht war es an der Zeit, dass sie die dunkle Seite ihres Vaters einmal zu Gesicht bekamen. Und das, was er über Jahre hinweg angerichtet hatte.

Massimo ließ langsam sein Besteck sinken. Ihm dämmerte wohl allmählich, was mich bewegte, auch wenn das noch lange nicht bedeutete, dass er es *verstand.*

»Ahh«, begann er auf seine herablassende Art, »ihr seid doch schon erwachsen. Ihr müsst arbeiten und habt euer eigenes Leben ...«

Doch ich ließ nicht zu, dass er sich wie üblich in Ausflüchten erging. »Erinnerst du dich noch daran, was du mir zum Abi geschenkt hast?«

»Was?«

»Zum Abitur. Was du mir geschenkt hast, als ich meinen Schulabschluss in der Tasche hatte.«

»Das weiß ich nicht mehr, Mädchen, ist ja lange her …«

»Ich weiß es noch, Massimo. Und Carmine auch, weil wir beide das Gleiche bekommen haben.« Ich beugte mich über den Tisch und funkelte ihn an. »Was wir bekommen haben, war *nichts*. Ganz einfach. Nichts. *Niente, capisci?* Kein Geld, kein Geschenk. Keine Reise nach New York.«

Mein Vater verschränkte die Arme vor der Brust. Das Schweigen um uns herum war so tief wie das Loch in meinem Herzen. Das ich hier und jetzt das allererste Mal in meinem beinahe dreißigjährigen Leben bewusst wahrnahm. *Verdammte Scheiße.*

Ich fühlte Carmines Blick auf mir ruhen. Als ich den Kopf wandte und ihn ansah, lächelte er, so zärtlich und liebevoll, dass mir die Tränen in die Augen stiegen.

»Lass gut sein, Kleines«, sagte er sanft.

Natürlich hatte er recht. Die Szene, die ich hier gerade veranstaltete, würde niemandem nützen und nicht das Geringste ändern. Denn das war nun mal die Krux an der Vergangenheit: Nichts und niemand konnte ihren Verlauf umschreiben. Was geschehen war, blieb unabänderlich, und ich hatte es gefälligst zu akzeptieren. Doch ich konnte jetzt nicht aufhören. Ich musste es endlich loswerden, den alten Schmerz und die Verletzungen nach außen tragen, um ihnen den Rücken kehren zu können. Auch wenn das bedeutete, dass ich meinem Erzeuger – womöglich für immer – Lebewohl sagte.

»Du bist der verlogenste Typ, dem ich je begegnet bin, und ich habe es satt, von dir wie ein Mensch zweiter Klasse behandelt zu werden. Wie eine *Tochter* zweiter Klasse! Als wäre ich aus irgendeinem Grund nicht gut genug. In deinen Augen arbeite ich in einem Stall und ernähre mich nur von Grünzeug. Dass Esther und ich das Café aus dem Nichts aufgebaut haben und für unser Essen keine Lebewesen sterben müssen, siehst du in deiner Ignoranz nicht mal.« Meine Stimme war lauter geworden. Da gingen sie hin, alle meine guten Vorsätze, mich nicht provozieren zu lassen. »Du siehst *mich* nicht und hast mich nie gesehen. Ich könnte auch eine Topmanagerin sein und Kaviar von goldenen Tellern speisen, und du hättest trotzdem etwas an mir auszusetzen. Du behandelst nicht alle deine Kinder gleich, o nein, auch wenn du das so gern behauptest. Mir steht es bis obenhin, das kannst du mir glauben.«

Ich schob meinen Stuhl zurück und stand auf. Massimos Miene hatte sich verhärtet. Natürlich – ich hatte ihn beleidigt und vor der ganzen Familie gedemütigt, doch es hätte mir nicht gleichgültiger sein können. Er hatte mit mir jahrelang das gleiche Spielchen getrieben, und wenn wir uns auch oft gestritten hatten, so hatte ich ihm doch nie so deutlich die Meinung gesagt wie heute. Um ehrlich zu sein, bereute ich es kein bisschen. Im Gegenteil, ich fühlte mich ungemein erleichtert, als wäre mir ein Gewicht von der Seele genommen worden. Die Einzigen, um die es mir leidtat, waren Silvia und meine Schwestern, die mich alle vier sprachlos anstarrten. Leahs Mund stand sogar ein wenig offen, was irgendwie niedlich aussah.

Ich wandte mich an Silvia. »Entschuldige bitte, dass ich so schrecklich unhöflich bin und allen das Mittagessen versaue. Das war ganz sicher nicht meine Absicht, aber genug ist genug. Ich hoffe, du bist mir nicht böse, wenn ich jetzt gehe. Bitte komm uns bald wieder besuchen, ja? Und danke für das großartige Essen, es war absolut köstlich.« Ich beugte mich zu ihr hinunter und gab ihr einen Kuss auf die Wange. Sie griff nach meiner Hand, und ihr kummervolles Gesicht schmerzte mich.

»Toni, bitte bleib doch ...«

Ich schüttelte den Kopf und winkte meinen Schwestern zu. »Bis bald, Mädels, ich hab euch lieb!«

Aus dem Augenwinkel sah ich, wie Massimo sich halb von seinem Stuhl erhob. Ich hätte wetten mögen, dass Silvia ihn hinter meinem Rücken mit wütenden Blicken durchbohrte, sodass er sich genötigt sah, die Wogen zu glätten.

»Ahh, nun komm schon, setz dich wieder hin. Du bist zu empfindlich ...«

Seine Worte schienen den Sauerstoff aus der Luft zu saugen. Ein paar Sekunden lang war ich wie in einem Zeit-Raum-Vakuum erstarrt, in dem nichts existierte. *Ich* existierte nicht. Dann war es vorüber. Ich drehte mich zu ihm um und sagte kalt: »Ruf mich nicht mehr an, Massimo. Nie wieder.«

Draußen in der Eingangshalle, wo ich mit bebenden Händen an der überfüllten Garderobe nach meinem Mantel suchte, stieß Carmine zu mir. Ohne ein Wort zu verlieren, wartete er, bis ich mich angezogen hatte, und begleitete mich dann nach draußen vor die Tür.

Auf der obersten Treppenstufe blieben wir stehen.

»Bist du in Ordnung?«, wollte er wissen und musterte mich eindringlich.

Ich nickte, wenn auch etwas halbherzig. »Alles gut. Ich will einfach nur nach Hause.«

Er betrachtete mich weiterhin aus seinen schönen dunklen Augen. Plötzlich lächelte er verschmitzt. »Ich habe gerade überlegt, ob ich mitkomme, aber ich weiß was viel Besseres. Ich werde hierbleiben und ihn mir so richtig zur Brust nehmen. Verdient hat er es heute allemal.«

»Heute?«

»Ach, na ja, du weißt schon. Er ist halt ein Idiot und wird es nie lernen.«

»Schon klar.«

Carmine lachte leise. »Fahr vorsichtig, okay? Ich rufe dich heute Abend an, wenn ich wieder in Hamburg bin. Und nächste Woche schicke ich dir neuen Lesestoff, damit du da oben in deinem Stall nicht verblödest.«

Ich platzte los und schlang ihm die Arme um den Hals. Er drückte mich fest an sich und gab mir einen Kuss auf die Stirn. »Liebe dich, Kleines. Als Schwester bist du *erste* Klasse, das ist schon mal sicher.«

Auf der Rückfahrt lachte und weinte ich abwechselnd. Immer wieder fuhr ich mir schniefend mit dem einzigen Taschentuch, das ich hatte finden können, über das Gesicht, bis nur noch ein feuchter Papierklumpen übrig war.

Carmine hatte den Nagel auf den Kopf getroffen – Massimo würde es nie lernen. Und deswegen war es genau die richtige Entscheidung, den Kontakt zu ihm abzubrechen. Das mit uns ... Es würde nicht funktionieren. Er tat mir nicht gut. Es war eine Erlösung, mir das endlich einzugestehen. Nicht mehr an der vagen Hoffnung festzuhalten, dass wir eines Tages doch noch einen Weg zueinander finden würden, irgendwie. Bullshit! Er war zwar mein biologischer Vater, aber damit endeten unsere Gemeinsamkeiten auch schon. Ich würde sehr viel glücklicher sein ohne diese Altlast auf den Schultern, auch wenn es im Moment zugegebenermaßen noch wehtat, dass wir die Sache mit der Vater-Tochter-Beziehung nicht hinbekommen hatten.

Als ich in die schmale Straße am Deich einbog, die zu unserem Hof führte, war ich heilfroh, wieder zu Hause zu sein. Ich hatte kaum Erinnerungen an die Fahrt, aber das spielte auch keine Rolle. Alles, was ich wollte, waren mein Sofa, eine kuschelige Decke und eine große Tasse Tee als Seelentröster.

Esther war mittlerweile ebenfalls aus Emden zurückgekehrt. Der betagte blaue Polo, der wie der Lieferwagen uns beiden gehörte, stand auf seinem üblichen Platz. Ich beschloss, ihr rasch ein frohes neues Jahr zu wünschen, bevor ich mich in meine eigenen vier Wände zurückzog. Oder treffender ausgedrückt, mich dort verkroch wie ein verwundetes Tier. Vielleicht hätte ich auf meine Intuition hören und Massimos bescheuerte Einladung niemals annehmen sollen, doch dafür war es nun zu spät.

Meine Mutter machte ein erstauntes Gesicht, als sie auf mein Klopfen hin die Wohnungstür öffnete. Sie trug einen ihrer geliebten Kaftans und warme Plüschhausschuhe in Form von Eisbärtatzen an den Füßen.

»Toni! Du bist schon zurück? Es ist ja nicht mal halb drei.«

»Ähm, was soll ich sagen. Ich habe die Party gesprengt und allen das Essen verdorben, fürchte ich ...«

Esther brauchte nur wenige Sekunden, um in meinem Gesicht zu lesen. »Massimo«, sagte sie, und es war keine Frage, sondern eine Feststellung. Als ich bloß trübselig nickte, seufzte sie tief und griff nach meiner Hand. »Was hat dieser entsetzliche Mann sich diesmal wieder geleistet? Komm rein und erzähl mir alles. Ich habe gerade frischen Tee aufgebrüht, der wird dir guttun.«

Tee! Kaum etwas konnte mich jetzt glücklicher machen. Ich streifte die Stiefel von den Füßen und zockelte wie ein geschlagenes Hündchen hinter ihr her ins Wohnzimmer. Auf dem Couchtisch lag eine aufgeschlagene Kladde, in der Esther ihre Menüplanung für die Woche und neue Rezepte notierte. Ich schenkte ihr jedes Jahr zum Geburtstag ein neues Heft. Im Hintergrund lief leise Harfenmusik. Zwei Katzen hatten sich auf dem Sofa eingerollt und schliefen tief und fest. Es waren Rita und Ingrid, die Wurfschwestern, doch vielleicht verwechselte ich eine von ihnen auch mit ihrem Bruder Burt. Das passierte mir dauernd.

Während meine Mutter in der Küche verschwand, um den Tee zu holen, kuschelte ich mich tief in ihren alten Ohrensessel und zog die Knie an. Mit einem Mal fühlte ich mich furchtbar elend. Was für ein grauenvoller erster Tag des neuen Jahres!

Zum Glück nahm Esther ihre Rolle als Zuhörerin und Trösterin sehr ernst. Sie ließ mich erzählen, fütterte mich zwischendurch mit Keksen und sorgte dafür, dass meine Teetasse nicht leer wurde. Als es nichts mehr hinzuzufügen gab und ich nur noch stumm und frustriert an einem Plätzchen knabberte, seufzte sie abermals. Massimos Gebaren war nichts Neues für sie, und vielleicht hatte sie all die Jahre besser als ich selbst verstanden, was es in mir anrichtete.

»Es klingt immer so großkotzig, wenn man sagt, ich habe es kommen sehen. Aber ich glaube, es war unausweichlich, dass ihr eines Tages so aneinanderrasselt wie heute. Massimo ist, wie soll ich sagen ... Er hat eine sehr begrenzte Sicht auf die Welt. Das war damals schon so. Ich musste ihn irgendwann verlassen, um mir selbst treu zu bleiben. In der Hinsicht bist du wie ich. Ich bin mir sogar sicher, er meint es nicht abschätzig oder böse und liebt dich, auf seine Art. Nur ist seine Art schwer zu ertragen. Er war schon immer vollkommen unfähig, sich selbst und sein Tun zu hinterfragen.«

Sie riet mir nicht, ihm noch eine Chance zu geben oder den Kontakt aufrechtzuerhalten. Ich ahnte plötzlich, wie schmal der Grat für sie stets gewesen sein musste. Mich zu beschützen und sich gleichzeitig nicht einzumischen glich einem Drahtseilakt, der jederzeit schiefgehen konnte.

»Wann war für dich die Schmerzgrenze erreicht?«, erkundigte ich mich vorsichtig.

Esther zog eine Augenbraue hoch. »Du warst damals noch klein, vielleicht ein Jahr alt, und ich hatte vor, wieder ins Berufsleben als Köchin einzusteigen. Das war wegen der unmenschlichen Arbeitszeiten schwer genug, und ich wollte noch viel lernen, besser werden, nicht nur in irgendeiner Spelunke den üblichen Mist zusammenbrauen. Massimo hatte keinerlei Verständnis für meine Ambitionen und Wünsche. Er hätte mich am liebsten weiterhin als billige Servicekraft in der Eisdiele behalten.« Sie lächelte fein. »Seiner Meinung nach war das ein großzügiges Angebot, und ich hätte so meinen *Beitrag* für die Familie leisten können.«

Ich verdrehte die Augen. Das klang ganz nach Massimos Logik. »In der Eisdiele habt ihr euch auch kennengelernt, oder? Während du dort als Aushilfe gejobbt hast?«

»Genau. Ich wollte damals ein bisschen verschnaufen und verschiedene Dinge ausprobieren, nachdem ich ein paar Jahre hart gearbeitete hatte. Schauen, was mich neben dem Kochen noch glücklich macht. Deshalb hatte ich mit Massimo auch gar nichts Festes geplant ... Aber dann warst du plötzlich unterwegs, und ich wollte es zumindest versuchen. Mit ihm, meine ich.«

»Hat offenbar nicht geklappt.«

»Nein.« Sie lachte, und ich lachte mit. Dass sie es auch nicht mit ihm ausgehalten hatte, ebenso wenig wie Carmines Mutter Silke zuvor, tröstete mich nach allem, was heute vorgefallen war. Es lag also nicht nur an mir, dass wir nicht miteinander auskamen. Silvia musste eine Heilige sein, wenn sie sein Benehmen so stoisch ertrug. Doch angeblich gab es ja für jeden Topf den passenden Deckel, richtig? Dann bestand für mich vielleicht auch noch Hoffnung.

Als wäre dieser Gedanke mein Stichwort gewesen, kam mir David in den Sinn. Über dem ganzen Drama mit meinem Vater hatte ich gar nicht mehr an ihn gedacht. Doch der Mann aus Köln war kein Thema, das ich mit Esther besprechen wollte. Also beschloss ich, mich aufzuraffen und ein Stockwerk höher in meine eigene Wohnung zu gehen.

Ich fühlte mich wie eine Hundertjährige, als ich mich aus dem Sessel quälte. Himmel, waren solche emotionalen Ausbrüche anstrengend! Ich hatte richtiggehend Muskelkater, wahrscheinlich weil ich mich so verkrampft hatte.

»Ich gehe nach oben, Mama. Danke für alles.«

Sie hatte es sich mit ausgestreckten Beinen auf dem Sofa bequem gemacht, eine Katze auf dem Bauch, die andere an ihren Füßen. Ich beugte mich zu ihr hinunter und gab ihr einen Kuss. Sie strich mir liebevoll über die Wange. »Ruh dich aus, meine Kleine. Morgen wird wieder ein langer Tag. Und grüß Carmine, wenn ihr nachher telefoniert. Ich bin froh, dass ihr euch so gut versteht. Hoffentlich hat er Massimo noch ordentlich die Meinung gegeigt!«

Sie kicherte dämonisch, und ich konnte ihr ansehen, wie sehr ihr die Vorstellung gefiel. Hach ja. Meine Mutter, die Höllenfürstin. Ich war vollkommen ihrer Meinung.

# 19

Als ich Esthers Wohnung verließ, erschien im Hausflur ganz nach Katzenart wie aus dem Nichts Tom, Esthers getigerter Kater, den sie nach dem Schauspieler Tom Selleck benannt hatte. Anders als Burt und die Mädels war Tom ein echter Herumtreiber, doch alle Jubeljahre setzte er sich in den Kopf, meine Räumlichkeiten mit Beschlag belegen zu müssen. Nach ein paar Tagen verschwand er in der Regel wieder und ging seinen eigenen Angelegenheiten nach. Ich wurde den Verdacht nicht los, dass Tom wie alle Katzen über einen zusätzlichen Sinn verfügte, der ihm verriet, wann er gebraucht wurde. Er folgte mir wie selbstverständlich die Treppe hinauf und glitt an mir vorbei durch die Tür.

In meiner Wohnung war es kühl. Ich drehte die Heizung im Schlafzimmer höher und beschloss, mich gleich ins Bett zu kuscheln, obwohl es erst Nachmittag war. Tom unterzog währenddessen schon mal mein Kopfkissen einer Tauglichkeitsprüfung.

Weil Tee mir mittlerweile zu den Ohren herauskam, bereitete ich mir in der Küche eine heiße Schokolade zu. Mit dem Becher in der einen und dem Handy in der anderen Hand huschte ich zurück ins Schlafzimmer und schlüpfte in ein übergroßes Sweatshirt und bequeme Leggings. Vielleicht konnte ich ein bisschen Schlaf nachholen, oder zumindest dösen und mich von der Glotze berieseln lassen. Auf keinen Fall wollte ich weiter düstere Gedanken wälzen, sondern versuchen, mein inneres Gleichgewicht ein Stück weit wiederzufinden. Vielleicht würde mir ja sogar eine klitzekleine Nachricht von einer gewissen Person dabei helfen.

Beflügelt von dem Gedanken, dass David mir geschrieben haben könnte, stopfte ich mir ein Kissen in den Rücken und zog die Bettdecke bis zur Brust hinauf. Tom machte es sich sofort auf meinen Oberschenkeln bequem und rollte sich in der perfekten Imitation einer Zimtschnecke zusammen.

Ich entsperrte mein Smartphone und öffnete WhatsApp. Da ich die nervige Vorschaufunktion ausgestellt hatte, konnte ich neue Nachrichten nur direkt in den Chats sehen. Aber da war nichts. *Niente,* wie ich Massimo vorhin in meinem Ärger an den Kopf geworfen hatte. Nicht mal ein alberner Smiley. Ich konnte auch nicht erkennen, ob David meinen Text bereits gelesen hatte, denn die beiden Häkchen waren nach wie vor grau. Na toll. Ich verzog das Gesicht. Mit Männern hatte ich heute offenbar kein Glück. Was war das nur für ein beschissener Tag?

Ich wagte es kaum, meine E-Mails abzurufen. Auch hier – gähnende Leere. David hatte nicht geantwortet. Dabei waren »heute« und »morgen« doch schon vorbei, oder? Innerlich sackte ich vollends zusammen. Zutiefst deprimiert schloss ich alle Apps und legte das Handy beiseite. Während ich an meiner Schokolade nippte und eine Hand in Toms plüschigem Bauchfell vergrub, versuchte ich mich zu sammeln. *Es ist nur ein schlechter Tag,* redete ich mir ein, *kein schlechtes Omen oder gar ein schlechtes neues Jahr!*

In dieser Nacht schlief ich miserabel und träumte wirres Zeug von wilden Verfolgungsjagden, in denen mein Ex-Freund die Hauptrolle spielte. Als ich aufwachte und mich für einen neuen Arbeitstag im Hofcafé fertig machte, hatte David sich immer noch nicht gemeldet. Mein Befremden wuchs im gleichen Maße, wie meine Laune sank.

Nur meine beiden Brüder sorgten dafür, dass ich an diesem grauen Januarmorgen das Vertrauen in das andere Geschlecht nicht gänzlich verlor. Carmine, der am Vortag erst spät in Hamburg angekommen war, rief mich auf dem Weg zur Arbeit aus dem Auto heraus an und schilderte mir in leuchtenden Farben, wie er Massimo die Leviten gelesen hatte. Ob der daraus seine Lehren ziehen würde, stand meiner Meinung nach auf einem anderen Blatt, aber Carmines Einsatz für mich wärmte mir das Herz.

Wilko teilte mir unterdessen per Textnachricht mit, dass er die Nachwehen von zu viel Alkohol gerade erst überwunden hatte und wieder unter den Lebenden weilte. Mein Neujahrserlebnis mit Massimo, das ich ihm so knapp wie möglich zusammmenfasste, kommentierte er mit einem lapidaren »Ich haue ihm jederzeit auf die Fresse, du musst es nur sagen«, was mich erheiterte und tröstete. Immerhin zwei Männer, auf die ich mich verlassen konnte. Wenn man den Kater dazuzählte, waren es sogar drei. Tom hatte nämlich allem Anschein nach beschlossen, bis auf Weiteres bei mir einzuziehen.

Am Ende der ersten Januarwoche gab es immer noch kein Lebenszeichen von David. Die innere Toni hatte mittlerweile den emotionalen Rückwärtsgang eingelegt und betrachtete das Geschehen – oder vielmehr das *Nichtgeschehen* – mit einer Mischung aus Verwunderung und Traurigkeit. Ich hatte keinen weiteren Versuch gestartet, Kontakt mit David aufzunehmen. Das verbot mir nicht zuletzt mein Stolz. Er wusste, wie er mich erreichen konnte. Das musste genügen.

Die Einzige, die mich anrief, war Silvia, um sich wortreich für Massimos Benehmen am Neujahrstag zu entschuldigen. Ich freute mich zwar über diese Geste, sah mich jedoch gezwungen, ihr klarzumachen, dass nicht sie es war, die mich um Verzeihung bitten musste. Daraufhin stieß sie einen abgrundtiefen Seufzer aus.

»Ich weiß«, sagte sie bekümmert, »aber du kennst ihn. Er begreift nicht mal, dass er etwas falsch gemacht hat.«

*Schon klar,* dachte ich, *und deshalb schweigt er einfach. Genau wie David.*

So sehr ich mich auch bemühte, mich nicht in wilden Vermutungen zu ergehen, warum David mich links liegen ließ, dachte ich mittlerweile an nichts anderes mehr. Das Ganze blieb mir ein Rätsel. Hatte ich etwas missverstanden? Seine Worte und sein Verhalten falsch interpretiert? Ich rang um einen klaren Kopf. Doch egal, wie ich es drehte und wendete, ich kam immer wieder zu demselben Ergebnis. Nicht einmal ich war so verpeilt, dass ich einen Kuss, unser Gespräch am Vorabend seiner Abreise und nicht zuletzt seinen Brief derart in den falschen Hals bekommen konnte. Was immer ihn davon abhielt, sich bei mir zu melden, es hatte nichts mit mir zu tun. Oder alles.

Nach einer weiteren Woche war meine Stimmung auf dem absoluten Tiefpunkt angelangt. Zum ersten Mal in meinem Leben googelte ich den Begriff »Ghosting«. Ich hatte immer geglaubt, so etwas passiere nur in melodramatischen Filmen, nicht aber in der Wirklichkeit. Nun wurde ich eines Besseren belehrt. Ghosting war anscheinend ein Massenphänomen und betraf überwiegend die jüngere Generation – zu der ich zwar nicht mehr so ganz zählte, aber Ausnahmen bestätigten bekanntlich die Regel.

War es wirklich so? Hatte David mich geghostet? Ich konnte es einfach nicht glauben, doch sein hartnäckiges Schweigen sprach für sich. Meine beiden Nachrichten hatte er zweifellos bekommen und aus irgendeinem Grund beschlossen, sie nicht zu beantworten. Vielleicht hatte er es sich kurzfristig anders überlegt. Vielleicht hatte er sich wieder mit seiner Frau versöhnt, oder es war ihm doch zu früh für etwas Neues. Aber warum *sagte* er es dann nicht einfach? Ihm musste doch klar sein, wie sehr mich diese stumme Abfuhr verwirrte und verletzte. Aber offenbar hatte ich mich in ihm getäuscht. Ihn vollkommen falsch eingeschätzt.

Ein einziges Mal noch ließ ich mich zu dem Versuch hinreißen, Kontakt mit dem Mann aus Köln aufzunehmen. Es war halb neun am Samstagabend, ich hatte zwei Gläser Rotwein getrunken, und die kämpferische – und beduselte – Toni, die nicht feige den Schwanz einziehen wollte, hatte die spontane Idee, mit einem Anruf Licht ins Dunkel zu bringen. Ich griff zum Handy und tippte auf Davids Nummer. Es läutete einmal, dreimal, zehnmal. Er ging nicht ran.

Am nächsten Tag im Café stellte Esther mich zur Rede. Es war kurz nach der Mittagszeit, als unsere Gäste satt und zufrieden an ihren Tischen dämmerten und es den meisten für Kaffee und Kuchen noch zu früh war. Wenn es dafür überhaupt so etwas wie ein »zu früh« gab. Jedenfalls hatten wir ein bisschen Luft und konnten eine kleine Pause einlegen.

Meine Mutter fing mich in der Küche ab, als ich gerade nach der Pannacotta im Kühlschrank schaute.

»Was ist mit dir los, Kind?« Sie stemmte die Hände in die Hüften und musterte mich eindringlich aus ihren eisblauen Augen. Oh, oh, wenn sie so anfing, war ich geliefert. Muttertier meets Höllenfürstin – das war nie eine gute Kombination.

»Was meinst du?« Angestrengt hielt ich meinen Blick auf das Tablett mit den Förmchen gerichtet. Es war nur ein schwacher Versuch, das Unvermeidliche hinauszuzögern und ihrem Verhör zu entkommen. In Wahrheit hatte ich keine Chance, und sie wusste, dass ich es wusste. Dennoch spielte sie das Spiel mit.

»Du hast entsetzliche Laune, Augenringe und ein paar Kilo abgenommen«, zählte sie auf. »Du bist überempfindlich und ungerecht und maulst alle an, Finja, Wilko, mich. Irgendetwas macht dir zu schaffen, und ich will jetzt wissen, was es ist. Bist du schwanger?«

Ich lachte los, zum ersten Mal seit ... nun ja, seit Längerem. Neuerdings verbrachte ich eine Menge Zeit damit, meine wachsende Bitterkeit über unzuverlässige Männer wie eine Teigkugel zu rollen und zu kneten. Irgendwann würde sie so verhärtet sein, dass man sie nur noch mit einem Vorschlaghammer zerstören konnte.

»Dazu müsste ich erst mal Sex haben, weißt du. Und bei einer Schwangerschaft nimmt man normalerweise eher zu.« Ich wollte Esther provozieren, weil sie mich zum Reden zwang, und vergaß dabei, dass es wenig gab, was sie zusammenzucken ließ. Sie war bisweilen selbst eine wandelnde Provokation.

»Na komm, so abwegig ist das ja wohl nicht. Schließlich hast du dich mit dem Kölner – wie hieß er gleich? David. Mit dem hast du dich doch gut verstanden. Was macht der eigentlich? Habt ihr noch Kontakt?«

Jetzt war *ich* diejenige, die zusammenzuckte, weil sie seinen Namen laut aussprach. Es war schlimm genug, dass dieser Mann immer noch den ganzen Tag in meinem Kopf herumspukte und partout nicht verschwinden wollte. Ab und zu bekam er dort sogar noch Gesellschaft von meinem Vater. Nein, ich konnte wirklich nicht behaupten, dass es momentan angenehm war, ich zu sein. Bisweilen kam ich mir vor, als würde ich von Poltergeistern heimgesucht, mit dem Unterschied, dass die nicht unser Haus aufmischten, sondern mein Gehirn. Grr. Es gab Momente, in denen konnte ich eins zu eins nachvollziehen, warum Leute verrückt wurden.

Esthers Argusaugen war nicht entgangen, dass ich bei der Erwähnung von Davids Namen gequält das Gesicht verzogen hatte. Sie stürzte sich wie ein Bluthund auf diesen vagen Anhaltspunkt.

»Also doch. Ich hatte so ein Gefühl, dass es nicht nur an Massimo liegt. Sag schon, was hat er angestellt?«

»Ich will nicht darüber reden.«

»Solltest du aber. Ganz offensichtlich tut es dir nämlich nicht gut, alles in dich reinzufressen. Wobei, ich wäre froh, wenn du das mal wieder tätest! Du siehst schon richtig abgezehrt aus.«

»Esther, bitte …«

»Habt ihr euch gestritten?«

Ich blickte sie an und seufzte. Na schön, dann war sie eben die Erste, die von meiner Demütigung erfuhr. Was machte das schon? Viel tiefer konnte ich ohnehin nicht mehr sinken.

»Schlimmer. Es gab einen Kuss, ein tolles Gespräch und eine Art Liebesbrief. Dann ist er zurück nach Köln gefahren, und seitdem habe ich nichts mehr von ihm gehört. Er hat nicht mal auf meine Nachrichten geantwortet. Einfach schht, weg, verschwunden. Wie vom Erdboden verschluckt.«

»Oh.« Esthers Miene drückte Erstaunen und Betroffenheit aus. Normalerweise war sie nie um Worte verlegen, aber diesmal hatte es ihr die Sprache verschlagen.

Ich betete, dass sie jetzt nicht auf die Idee kam, mich in den Arm zu nehmen und zu trösten. Dann wäre der Tag gelaufen. Ich würde losheulen wie eine Dreijährige, der das Eis heruntergefallen war, und ich musste doch noch arbeiten!

Glücklicherweise schien sie zu ahnen, dass es nicht der richtige Moment war, um mir ihr Mitgefühl zu demonstrieren. Manchmal überraschte sie mich. Wenn sie wollte, schickte sie nicht nur die Mutter, sondern auch die Höllenfürstin konsequent in die Auszeit.

»Das ist wirklich sehr, sehr seltsam«, erwiderte sie nach reiflicher Überlegung und zog die Stirn kraus. »So hätte ich ihn überhaupt nicht eingeschätzt. Ich meine, er hat nicht den Eindruck vermittelt, als wäre er ein leichtfertiger Typ. Wobei das natürlich unmöglich zu beurteilen ist bei jemandem, den man kaum kennt.«

»Tja, um ehrlich zu sein, hätte ich mit so etwas auch nicht gerechnet. Mit allem, nur nicht damit, von ihm geghostet zu werden.«

»Geghostet?« Esther sprach das Wort nach, als hätte sie es noch nie gehört. »Hast du denn eine Idee, was da los sein könnte?«

Ich zuckte mit den Schultern. »Er steckt gerade mitten in der Scheidung, und seine Frau scheint es sehr eilig zu haben, ihn loszuwerden. Zumindest war das noch so, als er mir davon erzählt hat. Ob es damit zusammenhängt – keine Ahnung. Er redet ja nicht mit mir.«

Esther kniff die Augen zusammen und verschränkte die Arme vor der Brust. Sie wirkte nachdenklich. »Es würde mich nicht wundern«, meinte sie schließlich, »wenn da der Hase im Pfeffer läge. Scheidungen oder Trennungen haben immer ihre eigene Dynamik, da kann viel passieren. Aber es ist ja müßig, darüber zu spekulieren, wenn er sich nicht mehr meldet. Tu mir deshalb bitte, bitte einen Gefallen ...«

»Was denn?«

»Leb dein Leben weiter und warte nicht auf ihn. Und zwar ab sofort.« Sie seufzte. »Ja, ich weiß, das ist leicht gesagt. Aber sein Verhalten spricht eine deutliche Sprache. Versuch es nicht weiter zu ergründen. *Du* musst diese Sache für dich abschließen, denn er wird es wahrscheinlich nicht tun.«

Sie stieß sich von der Anrichte ab. »Ich muss jetzt meine Pastetchen für nachher fertig backen. Toni-Kind ...«

»Hm?«

»Es tut mir wirklich leid. Er schien ein richtig netter Kerl zu sein. Aber so was kann jeden treffen. Du darfst dich jetzt auf keinen Fall verkriechen, hörst du? Geh wieder mehr unter Leute. Besuch jemanden, mit dem du reden kannst. Du bist zu viel allein.«

Ich verdrehte die Augen, auch wenn ich insgeheim wusste, dass sie recht hatte. »Jawoll, Frau Psychologin. Wird gemacht. Nach einem Zwölfstundentag bin ich aufs Quatschen immer besonders scharf.«

Liebevoll strich sie mir über den Arm. »Du kannst hier zwischendurch jederzeit weg, das weißt du doch. Schließlich bist du Teilhaberin und bestimmst selbst. Außerdem muss ich keine Psychologin sein, um zu wissen, was dir in so einem Fall guttut. Vielleicht hast du dann auch wieder mehr Freude am Backen.« Sie verzog das Gesicht. »Deine letzten Kuchen waren furchtbar, total geschmacklos und ohne Pep. Also bitte, wenn du deinen und meinen Arbeitsplatz erhalten willst, sorg um Himmelswillen besser für dich. Und *scheiß* auf wankelmütige Männer! Du verdienst was viel Besseres als so einen.«

Esthers kleiner Pep-Talk hatte mich zum Nachdenken gebracht. Ich musste meinen Hintern allmählich wieder hochkriegen. Davids Abreise war über zwei Wochen her, und es sah nicht im Geringsten danach aus, als würde ich je wieder etwas von ihm hören. Zumindest war es das, worauf ich mich einstellen sollte.

Trotzdem fühlte sich die Wunde noch zu frisch an, um einfach auf Alltag zu schalten und wie gewohnt weiterzumachen. Das wäre auch nicht gesund, oder? Für mich war das Ganze nun mal keine Kleinigkeit. Mein Herz weigerte sich nach wie vor hartnäckig, den Mann aus Köln als Mogelpackung abzuschreiben, und ließ sich keines Besseren belehren.

Ich nahm mir daher vor, mir noch eine Woche Zeit zu lassen; Zeit, um das Ganze zu verarbeiten und dann ein für alle Mal ad acta zu legen. Auch David gab ich damit stillschweigend weitere sieben Tage lang die Chance, ein Lebenszeichen zu senden – selbst wenn ich von der düsteren Ahnung erfüllt war, dass keins kommen würde.

# 20

Die Woche verging, und ich versuchte nach besten Kräften, wieder mehr zu essen, früh ins Bett zu gehen und mir nicht unnütz den Kopf zu zermartern. Solche Dinge passierten, wie Esther gesagt hatte, und sie bedeuteten weder, dass ich ein schlechter Mensch noch mein Leben zu Ende war. Nun musste nur noch mein Herz ein Einsehen zeigen.

Am Samstagmorgen fand sich in meinem E-Mail-Posteingang und Messenger noch immer keine Nachricht von David. Ich spürte den nunmehr bekannten Schmerz als dumpfes Ziehen in der Brust, doch diesmal machte es mich nicht traurig, sondern wütend. Wer war ich denn, dass ich so mit mir umspringen ließ? Ich hatte keine Lust mehr auf diesen Mist, weder auf Albträume in der Nacht noch darauf, dass sich mir nach ein paar Bissen der Magen zuschnürte, ganz egal, was ich aß. Nicht mal mehr meine geliebten Fahrradtouren konnten mich aufheitern. Blöderweise kam hinzu, dass mich zu dieser Jahreszeit oft die früh hereinbrechende Dunkelheit und nasskalte Witterung davon abhielten, überhaupt aufs Rad zu steigen.

Die Finsternis in meinem Leben schien gerade allgegenwärtig zu sein, und ich wollte nichts mehr, als sie endlich loszuwerden und mir meine Macht zurückzuholen. Ich *sehnte* mich geradezu danach, mich nicht mehr so hilflos zu fühlen. Das bedeutete wohl, dass ich aktiv werden musste, und zwar ohne weitere Ausflüchte.

Noch im Schlafdress und mit Zottelhaaren öffnete ich im Messenger einen neuen Chat und schrieb Svenna eine Nachricht. In letzter Sekunde hatten wir daran gedacht, Nummern auszutauschen, bevor Apfelsaft-Peter unseren angeschickerten Haufen in den frühen Morgenstunden des ersten Januars nach Hause karrte.

*Hey, steht deine Einladung zum Tee noch? Ich könnte mir heute Nachmittag spontan freinehmen …*

Svenna antwortete prompt.

*Moin, aber natürlich steht die noch! Heute Nachmittag passt sehr gut. Ist 15 Uhr okay? Kommt deine Freundin auch mit?*

Ich stutzte. Meine Freundin? Ach so, sie meinte Natalie. Hm, gute Frage. Seit dem Neujahrsmorgen hatte ich nur einmal von ihr gehört, und da hatte sie mich über Wilko grüßen lassen.

Ich kam zu dem Schluss, dass doppelte Mädelspower nicht schaden konnte, wenn es darum ging, mich aus meinem Loch herauszuziehen. Zugegebenermaßen hatte ich wenig Übung darin, mir Hilfe zu suchen, aber womöglich war genau jetzt der Zeitpunkt, es zu lernen. Wenn sich daraus am Ende eine echte Freundschaft entwickelte, umso besser. In der Vergangenheit waren Freunde bei mir immer zu kurz gekommen, und mir dämmerte, dass ich in dieser Hinsicht immensen Nachholbedarf hatte.

Nur eine Stunde später war alles geregelt. Natalie würde zu mir kommen, damit wir gemeinsam zu Svenna hinüberlaufen konnten. Esther hatte über das Wochenende Besuch von einer alten Bekannten, die ebenfalls als Köchin arbeitete und darauf brannte, mehr über die vegane Küche zu erfahren. Sie sagte sofort zu, mich für die Dauer des Nachmittags im Café zu vertreten. Damit stand einem vergnüglichen Kaffeekränzchen zu dritt nichts mehr im Wege. Dass es so einfach gewesen war, überraschte mich.

Natalie erschien überpünktlich in einem winzigen knallroten Japaner und ließ es sich nicht nehmen, einen neugierigen Blick ins Innere des Hofcafés zu werfen. Ich dirigierte sie kurzerhand in die Küche, wo ich den versunkenen Apfelkuchen, den ich für uns drei gebacken hatte, transportsicher verpacken wollte. Natürlich hatte ich auch einen Thermobehälter mit der köstlichen Vanillecreme gefüllt, die man über den Kuchen träufelte.

Natalies wusste sich vor Begeisterung kaum zu fassen. »Mein Gooott, ist das toll hier! Ich habe noch nie so ein süßes Café gesehen. Alles ist so urig und gemütlich, und dann dein Kuchen ... Sag mal, hast du eigentlich schon einen eigenen YouTube-Kanal, wo du den Leuten zeigst, wie man so etwas Leckeres backt?«

»Äh, nein. Ich habe mir mal ein Konto bei Instagram zugelegt, aber bis jetzt nur selten was gepostet.«

»Das müssen wir ändern. Reels, du brauchst Reels! Und richtig gute Fotos. Damit setzen wir euer geniales Essen und die Location perfekt in Szene.«

Ich lachte ein bisschen über ihren Enthusiasmus. »Das macht aber auch viel Arbeit, oder? Ganz ehrlich, ich weiß nicht, ob ich die Zeit dafür habe.«

»Ach, ich helfe dir, das ist überhaupt kein Problem. Ich drehe ständig Videos für meine Spiele und weiß, worauf man achten muss. Euer niedliches Hofcafé machen wir im Handumdrehen berühmt!«

Ich lachte noch mehr. »Okay, ich nehme dich beim Wort. Dann musst du uns aber später auch beim Anbauen helfen, klar?«

Unter albernem Gekicher machten wir uns zu Fuß auf den kurzen Weg zu Svenna. Wir waren beide warm eingepackt, denn der Wind pfiff eisig vom Meer her. Mit unseren Mützen, Schals und dicken Mänteln erinnerten wir wahrscheinlich an zwei saftige Lebkuchenmännchen, die von Weihnachten übrig geblieben waren. Bepackt mit Kuchen und einer Flasche Sekt wackelten wir die Straße am Deich entlang und schnatterten wie aufgezogen. Ich genoss es jetzt schon, einmal von allen Pflichten und Alltagssorgen entbunden zu sein, selbst wenn es nur für ein paar Stunden war. Sogar meine Schreckgespenster David und Massimo verblassten vorübergehend zu unbedeutenden Randfiguren.

Schnee war nicht mehr gefallen, aber es war immer noch bitterkalt. Ich war froh, als wir nach knapp zehn Minuten Fußweg in Svennas Hofeinfahrt einbogen und dem Wind nicht mehr ausgesetzt waren.

Natalie machte große Augen. »Oh«, hauchte sie, »das ist ja ein Traum!«

Ich musste ihr recht geben. Wie unser eigener Hof war das Bauernhaus mit der angrenzenden Scheune, das Svenna mit ihrem Freund Tjado bewohnte, von einem Kreis aus Bäumen und ein wenig Weideland umgeben. Die Gebäude waren kleiner und älter, aber erst kürzlich von außen liebevoll renoviert worden, wie man unschwer erkennen konnte.

Tjado hatte das Anwesen im vergangenen Frühjahr von Svennas Onkel Freerk gekauft, der nach Mallorca ausgewandert war. Seitdem verbrachten das Paar jede freie Minute damit, das Wohnhaus umzubauen und einen Teil des Stalls in ein Studio für Svennas Fitnesskurse zu verwandeln – das hieß, wenn Tjado nicht gerade auf See weilte, denn als Kapitän war er stets mehrere Wochen am Stück auf seinem Frachter unterwegs.

Das erfuhren Natalie und ich von Svenna, während sie uns herumführte und den Hof und seine Bewohner zeigte, inklusive der beiden alten Ponys Fritz und Franz, die sie von ihrem Onkel übernommen hatten. Tjado hatte den Pferdchen zwei schicke Außenboxen gebaut, um in der Scheune Platz zu schaffen.

»Wahrscheinlich werden wir in hundert Jahren noch nicht fertig sein«, jammerte Svenna, als wir uns schließlich in der brandneu eingerichteten Küche am Esstisch niederließen, um gemütlich Tee zu trinken. »Jedes Projekt, das wir anfassen, müssen wir nach spätestens drei Wochen wieder unterbrechen, weil Tjado zurück aufs Schiff muss.«

»Aber es sieht doch jetzt schon alles so perfekt aus«, wandte Natalie ein und zupfte aufgeregt an einer haselnussbraunen Haarsträhne, die aus ihrem Pferdeschwanz gerutscht war.

Svenna grinste schelmisch, während sie den Tee aufgoss. »Perfekt? Haha, von vorn ist es tatsächlich ganz ansehnlich, zumindest die Fassade. Die haben wir als Erstes sauber gemacht und Fenster und Türen frisch gestrichen. Das Dach ist auch neu, das macht einiges her. Ihr habt nicht hinter das Haus geguckt, da herrscht noch das totale Chaos. Ich habe euch eigentlich nur die Sahnestücke gezeigt. Ihr müsstet das Schlafzimmer sehen, oder das Bad ...«

»... um das ich mich gleich ein bisschen kümmern werde«, sagte eine männliche Stimme aus Richtung der Tür, und Tjado kam herein, beladen mit zwei vollgepackten Kartons aus dem Baumarkt. Er ging zu Svenna, gab ihr einen Kuss und flüsterte ihr etwas ins Ohr. Natalie und mich begrüßte er mit einem freundlichen »Moin«, bevor er wieder verschwand. Wir hörten ihn mit seiner Last die Treppe hochstapfen.

»Willst du keinen Kuchen?«, rief seine Freundin ihm hinterher.

»Später vielleicht, danke. Lasst euch nicht stören«, schallte es von oben.

Hm. Ich konnte nachvollziehen, warum Svennas Augen so leuchteten. Vor etlichen Monaten hatte ich die beiden einmal zusammen beim Einkaufen getroffen. Ich war damals sehr in Eile gewesen und hatte ihnen lediglich einen Gruß zugerufen, aber ich hatte einen kurzen Blick auf Tjado werfen können. Seitdem wusste ich, dass er groß und schlank war, krause braune Locken und einen Bart hatte. Ich fand ihn attraktiv, auf eine heitere, in sich ruhende Art.

Eben hatte ich mitbekommen, wie er Svenna ansah und mit ihr umging. Er betete unverkennbar den Boden an, auf dem sie wandelte. Außerdem hatte er diese »Fels-in-der-Brandung«-Ausstrahlung, die mich wehmütig machte. Für kurze Zeit hatte ich mir eingebildet, selbst einen Tjado kennengelernt zu haben. Dummerweise hatte ich mich getäuscht, und wie jedes Mal traf die Erkenntnis mich wie ein Stich ins Herz.

Doch ich wollte mich jetzt nicht meinen trüben Gedanken hingeben. Stattdessen sagte ich scherzhaft zu Svenna: »Aber das Bad ist immerhin in Arbeit! Stell dir vor, wie toll alles aussehen wird, wenn ihr erst fertig seid. Und du hast *Ponys*. Die hätte ich zu gern. Eins wäre sogar fast bei uns eingezogen.«

Der letzte Satz rutschte mir einfach heraus. Im Prinzip war ich noch nicht bereit, über Mary – und damit unweigerlich auch über David – zu reden, aber meine Zunge führte mal wieder ein Eigenleben.

Svenna warf mir einen erstaunten Blick zu. »Nur fast? Was ist passiert?«

»Oh, äh ...« Ich wand mich unbehaglich auf meinem Stuhl und stach meine Gabel ein bisschen zu heftig in das riesige Kuchenstück, das Natalie mir auf den Teller gelegt hatte. »Das ist – eine längere Geschichte, fürchte ich.«

»Macht nichts. Dafür sind wir ja heute hier: um zu quatschen, bis uns die Köpfe glühen.«

Die beiden kicherten, doch ich merkte, wie Svenna mich beobachtete. Meine Reaktion war ihr nicht entgangen.

»Okay, also ...« Ich ließ mir absichtlich Zeit, meinen Kuchen in Vanillecreme zu ertränken. Eine reine Übersprungshandlung, die mir half, mich zu sortieren.

»Kann ich euch vorher was fragen?«, platzte ich schließlich heraus.

Zwei Augenpaare waren auf mich gerichtet.

»Immer raus damit«, ermutigte mich Natalie.

»Wenn jemand euch zu verstehen gibt, dass er, na ja, an euch interessiert ist, in Worten und Taten ... Und dieser Jemand verspricht, sich ›heute oder morgen‹ zu melden, aber drei Wochen lang nichts von sich hören lässt und nicht auf Nachrichten reagiert – *wird er sich dann noch melden?*«

Einen Augenblick lang herrschte Stille. Ich sah, wie Svenna und Natalie einen bedeutsamen Blick tauschten.

»Nein«, erwiderten beide wie aus einem Mund.

Obwohl ich nicht ernsthaft mit einer anderen Antwort gerechnet hatte, tat es weh. Es bestätigte, was ich insgeheim längst wusste, auch wenn ich es nicht verstand.

Plötzlich ächzte Natalie auf. »O Gott. Der Mann aus Köln, richtig? Der mit den Altlasten.«

»Äh, anscheinend bin ich nicht auf dem neuesten Stand. Klärt ihr mich mal auf?« Svenna wirkte wie ein lebendes Fragezeichen. »Und bevor es untergeht – hat der Mann, der sich nicht meldet, was mit dem Pony zu tun, das beinahe bei euch eingezogen wäre?«

Ich seufzte. »Genau deshalb ist dic Geschichte länger.«

»Alles klar. Dann mache ich vorsichtshalber schon mal den Sekt auf, und du erzählst von Anfang an«, verfügte Svenna, ganz die souveräne Gastgeberin.

Ich hatte nicht erwartet, dass es so guttun würde, mir endlich alles von der Seele zu reden. Ich musste nichts beschönigen und nichts auslassen, was mich bewegte und bedrückte. Obwohl wir uns im Prinzip kaum kannten, waren Natalie und Svenna geduldige und solidarische Zuhörerinnen. Sie unterbrachen mich nur, wenn es allzu undurchsichtig wurde. Was ich ihnen hoch anrechnete, denn was ich über David, unser Kennenlernen und sein plötzliches Abtauchen erzählte, kam reichlich wirr daher. Am Ende setzte ich die beiden sogar noch über Massimo und unser Zerwürfnis ins

Bild, auch wenn ich das gar nicht vorgehabt hatte. Aber ich hatte generell nicht geplant, mein Herz so weit zu öffnen.

Als es schließlich nichts mehr hinzuzufügen gab, leerte ich erst mal ein halbes Glas Sekt auf ex.

»Himmel!« Ich räusperte mich verlegen. Meine Stimme krächzte wie die eines Raben, so viel hatte ich geredet. »Jetzt habe ich euch wirklich ein Schnitzel ans Ohr gelabert. Dabei wollte ich mich heute eigentlich nur ein bisschen von euch aufmuntern lassen. Um auf andere Gedanken zu kommen, ihr versteht?«

»Oh, das kriegen wir hin«, meinte Svenna trocken und nahm ebenfalls einen großen Schluck Sekt. Mir fiel auf, dass Natalie sich an Tee hielt. Natürlich, sie musste ja später noch Auto fahren. Sie wirkte ein wenig mitgenommen, die Arme. Kein Wunder – meine Geschichte war nicht gerade dazu geeignet, Frohsinn zu verbreiten.

»So, wie ich das sehe, brauchen wir für dich einen Notfall- und einen Langzeitplan. Der Notfallplan tritt kurzfristig in Kraft, damit du dich schnell besser fühlst und nicht mehr wie ein Häufchen Elend«, fuhr Svenna fort und klang dabei wie eine hoch motivierte Einsatzleiterin.

Ich musste ein bisschen lachen, vor allem, weil Natalie sie so ehrfürchtig anstarrte. »Das hört sich an, als hättest du schon was Bestimmtes im Sinn.«

»Hab ich auch. Ich meine, was da abgelaufen ist ... Mir fehlen echt die Worte. Du hast ganz schön was mitgemacht in letzter Zeit, und ich bilde mir garantiert nicht ein, ich hätte eine Patentlösung.« Svenna warf mir einen mitfühlenden Blick zu, und ich verzog das Gesicht.

»Danke. *Irgendeine* Lösung reicht mir schon. Wäre zumindest eine nette Abwechslung vom ewigen Grübeln und Trübsal blasen.«

»Okay. Mein Vorschlag wäre, dass wir uns heute Abend bei uns in der Kneipe treffen und so richtig auf den Putz hauen. Das ist vielleicht nicht gerade tiefgründig, aber eine super Ablenkung! Du brauchst unbedingt erst mal ein bisschen sinnfreien Spaß. Glaub mir, ich bin die Fachfrau.«

»Für sinnfreien Spaß?«

»Ja. Und für Notfallpläne.«

Das Lachen erstarb mir im Hals. Ich hatte die dumpfe Ahnung, dass Svenna vor gar nicht allzu langer Zeit selbst hatte zusehen müssen, wie sie nach dem Tod ihrer Mutter wieder auf die Beine kam. Dabei kannte ich nicht mal die Einzelheiten dieses tragischen Ereignisses.

»Ich hätte auch einen Notfallplan«, meldete Natalie sich zu Wort. Sie knurrte beim Sprechen wie ein schlecht gelaunter Hund. »Ein *Notfall* wäre es allerdings nur für diesen David, wenn ich erst mal mit ihm fertig bin. Ich könnte nämlich seine Mails hacken und seine Website und alle seine Social-Media-Accounts …«

Svenna und ich sahen uns an und prusteten los.

»Gott, wie genial ist diese Frau?«, japste sie, doch ich sah mich genötigt, einzuschreiten, so verlockend die Vorstellung auch war.

»Stopp, nein – keine Gewalt, bitte. Das gibt schlechtes Karma.«

»Aber vielleicht finde ich in seinen Mails ja irgendeinen Anhaltspunkt, warum er sich dir gegenüber so mies verhält«, gab Natalie zu bedenken.

Ich überlegte. Ganz von der Hand zu weisen war ihr Argument nicht, und beinahe hätte die Vorstellung, endlich etwas über die Hintergründe von Davids Verhalten zu erfahren, mich in Versuchung geführt. Doch dann schüttelte ich den Kopf. Nein. Ich würde nicht zu unlauteren Mitteln greifen. Es reichte, wenn er unfair spielte.

»Danke, aber wenn er mir irgendwas zu sagen hat, soll er das selbst tun. Wenn das nicht passiert, muss ich damit leben, schätze ich.«

Natalie seufzte tief. »Du hast ja recht. Aber gib mir Bescheid, wenn du es dir anders überlegst. Er würde es nicht mal merken, falls dir das lieber ist, obwohl ich ihn rasend gern ein bisschen ins Schwitzen bringen würde. Es macht mich einfach so sauer, wenn ein Kerl sich so benimmt!«

»Um ehrlich zu sein, finde ich es vor allem traurig. Ist mir ein Rätsel, wie man überhaupt so fies sein und jemanden ghosten kann. Man könnte doch auch einfach *reden*. So fühlt es sich ganz schön beschissen an. Nur fürs Protokoll.«

»Kann ich nachvollziehen. Menschen, die anderen so was antun, gehören an den Pranger gestellt und mit Hundekacke beworfen.«

»Ähm, aber heute Abend belassen wir es erst mal beim Tanzen und Trinken?«, vergewisserte sich Svenna mit dem ihr eigenen trockenen Humor. Ich kicherte, nickte und fühlte mich schon ein kleines bisschen besser.

»O Mann, und ich kann nicht dabei sein!«, maulte Natalie. »Meine Mutter und ich fahren nachher zu meiner Cousine ins Emsland. Sie wird dreißig – meine Cousine, nicht meine Ma. Große Party mit Übernachtung im Hotel, gähn. Ich würde viel lieber hierbleiben und mit euch feiern, aber aus der Nummer komme ich nicht raus.«

»Keine Sorge«, tröstete ich sie, »das wird garantiert nicht das letzte Mal sein, dass wir bei Svenna einfallen müssen, damit ich mir den Frust aus den Knochen schütteln kann!«

# 21

Am gleichen Abend stand ich im Badezimmer vor dem Spiegel und versuchte mich für ein Make-up zu entscheiden. Mich nur dezent zu schminken, erschien mir dem Anlass irgendwie nicht angemessen, doch ich wollte auch nicht wie eine aufgedonnerte Bardame daherkommen. Dann eben der goldene Mittelweg.

Während ich sorgfältig Kajal, Lidschatten und Mascara auftrug und zu guter Letzt meine Lippen in einem dunklen Rosenholzton ausmalte, dachte ich darüber nach, was Svenna am Nachmittag über ihren »Langzeitplan« geäußert hatte.

»Sag jetzt nicht, den hast du auch schon parat«, hatte ich sie geneckt.

Sie hatte mich nachdenklich angeblickt und ihren Teebecher mit beiden Händen umklammert, als wäre ihr kalt. »Na ja, nicht unbedingt einen Plan, mehr so einen Gedanken. Als du vorhin die Geschichte mit dem Kuchenreh erzählt hast, dachte ich sofort, wie genial es wäre, wenn du Gebäckboxen unter deiner eigenen Marke verkaufen würdest! Ich meine, warum auch immer der Typ sich nicht mehr bei dir meldet, er hatte jedenfalls eine super Idee. Lass das nicht verpuffen. Letzten Endes ist es völlig egal, von wem es kommt. Du backst doch wahnsinnig gern, und für den Rest suchst du dir einen Profi.«

Sie hatte sich energisch das lange blonde Haar über die Schultern geschoben und ergänzt: »Wenn ich dir einen Rat aus eigener Erfahrung geben darf: Investier in dich selbst, wenn es dir schlecht geht, und tu so viel wie möglich von dem, was dich glücklich macht. Das stärkt die Seele und das Selbstbewusstsein. Dann kommt alles andere irgendwann von allein wieder in Ordnung.«

Natalie und ich waren so beeindruckt gewesen, dass wir sie bloß ehrfürchtig angestarrt hatten, bis sie mit einem verlegenen Lachen abgewehrt hatte: »Jetzt guckt doch nicht so! Als es mir letztes Jahr wegen meiner Mutter und meinem dämlichen Ex so dreckig ging, war Sport mein einziger Lichtblick. Ich habe mit Yoga angefangen und bin in jeder freien Minute gerannt, als sei der Teufel hinter mir her. Das hat mich gerettet. Und dann, piffpaff, war auf einmal Tjado da, und das ausgerechnet an Weihnachten. Na ja, und was daraus geworden ist, seht ihr ja. Jetzt bauen wir an meinem ersten eigenen Fitnessstudio. Halleluja!«

Sie hatte gefeixt wie ein Honigkuchenpferd.

Ich überlegte, wie es wohl wäre, mit einer eigenen Kuchenkollektion erfolgreich zu sein. Nicht unbedingt in dem Sinne, dass ich damit reich und berühmt werden wollte, sondern *glücklich.* Mich beim Backen austoben zu können und meine Kreationen an begeisterte Abnehmer zu verkaufen käme dem sehr nahe.

Das Treffen mit Natalie und Svenna hatte meine Akkus auf wundersame Weise aufgeladen. Ich war randvoll mit Energie und motiviert wie lange nicht mehr. Und das nur, weil ich es gewagt und mich jemandem geöffnet hatte. Endlich wog das Leben nicht mehr so schwer, und ich konnte sogar den einen oder anderen Silberstreif am Horizont ausmachen. Vor allem fühlte ich mich nicht mehr so isoliert und allein mit meinem Kummer. Das war Natalies und Svennas Verdienst, die wahrscheinlich beide keine Ahnung hatten, wie viel ihre Unterstützung mir bedeutete.

Es war kurz nach zehn, als ich *bi Anni* über die Schwelle trat. Ein riesengroßer, bis zur Unterlippe tätowierter Mann in Lederkluft hockte auf einem umgedrehten Fass im Eingangsbereich. Er verlangte kein Geld, sondern musterte nur stoisch die eintretenden Gäste. *Gesichtskontrolle auf Ostfriesisch,* dachte ich. Mit dem würde sich so schnell niemand anlegen.

Ich hatte mich mit Svenna an der Bar verabredet. Sie würde noch etwa bis Mitternacht beim Getränkeausschank helfen müssen, weil sich die Hälfte des Personals krankgemeldet hatte, doch danach würde die Freundin ihres Bruders sie ablösen.

Eigentlich war zweiundzwanzig Uhr an einem gewöhnlichen Samstag zu früh, um in der Kneipe aufzukreuzen, doch ich hatte Svenna prophezeit, dass ich einschlafen würde, wenn ich den ganzen Abend allein zu Hause herumhockte. Wie zu erwarten war im Lokal noch nicht viel los; auf der Tanzfläche herrschte gähnende Leere. Was mich nicht störte, denn so konnte man sich wenigstens ungehindert von einem Ende des Raums zum anderen bewegen und zur Toilette gehen, ohne für die Strecke jedes Mal zehn Minuten zu brauchen.

Ich erspähte Svenna hinter der Bar. Sie hatte ihr langes, blondes Haar zum Pferdeschwanz gebunden und trug ein Vintage-T-Shirt mit dem Logo der Band Thin Lizzy, das in der Taille geknotet war.

Ich war weniger rockig unterwegs, aber dafür konnte ich mit Glitzer aufwarten. Nach reiflicher Überlegung hatte ich mich für einen weißen Sweater mit Kapuze und aufgedruckten Silbersternen entschieden, den ich mit knallengen Jeans und den coolsten Schuhen kombiniert hatte, die ich besaß: Cowboy-Stiefeletten in Mattsilber. Meine Haare hatte ich zu einer Lockenmähne geknetet, sodass ich mich ausnahmsweise ziemlich stylish fühlte, während ich auf Svenna zustakste. Sie sah mich kommen und winkte übermütig.

»Hey, Glamourgirl, schwing dich hinter die Theke und lass dich umarmen! Wenn ich nicht arbeiten müsste, könnten wir sofort zum entspannten Teil übergehen. Ich meine den mit dem Sekt und den ultraschrägen Tanzeinlagen …«

»Also, Sekt hatte ich heute Nachmittag schon genug, aber ich tanze gern für dich vor dem Tresen, damit du was zu lachen hast.«

»Dieses Angebot schlage ich nicht aus!« Svenna kicherte und fragte dann scheinheilig: »Sag mal, kennst du meinen Cousin Reno schon?«

»Was? Wen? Äh, nein. Sollte ich?«

»Weiß nicht. Er hat dich jedenfalls Silvester gesehen. Anscheinend hast du einen bleibenden Eindruck hinterlassen. Heute ist er auch hier.«

»Schön für ihn.« Ich wurde misstrauisch und merkte, wie ich mich versteifte. »Was soll das, willst du mich verkuppeln?«

Unvermittelt fasste Svenna mich am Arm und zog mich in eine Ecke. »Natürlich will ich das *nicht*«, raunte sie mir ins Ohr. »Aber ich will, dass du Spaß hast. Unterhalte dich einfach nur mit ihm, er ist ein echt netter Kerl. Lass dich ein bisschen hofieren, okay? Ich komme hier so schnell nicht weg … Er sitzt da hinten am Ende der Theke. Der mit den kurzen schwarzen Haaren. Er ist zwar ein paar Jahre jünger als wir, aber hey, Frischfleisch und so.«

»Svenna!« Langsam wurde ich sauer. »Ich habe im Moment keinen Bock auf Männer, verstehst du? Das mit David war wie ein – ein Tritt in die Eingeweide. Fast hätte ich *Eier* gesagt, aber ich habe ja keine. Zumindest nicht außen. Davon muss ich mich erst mal erholen.«

Sie schwankte zwischen Lachen und Seufzen. »Ich verstehe dich doch. Du sollst Reno ja auch nicht heiraten, um Gottes willen. Er soll dich nur auf andere Gedanken bringen. Glaub mir, er ist ein Schatz. Ich würde das niemals behaupten, wenn es nicht so wäre.«

In dem Moment wurden wir unterbrochen, weil Svenna einen Gast bedienen musste, der nachdrücklich nach einem

Bier verlangte. Ich nutzte die kurze Auszeit, um ihren Cousin möglichst unauffällig unter die Lupe zu nehmen. Er saß zu weit weg, und es war zu dunkel, um viel zu erkennen. Außerdem unterhielt er sich gerade mit jemandem und wandte mir halb den Rücken zu. Nein, so wurde das nichts.

Ich zog mein Smartphone aus der Jackentasche und tat so, als würde ich etwas höchst Interessantes lesen, während ich mich Stück für Stück in seine Richtung schob. Zum Glück waren Svenna und ich derzeit die Einzigen hinter der Bar, sonst hätte ich garantiert jemandem im Weg gestanden. So musste ich nur aufpassen, dass ich nicht beim Glotzen ertappt wurde. Mittlerweile hatte das Objekt meiner Neugier sich wieder zur Theke herumgedreht, sodass ich mir ein Bild machen konnte.

Reno hatte kurz geschorene, dunkle Haare und ein angenehmes Gesicht, nicht besonders markant, aber sympathisch. Seine Züge wirkten noch ziemlich jungenhaft. Ich schätzte ihn auf Mitte zwanzig.

Als er den Kopf hob und zu mir herüberblickte, wandte ich mich ab. Er sollte nicht merken, dass ich ihn abcheckte. Ja, er sah nett aus. Doch er war nicht David. Der Gedanke kam aus dem Nichts, und eine Welle der Traurigkeit erfasste mich und ließ mich innerlich versteinern. Für einen Moment war ich wie gelähmt und konnte nicht einmal atmen. Dann funktionierten meine Reflexe wieder, und ich ging zurück zu Svenna, fest entschlossen, diesen Unfug im Keim zu ersticken.

»Nein. Ich kann nicht, und ich will nicht. Mir egal, wie toll er ist. Ich tanze jetzt«, sagte ich zu ihr und schlüpfte hinter dem Tresen hervor, bevor sie mich davon abhalten konnte. Ich warf meine Jeansjacke über einen Hocker und machte zwei Schritte auf die Tanzfläche, die sich in der Zwischenzeit merklich gefüllt hatte.

Jon, Svennas Bruder, stand wie üblich hinter dem DJ-Pult und legte auf. Gerade spielte er einen ruhigeren Song von

Billy Talent, und das kam mir genau recht. Ich verschwand in der Menge und der Musik und strich vorübergehend den Rest der Welt aus meinen Gedanken.

Eine knappe halbe Stunde lang tanzte ich mich in Trance, bis das Unbehagen aus meinem Körper gewichen und mein seelisches Gleichgewicht wiederhergestellt war. Als die Musik abrupt zu typischem Siebzigerjahrerock wechselte, beschloss ich, mir eine Pause und einen Drink zu gönnen.

Ha! Ich hatte dabei bloß die winzige Kleinigkeit vergessen, dass es auch andere an die Bar zog. Die arme Svenna hatte mittlerweile ihre liebe Not, die vielen durstigen Gäste zu versorgen, obwohl sie von einer weiteren Servicekraft unterstützt wurde. Ich stellte sie mir als Oktopus vor, der achtarmig Getränke ausschenkte, und kicherte in mich hinein. Am besten blieb ich einfach zwischen all den Leuten stehen und wartete, bis sie Zeit für mich fand – oder ihr tatsächlich noch sechs weitere Arme wuchsen.

Wie von Zauberhand erschien eine Flasche Bier vor mir auf der schon ziemlich klebrigen Theke.

»Du kannst meins haben, wenn du willst«, sagte jemand dicht an meinem Ohr. »Das dauert hier noch ein bisschen.«

Ich wandte den Kopf und schaute in das Gesicht von Svennas Cousin. Genauer gesagt musste ich zu ihm aufblicken, denn er war ziemlich groß, wie Svenna und Jon auch.

Na toll. Ich hatte keineswegs vorgehabt, mit ihm zu reden, aber nicht zu antworten wäre schlicht unhöflich. Deshalb sagte ich das Erstbeste, was mir einfiel. »Da hast du doch garantiert schon reingespuckt.«

Er grinste, was ihm zugegebenermaßen gut stand. Das passte mir gar nicht. Ich wollte ihn nicht nett oder sympathisch finden, sondern ihn einfach übersehen. Das würde jetzt schwierig werden.

»Hab ich nicht, nur die Flasche begrabbelt. Aber die musst du ja nicht ablecken.«

Fast hätte ich gelacht über seine Schlagfertigkeit.

»Danke, aber ich trinke heute Abend keinen Alkohol.«

»Ich auch nicht. Ist alkoholfrei.«

Ein kurzer Blick auf das Etikett bestätigte mir, dass er die Wahrheit sagte. Und ich hatte mittlerweile wirklich Durst.

*Ach, hol's der Teufel,* dachte ich, nahm die Flasche und trank einen großen Schluck. *Ein bisschen Small Talk, und dann verdrücke ich mich unauffällig.*

»Vielen Dank. Du hast mich vorm Verdursten gerettet.«

Er betrachtete mich ruhig. »Kein Problem. Du kennst Svenna von früher, richtig?«

»Da sind wir schon zwei«, erwiderte ich trocken. »Ich weiß, wer du bist.«

Er grinste wieder. »Oh, dann kann ich mir die förmliche Vorstellung ja sparen. Oder hat sie mich nur als namenlosen Cousin erwähnt?«

»Nein.« Nun musste ich doch lächeln. »Du heißt Reno.«

»Und du Antonia.«

»Toni, bitte.«

Er deutete eine Verbeugung an. »Wie du möchtest.«

Ich warf einen Blick auf die viel beschäftigte Svenna und seufzte innerlich. Es sah ganz so aus, als würde sie nun doch ihren Willen bekommen. So hatte ich mir den Abend zwar nicht vorgestellt, aber wann lief in meinem Leben schon irgendwas nach Plan?

Als ich mich wieder Reno zuwandte, stellte ich fest, dass er mich beobachtete.

»Bist du in Ordnung?«, wollte er wissen. »Du siehst nicht so richtig glücklich aus.«

»Ach, nein, alles gut. Das ist, ähm, eine längere Geschichte«, druckste ich herum. »Ist auch nicht wichtig.«

Ganz sicher würde ich ihm nicht mein Privatleben auf die Nase binden. Stattdessen deutete ich auf sein Bier. »Darf ich das austrinken?«

»Natürlich. Da hast du doch jetzt schon reingespuckt.«

Diesmal lachte ich wirklich. Mein Widerstand bröckelte, und ich ließ es zu. Schließlich war es allemal besser, sich mit einem sympathischen Mann zu unterhalten, als mutterseelenallein darauf zu warten, dass Svenna abgelöst wurde und Zeit für mich hatte.

Wir kamen ins Plaudern. Auf meine Nachfrage hin erzählte mir Reno, dass er von Juist stammte und sich dort ein Haus mit seinem Bruder teilte. Von Montag bis Freitag wohnte er allerdings durchgehend auf dem Festland, weil er in der Stadt arbeitete. Da die Fähre nach Juist tideabhängig fuhr, war das die einfachste Lösung. Seine Eltern besaßen in Norddeich ein kleines Apartment, das sie früher an Feriengäste vermietet hatten. Mittlerweile nutzte Reno die Unterkunft.

»Oh, ein Mann von der Insel.« Das war es also, was mir an ihm aufgefallen war – sein Dialekt. Ich war den singenden Tonfall der Ostfriesen gewöhnt, aber Renos Deutsch klang sogar einen Hauch niederländisch eingefärbt.

Er zuckte mit den Schultern. »Der werde ich wohl immer bleiben, auch wenn ich nicht ständig auf Juist lebe. Aber irgendwie muss ich ja Geld verdienen, und das ist auf dem Festland einfacher.«

»Als was arbeitest du?«

»Ich bin Friedhofsgärtner.«

Friedhofsgärtner? Das wurde ja immer abgefahrener! »Was genau machst du da so?«

Er zeigte mir wieder sein nettes Grinsen. Ich hatte den Eindruck, dass ihm diese Frage häufiger gestellt wurde, aber er beantwortete sie mir geduldig. »Bagger fahren, Löcher buddeln, Gräber bepflanzen, mich um die Anlage und den Bewuchs kümmern ... Ich verbringe auch viel Zeit im Gewächshaus, denn irgendwoher müssen die Blumen auf den Gräbern ja kommen.«

»Das heißt, du bist bei Wind und Wetter draußen und machst dir die Hände dreckig.«

»So in etwa.«

»Macht dir das Spaß?«

»Und wie! Ich könnte nie in einem Büro arbeiten, da würde ich eingehen. Ich muss raus und unter freiem Himmel sein. Erde anfassen. Die Natur ist meine Kirche, wenn du so willst.«

Uff. Seine Worte beeindruckten mich. Vielleicht war es auch die Leidenschaft, die seine Augen zum Leuchten brachte, wenn er von seinem Job erzählte. Dass jemand sich aus ganzem Herzen für etwas begeisterte, konnte ich nachempfinden. So ging es mir mit dem Backen. In jedem Kuchen, jedem Törtchen steckte ein Stück meiner Seele, so bescheuert das auch klang.

Eine Sache musste ich ihn unbedingt noch fragen. Ich hoffte nur, dass er nicht dachte, ich wollte mich über ihn lustig machen, denn ich meinte es vollkommen ernst. »Redest du auch manchmal mit Bäumen?«

Er lachte. »Klar. Ich tätschle sie sogar, wie einen Hund. Daheim auf Juist habe ich ein Gewächshaus im Garten, weil ich gern mein eigenes Gemüse ziehe. Mit dem rede ich auch. Feuere es an, schneller zu wachsen und so. Das kann ich in der Gärtnerei natürlich nicht bringen. Die Kollegen würden mich nie wieder in Ruhe lassen.«

»Schon klar«, murmelte ich. »Sie hätten dich auf dem Kieker, weil du so ein Freak bist.«

Reno wirkte kein bisschen beleidigt, eher belustigt. »Der bin ich wohl. Was ist mit dir? Ich könnte wetten, du bist auch einer. Eine Freakin. Worauf stehst du so?«

»Auf Kuchenbacken«, platzte ich heraus, doch ehe ich mich näher erklären konnte, stand plötzlich Svenna vor uns. Sie sah erhitzt und ein bisschen zerzaust aus, war aber unverkennbar bester Laune.

»Hey ihr Hasen, was geht? Unterhaltet ihr euch gut? Braucht ihr was zu trinken?«

»Unbedingt. Sie hat mein Bier geklaut«, sagte Reno todernst und deutete auf mich.

»Was? Das stimmt doch gar nicht!« Ich war empört. »Du hast es mir – ach, vergiss es einfach.« Sein schelmischer Gesichtsausdruck verriet mir, dass er mich auf die Schippe nahm.

Svenna kicherte. »Ich merke schon, ihr amüsiert euch auch ohne mich. Trotzdem habt ihr mich gleich am Hals, Hedda ist nämlich eben aufgetaucht. Obwohl es vielleicht keine schlechte Idee wäre, ihr noch ein bisschen unter die Arme zu greifen. Heute ist wieder mal die Hölle los ... Oh, Moment, euer Bier. Kommt sofort!«

Sie reichte uns zwei Flaschen alkoholfreies Pils über den Tresen. Entweder hatte sie ein aufmerksames Auge, oder Reno trank auch sonst keinen Alkohol. Hm. Offenbar ein Mann mit Prinzipien.

# 22

Als ich die Nacht gegen halb drei für beendet erklärte, fragte Reno, ob er mich nach Hause bringen dürfe. Ich lehnte freundlich, aber bestimmt ab. Obwohl wir gute Gespräche geführt hatten, lustige ebenso wie tiefsinnige, hatte ich mich zwischendurch bewusst abgesetzt, um mich auf der Tanzfläche zu vergnügen oder mit Svenna zu quatschen. Ich wollte nicht den Eindruck entstehen lassen, dass ich in irgendeiner Form Anschluss suchte, auch wenn Reno, wie seine Cousine sich ausgedrückt hatte, tatsächlich ein Schatz zu sein schien. Ich fand jedenfalls nichts an ihm auszusetzen. Dennoch hatte ich nicht vor, ihm Hoffnungen zu machen, und schlug sein Angebot aus.

Davon abgesehen war ich ausnahmsweise mit dem Auto gekommen, denn es war für meinen Geschmack schlicht zu kalt zum Laufen, selbst wenn unser Hof gerade mal eine Viertelstunde Fußweg von Annis Kneipe entfernt lag.

Reno machte keinen Versuch, mich umzustimmen. Das gefiel mir. Er wollte lediglich wissen: »Bist du nächsten Samstag wieder hier?«

»Mal sehen«, erwiderte ich ausweichend. »Ich habe noch nichts geplant.«

Wieder hakte er nicht nach. Ich hatte natürlich kein Wort über David verlauten lassen, sondern nur angedeutet, dass ich momentan in einer schwierigen Phase steckte, und das schien ihm zu genügen.

Eine halbe Stunde später lag ich schon im Bett. Zufrieden kuschelte ich mich unter meine Decke, den schnurrenden

Tom an meinen Füßen. Es war ein guter Abend gewesen, der beste überhaupt seit Silvester, wie ich fand. Am nächsten Tag musste ich zwar arbeiten, aber Esther hatte die Schafschicht mit mir getauscht, sodass ich länger schlafen konnte.

Svennas Notfallplan war aufgegangen – der »sinnfreie Spaß«, wie sie es scherzhaft formuliert hatte, ergab für mich im Nachhinein sogar eine Menge Sinn. Ich hatte mich angeregt unterhalten und mir die halbe Nacht lang zu cooler Musik die Seele aus dem Leib getanzt, und beides hatte mir gutgetan.

Wenn ich ehrlich war, hatte vor allem Renos offensichtliches Interesse etwas in mir wieder zum Leben erweckt. Nicht, weil ich so eitel gewesen wäre oder mich auf mehr als Freundschaft hätte einlassen wollen, sondern weil seit dem Reinfall mit David mein Selbstbewusstsein in tausend Stücke zersprungen am Boden lag. Nun konnte ich mir zumindest vorstellen, dass die Scherben sich irgendwann kitten ließen. Wie auch immer das Endergebnis aussehen mochte, es würde mich stets an eine Zeit erinnern, in der ich um etwas getrauert hatte, das so verheißungsvoll begonnen und im Nichts geendet hatte. Diese Erfahrung würde mich auf ewig verändern, doch ich wusste jetzt, dass der Schmerz und die Enttäuschung mich nicht brechen konnten. Sie hinterließen Spuren, zweifellos, aber es war schließlich nicht das erste Mal, dass ich mit diesen Gefühlen Bekanntschaft machte. Und es würde nicht das letzte Mal sein, denn in dieser Hinsicht glich das Leben dem Meer – es war ein ständiges Auf und Ab. Immerhin eine Erkenntnis, um die ich nun reicher geworden war.

In der folgenden Woche nutzte ich jede freie Minute zum Experimentieren. Ich erzählte niemandem von meinen Plänen, sondern recherchierte, notierte, bestellte, testete ganz im Stillen. Kuchenböden, Füllungen, Glasuren und Dekoration, all das kombinierte ich in endlosen Variationen, oft schon in aller Frühe vor der Arbeit. Ich wollte mich noch nicht festlegen, sondern genoss es, einfach wild herumzuprobieren, ohne Regeln und Zeitdruck. Das Ergebnis setzte ich regelmäßig Finja, Wilko und Lenne vor, die keine Fragen stellten, sondern mit Begeisterung meine Minikuchen verspeisten und anschließend mit Schulnoten bewerteten. Darum hatte ich sie gebeten. Esther, die sich nicht viel aus Süßigkeiten machte, ahnte wohl, dass etwas im Busch war, doch sie sagte nichts. Wahrscheinlich war sie froh, dass ich allmählich wieder mir selbst ähnelte und mich mit Feuereifer in ein neues Projekt stürzte, statt weiter Trübsal zu blasen.

Dabei war längst nicht wieder alles eitel Sonnenschein. Ich kontrollierte nach wie vor geradezu zwanghaft meinen E-Mail-Eingang und den Messenger, doch die Abstände wurden allmählich größer. Im Prinzip rechnete ich nach rund vier Wochen ohne ein Lebenszeichen nicht mehr ernsthaft mit einer Nachricht von David. Lediglich ein kleiner, unverbesserlich gutgläubiger Teil von mir, der die Hoffnung nicht aufgeben wollte, wartete weiterhin auf ein Wunder. Das nicht eintrat, während die Tage verstrichen.

Auch Massimo hatte sich nicht bei mir gemeldet, um Schadensbegrenzung zu betreiben. Offenbar nahm er mich beim Wort und rief nicht mehr an. Erstaunlicherweise schmerzte mich das mittlerweile kaum noch, zumindest nicht ansatzweise so sehr wie Davids Ablehnung.

Am Samstagvormittag bekam ich einen Anruf von Svenna. Immerhin etwas Erfreuliches.

»Wie sieht es aus mit dir und *The Brain,* gebt ihr euch heute Abend die Ehre? Ich muss diesmal nicht arbeiten. Wir könnten uns also in aller Ruhe zum Vorglühen treffen, wenn ihr Lust habt.«

»Ich würde sagen, wir sind dabei. Natalie hat mir gestern Abend noch getextet, dass sie sich riesig darauf freut, mit uns beiden einen draufzumachen. Anscheinend war die Geburtstagsfeier ihrer Cousine letzten Samstag gähnend langweilig.«

»Himmel, die Arme! Na, dann lass uns schnell einen Schlachtplan entwerfen.«

»Ich hätte einen. Ihr kommt gegen halb neun zu mir, und ich setze euch die neuesten Kuchenkreationen aus meiner experimentellen Backstube vor. Dazu trinken wir Prosecco oder etwas ähnlich Ekelhaftes. Zur Not habe ich auch stinknormalen Kaffee.«

»Oh, das klingt toll! Bastelst du etwa gerade an deiner Kuchenrehkarriere?«

»Psst. Nicht so ganz, ich probiere nur mit dem Gebäck herum. Es ist sozusagen noch geheim. Aber ihr dürft schon mal eure Meinung abgeben.«

»Wie cool ist das denn! Ich werde das Abendbrot ausfallen lassen, damit ich richtig Hunger habe und ganz viel Kuchen essen kann.«

»Braves Mädchen. Endlich jemand, der keine Angst hat vor Kalorien.«

»Pff, Kalorien. Die verbrenne ich im Nullkommanichts. Habe ich dir schon gesagt, dass ich süchtig bin nach Keksen? Es gibt bloß keine große Auswahl ohne Milchbestandteile. Ich *hasse* Milch in jeder Form – deshalb finde ich es so krass, dass du vegane Petits Fours backst. Ich werde deine beste Kundin!« Sie kicherte aufgekratzt und fuhr in verschwörerischem Tonfall fort: »Übrigens muss ich dir noch was erzählen. Reno war letzte Woche auf einen Sprung bei mir und hat nach deiner Nummer gefragt.«

An dieser Stelle musste ich kurz schlucken.

»Ich bin nicht richtig deutlich geworden, habe ihm aber zu verstehen gegeben, dass du gerade mit den Nachwirkungen einer gescheiterten Beziehung zu kämpfen hast. Daraufhin meinte er, dann wolle er dir nicht noch zusätzlich auf die Nerven gehen. Falls er sich trotzdem bei dir gemeldet hat – von mir hat er deine Nummer nicht!«

Aha. Reno hatte also vorgehabt, Kontakt zu mir aufzunehmen. Das gab mir zu denken.

»Danke, dass du ihn abgewimmelt hast. Bis jetzt hat er sich nicht gemeldet. Ist schon bemerkenswert, dass er deinen Wink verstanden hat und sich zurückhalten will. Ich meine, streng genommen war es zwar nicht mal eine Beziehung – höchstens der Anfang vom Anfang –, doch ich bin momentan einfach die falsche Kandidatin für einen Flirt. Von mehr ganz zu schweigen.«

»Ich weiß. Und Reno weiß es jetzt auch. Er ist feinfühlig und liest zwischen den Zeilen. Ich möchte nur, dass du das im Hinterkopf behältst für den Fall, dass du es dir eines Tages anders überlegst.«

Ich kicherte. »Du kannst es nicht lassen, oder? Warum verkuppelst du ihn nicht mit Natalie? Die ist noch auf Männersuche, wenn mich nicht alles täuscht.«

»Ach, nein, die ist vermutlich nicht sein Typ. Im Prinzip wäre sie doch wie geschaffen für deinen Bruder, oder nicht? Beide haben einen IQ von 3000 und stehen total auf Computerspiele und diesen IT-Kram. Das perfekte Paar! Habt ihr nicht sogar alle zusammen Silvester gefeiert?«

»Haben wir, und ehrlich gesagt hatte ich ähnliche Gedanken wie du. Ich glaube, wir müssen ihr heute Abend mal ein bisschen auf den Zahn fühlen.«

»Ha! Das werden wir, verlass dich drauf.«

Es war schon fast Mitternacht, als wir drei Frauen uns zu Fuß auf den Weg zu Annis Musikkneipe machten, leicht beschwipst und in bester Stimmung. Natalie und Svenna hatten sich durch eine ganze Platte meiner Petits Fours gefuttert und jedes Einzelne für absolut köstlich befunden. Ich liebte sie dafür, auch wenn sie maßlos übertrieben hatten mit ihrem Lob. Zu dem Kuchen hatten wir reichlich Prosecco getrunken und uns die Köpfe heiß geredet. Bevor wir aufgebrochen waren, hatte ich uns noch einen starken Kaffee gekocht. Mit unseren vollen Bäuchen hatte es uns nämlich eher aufs Sofa gezogen als auf die Tanzfläche.

Als wir gackernd die Kneipe betraten, waren wir wieder hellwach. Unser Marsch durch die eisige Winternacht hatte auch den letzten Rest von Müdigkeit vertrieben. Wir steuerten den Tresen an, wo Svenna Tjado erspäht hatte – und bei ihm stand Reno.

Nun gut. Dass ich ihn heute *bi Anni* treffen würde, war zu erwarten gewesen. Ich freute mich sogar ein bisschen, ihn zu sehen. Schließlich hatten wir uns am vergangenen Samstag gut verstanden. Solange er nicht versuchte, mir auf die Pelle zu rücken, war alles in Ordnung.

Er versuchte es nicht, sondern begrüßte mich lediglich auf freundschaftlich-zurückhaltende Art.

»Du siehst fröhlicher aus als letzte Woche«, stellte er fest.

»Ja? Hm. Bin ich auch.« Wenn ich so darüber nachdachte, war ich selbst überrascht, dass eine kurze Woche einen solchen Unterschied machen konnte. Allein dadurch, dass ich mich wieder aufs Backen konzentriert hatte, fühlte ich mich um ein Vielfaches glücklicher und lebendiger und nicht mehr wie ein Zombie, der seine Seele verloren hatte.

Ob es am Prosecco lag oder daran, dass ich in den letzten Tagen mit vollem Einsatz meiner Lieblingsbeschäftigung nachgegangen und entspannter geworden war – an diesem Abend sah ich Reno mit anderen Augen. Während ich seinem Äußeren zuvor nicht viel Beachtung geschenkt hatte, blickte ich nun genauer hin, während wir uns unterhielten. Ich verbot mir streng, ihn mit David zu vergleichen, aber das wäre ohnehin lächerlich gewesen. David war erwachsen; ein Mann, dem man eine gewisse Lebenserfahrung ansah. Reno wirkte – zumindest optisch – wie ein großer Junge. Allerdings ein hübscher großer Junge, mit ausdrucksvollen Augen und schön geschwungenen Lippen. Ich dachte an Svenna und Jon, die ebenfalls diese auffallend blauen Augen hatten. Offenbar ein Familienerbe, doch die beiden waren blond und Reno dunkel. Er war siebenundzwanzig, wie ich mittlerweile erfahren hatte, und damit gerade mal zwei Jahre jünger als ich.

Natalie, die wir über die Geschehnisse des vergangenen Samstagabends natürlich ins Bild gesetzt hatten, beobachtete alles ganz genau. Als Reno von einem Bekannten angesprochen und in eine lebhafte Unterhaltung verwickelt wurde, raunte sie mir zu: »Der ist aber schwer angetan von dir! Jedes Mal, wenn wir tanzen gehen, kauft er dir einen neuen Drink. Er lässt dich nicht aus den Augen. Bist du sicher, dass du kein Interesse an ihm hast? Er scheint *richtig* nett zu sein.«

Ich musste lächeln, zog es aber vor, ihre Frage zu überhören. Stattdessen drehte ich den Spieß um. »Apropos nett – wie ist das eigentlich mit meinem Bruder und dir? Ihr beide redet nur in den höchsten Tönen voneinander, und trotzdem seid ihr nicht mehr als Arbeitskollegen. Oder läuft da was, und ich weiß es bloß nicht?«

Neugierig, wie wir waren, hatten Svenna und ich das Thema bereits früher am Abend zur Sprache gebracht, als wir noch in trauter Mädelsrunde an meinem Küchentisch saßen. Allerdings hatten wir es schnell wieder fallen lassen, denn Natalie schien es furchtbar unangenehm zu sein, auf persönliche Dinge angesprochen zu werden. Auch jetzt wand sie sich sichtlich, doch ich ließ nicht locker. Da Svenna gerade mit Tjado knutschte, fand unser Gespräch unter vier Augen statt. Sollte sich mein Verdacht bestätigen, dass Natalie in meinen Bruder verknallt war, würde ich ihm notfalls einen Schubs in die richtige Richtung geben.

»Ach, weißt du«, Natalie strich sich mit einem nervösen Lächeln die Haare aus dem Gesicht, »das ist nicht so einfach. Wilko ist irgendwie total next-level, da wage ich nicht mal dran zu denken. Dadurch, dass ich so jung aussehe, bin ich bei den meisten Männern in unserem Alter auch nicht gerade heiß begehrt, du verstehst?«

Verblüfft starrte ich sie an. »Was? Wie kommst du denn darauf? Du bist wahnsinnig klug und hast so eine elfenhafte Ausstrahlung. Außerdem ist Wilko sowieso nicht ›die meisten Männer‹. Ihr würdet sensationell gut zusammenpassen!«

Hatte ich gerade »sensationell« gesagt? Das Wort hatte David oft benutzt. Argh.

Natalie kicherte und verknotete die Hände miteinander. Ich wäre jede Wette eingegangen, dass sie rot wurde, auch wenn ich das wegen der schummrigen Kneipenbeleuchtung nicht mit letzter Sicherheit sagen konnte.

»Ich weiß nicht. Meinst du wirklich? Ich würde es nie wagen, ihm ein Date vorzuschlagen. Am Ende lacht er mich nur aus.«

»Auf gar keinen Fall«, entgegnete ich im Brustton der Überzeugung. »Aber wenn es dich beruhigt, werde ich erst mal ein bisschen vorfühlen. Natürlich tue ich so, als wüsste ich von nichts. Er wird nie erfahren, worüber wir gerade gesprochen haben.«

Ich trank meine zuckerfreie Cola aus und zupfte Natalie am Ärmel. »Und jetzt lass uns tanzen! *Purple Rain* ist einer meiner Lieblingssongs.«

Als wir eine Viertelstunde später gut gelaunt von der Tanzfläche zurückkehrten, drückte Reno, der sein Gespräch beendet hatte, mir wortlos ein volles Glas in die Hand. Ich versuchte vergebens, mein Lächeln zu unterdrücken, und blickte zu ihm auf. »Danke! Aber du musst jetzt aufhören, mir Drinks zu bestellen. Ich habe sonst das Gefühl, du erwartest irgendeine Art Gegenleistung von mir.«

»Quatsch«, erwiderte er schlicht. »Das ist bloß Bestechung, damit du dableibst und weiter mit mir redest, so von Freak zu Freak. Ich unterhalte mich gern mit dir.«

»Und ich mich mit dir.« Das entsprach der Wahrheit. Reno vermittelte mir das erfrischende Gefühl, dass ich kein Blatt vor den Mund zu nehmen und mich nicht zu verstellen brauchte. Ich konnte einfach ich sein, und das war angenehm. Vor allem entspannt.

Ich hatte an diesem Abend ein Stück weit mein Visier geöffnet und ihm ein wenig mehr von mir erzählt. Vom Hofcafé, meiner Leidenschaft fürs Backen und den langen Arbeitstagen, die wenig Raum für ein Privatleben ließen. »Deswegen versuche ich jetzt, etwas für mich zu tun. Freunde treffen, ausgehen, Spaß haben, all so was.« Dass der jüngste Anflug von »Privatleben« grandios im Sande verlaufen war, hatte ich ihm auch diesmal nicht auf die Nase gebunden. »Bis jetzt gefällt es mir echt gut. Ich fühle mich nicht mehr so – so abgeschnitten vom Rest der Welt. Obwohl es irgendwie peinlich ist, dass ausgerechnet meine Mutter mich darauf aufmerksam machen musste, was ich alles verpasse, wenn ich meinen Hintern nicht vor die Tür bewege.«

Reno hatte interessiert zugehört. Sein Schmunzeln, als ich Esther erwähnte, war mir sympathisch gewesen. »Wahrscheinlich kennt sie dich ziemlich gut, wenn ihr jeden Tag miteinander arbeitet. Ich verstehe übrigens, was du meinst, weil ich auch dazu neige, außerhalb des Jobs zu viel Zeit mit mir allein zu verbringen. Wenn ich an den Wochenenden auf der Insel bin, ist es am schlimmsten. Abgesehen von meinem Bruder treffe ich höchstens beim Einkaufen andere Menschen.«

Daran musste ich denken, als ich ihm gestand, dass ich gern mit ihm redete. Es war nicht von der Hand zu weisen, dass wir gewisse Gemeinsamkeiten hatten. Ob das nun gut oder schlecht war – nun ja, die Frage stellte sich mir nicht, weil ich ja nur mit ihm befreundet sein wollte. Wenn man es überhaupt so nennen konnte.

Schließlich wurde es Zeit, aufzubrechen. Trotz überreichlicher Koffeinzufuhr und wildem Gezappel auf der Tanzfläche machten Natalie und ich irgendwann schlapp. Svenna war schon wieder dazu übergegangen, hinter der Theke auszuhelfen, weil eine der Servicekräfte wegen Magenschmerzen ihre Schicht geschmissen hatte. Sie würde später mit Tjado nach Hause fahren. Natalie beschloss, sich ein Taxi nehmen.

Während ich noch überlegte, ob ich zu Fuß zurückgehen oder mir das Taxi mit Natalie teilen sollte, erkundigte sich Reno: »Darf ich dich diesmal nach Hause bringen? Ich mache mich auch allmählich auf die Socken, die Woche war lang.«

Erst jetzt dämmerte mir etwas. »Fährst du morgen nach Juist?«

Er schüttelte den Kopf. »Nein, das lohnt nicht für den einen Tag. Ich bleibe hier in meiner Minibude, dann kann ich ganz in Ruhe ausschlafen.«

Ob er extra meinetwegen nicht auf die Insel gefahren war? Ich wollte die Antwort auf diese Frage lieber gar nicht wissen. Allerdings hatte ich ja deutlich gemacht, dass ich weder an einer Affäre noch einer Beziehung interessiert war. Dann war es vermutlich auch in Ordnung, sein Angebot anzunehmen. Außerdem verspürte ich wenig Lust, um diese Uhrzeit im Stockfinsteren mutterseelenallein nach Hause zu gehen. Hinter der Ortsgrenze gab es nur noch unbebautes Weideland und den Deich, bis man nach einigen Hundert Metern die kleine Anliegerstraße erreichte, die zu unserem Hof führte.

Ich sah den Anflug eines Lächelns über Renos Gesicht huschen, als ich mich einverstanden erklärte, dass er mich begleitete. Uff. Nun gut, falls es am Ende doch zu Missverständnissen kam, konnte ich ihm immer noch von David und meinem aktuellen Männertrauma erzählen. Das würde ihn mit Sicherheit schnell wieder abkühlen.

# 23

Das erste Stück des Weges legten wir in einträchtigem Schweigen zurück. Es war eine bitterkalte Nacht, beinahe zu kalt zum Reden, und obwohl ich mich warm angezogen und sogar an eine Mütze gedacht hatte, war ich dummerweise ohne Handschuhe von daheim losgelaufen. Da hatten der Prosecco und das fröhliche Gelächter mich noch ausreichend gewärmt.

»Verdammt«, stieß ich irgendwann zwischen zusammengebissenen Zähnen hervor und rieb hektisch die Hände aneinander. »Seit wann ist es Ende Januar in Ostfriesland denn so kalt? Normalerweise gibt's hier doch bloß feuchtkaltes Schmuddelwetter …«

Reno lachte leise. »Statistisch gesehen ist der Januar in Deutschland der kälteste Monat, soweit ich weiß, also ist alles normal.«

Ich nannte ihn einen Klugscheißer und betonte, dass man Ostfriesland ja wohl nicht mit dem Rest von Deutschland vergleichen könne. »Im Mittelgebirge wundert sich natürlich niemand, wenn im Winter viel Schnee fällt und die Temperatur unter den Gefrierpunkt sinkt. Aber an der Nordsee haben wir doch vor allem Stürme und nicht so eine widerliche arktische Kälte. Statistik gut und schön, aber mir sterben gleich die Finger ab.«

»Gib mir deine Hand. Na los, her damit. Nach fünf Minuten wechseln wir die Seiten, dann ist die andere dran. Ich friere nicht so leicht. Bin durch den Job abgehärtet.« Reno klang, als würde es ihn mächtig amüsieren, dass ich mich so anstellte.

Nach kurzem Zögern streckte ich die Hand aus, und er nahm sie und schob sie in seine Jackentasche.

»Hey«, ich staunte nicht schlecht, »du bist dein eigenes Heizkraftwerk! Krass. Ich bin total neidisch.«

Tatsächlich waren seine Finger wunderbar warm. Er hielt meine Hand in festem Griff, doch er versuchte nicht, sie zu streicheln, als ahnte er, dass mir das zu viel werden könnte.

Hm. Während wir so im Dunkeln dahinstapften, immer dem grauen Band des Fußwegs folgend, der an der Straße unterhalb des Deichs entlangführte, gingen mir seltsame Gedanken durch den Kopf. Ich fragte mich, was aus Reno und mir geworden wäre, wenn ich David nicht kennengelernt hätte. Hätten wir eine Chance gehabt?

Ich fühlte mich nicht unwohl, wenn ich dem großen Mann von der Insel so nah kam, im Gegenteil. Er hatte etwas an sich, das mir Vertrauen einflößte. Vielleicht würde die Situation jetzt sogar gänzlich anders aussehen, wenn David nicht vor einigen Wochen so unverhofft in mein Leben getreten wäre. Musste ich am Ende befürchten, dass ich gerade etwas Wesentliches verpasste? Etwas, das mich glücklich machen könnte?

Hätte, wäre, wenn ... Irgendwie war das alles ganz schön verzwickt. Ich kam zu keinem klaren Schluss und nahm mir vor, meine Grübeleien auf später zu verschieben. Wir waren beinahe am Hof angelangt. Ich hatte die Außenleuchte über der Haustür brennen lassen, um zu verhindern, dass ich mir das Genick brach, wenn ich zu später Stunde in angeschickertem Zustand die feuchte Steintreppe zu erklimmen versuchte. Wobei ich mich nach dem gut fünfzehnminütigen Marsch durch die Kälte vollkommen nüchtern fühlte. Mein letztes Glas Prosecco hatte ich außerdem schon vor Stunden getrunken.

Wir stiegen die wenigen Stufen hinauf und blieben vor der Tür stehen. Es war so kalt, dass unser Atem kleine Dampfwölkchen in der Luft bildete.

Reno blickte sich um. »Hier wohnst du also«, sagte er in seinem weichen Inseldialekt. »Ganz schön weit draußen. Scheint ein tolles altes Anwesen zu sein. Schade, dass es so dunkel ist.«

»Du kannst es dir ja mal bei Tageslicht anschauen«, erwiderte ich zuvorkommend. Das sollte nicht unbedingt wie eine Einladung klingen, aber ... Na ja, eines Tages ergab sich womöglich eine Gelegenheit. Was wusste ich schon.

Reno sah mich an. »Ja«, meinte er, »vielleicht mache ich das irgendwann.« Und dann, nach sichtlichem Zögern: »Da ist noch was, Toni. Ich weiß, mein Timing ist nicht besonders gut, weil du gerade erst eine Enttäuschung hinter dir hast ...«

Er wandte die Augen nicht von mir, und in mir stieg eine Ahnung auf, ein Gefühl. Ich wartete.

»... aber ich möchte es trotzdem versuchen und dann von dir wissen, ob du glaubst, dass wir – hm, dass wir weitermachen können.«

Ich blieb so ruhig, dass es mich selbst erstaunte. »Was meinst du?«

Er atmete hörbar ein. »Ich würde dich gern küssen, Toni. Weil du etwas ganz Besonderes bist und deinen eigenen Kopf hast. Glaubst du an Seelenverwandtschaft? Es fühlt sich ein bisschen so an ... Na ja, für mich zumindest. Außerdem bist du wunderschön. Eine wunderschöne Freakin.«

Wow. Seine Worte rührten mich. Er meinte es vollkommen aufrichtig, daran hatte ich keinerlei Zweifel. Dass ich trotzdem ein klein wenig kichern musste, lag bloß an seiner originellen Ausdrucksweise. Eine »wunderschöne Freakin« hatte mich ganz sicher noch keiner genannt.

Es war verrückt. Für den Fall, dass so etwas passierte, hatte ich ihn mit der Geschichte von David und mir abschrecken wollen und stellte stattdessen fest, dass ich nichts dagegen hatte, wenn er mich küsste. Auch wenn das von vorn bis hinten unlogisch war, denn mein Herz gehörte nach wie vor David. Mein dummes, verbohrtes Herz. Es wollte einfach nicht aufgeben.

Dennoch drängte etwas in mir darauf, es auszuprobieren. Ich wollte herausfinden, was ein Kuss von Reno mit mir *machte*. Vielleicht konnte er mich von David kurieren. Vielleicht würde es sich so gut und richtig anfühlen, dass ich David endlich vergessen und mein Leben weiterleben konnte. Mit einem Mann, dem wirklich etwas an mir lag. Der nicht von heute auf morgen den Kontakt abbrach.

»Okay«, sagte ich. Mehr nicht.

Die Verwunderung stand Reno ins Gesicht geschrieben. Offenbar hatte er mit einer Abfuhr gerechnet. Doch er zögerte nur eine Sekunde. Dann hob er langsam, als wollte er mich nicht erschrecken, die Hand und legte sie an meine Wange.

»Bist du sicher?«, wollte er wissen.

Ich nickte. Als er mich vorsichtig in die Arme nahm, schloss ich die Augen.

Oh, er machte alles richtig. Wirklich alles. Er war zärtlich und liebevoll und gab mir deutlich zu verstehen, wie sehr er mich mochte. Es war so *angenehm*, an seinen Körper geschmiegt seine Lippen auf meinen zu spüren. Ich fühlte mich gut aufgehoben, fast schon geborgen.

Doch es löste nichts in mir aus – gar nichts. Es gab kein inneres Erdbeben wie in dem Moment, als David mich geküsst hat. Keine Funken, die sprühten, keine Schmetterlinge, die tanzten. Nur ein gewisses Wohlbehagen, ungefähr so, als würde ich nach einem langen Arbeitstag in einem heißen Schaumbad versinken.

Ein paar Sekunden lang fragte ich mich, ob das nicht vielleicht sogar reichte. Womöglich würde das Feuerwerk noch einsetzen, zu einem späteren Zeitpunkt. Wir könnten einfach weitermachen, und eines Tages würde ich ihn dann mit nach oben nehmen in meine Wohnung, wo noch ganz andere Dinge geschehen würden. Und wahrscheinlich würde es mir gut gehen damit.

Nein. Es war nicht genug; würde niemals genug sein. Mein Bauchgefühl war plötzlich so stark, dass mir beinahe übel wurde, und ich ärgerte mich in dem Moment umso mehr, dass ich David überhaupt kennengelernt hatte. Warum sandte mir das Universum den Mann meines Herzens, wenn ich ihn dann nicht haben konnte?

Das, was ich bei den wenigen Gelegenheiten gefühlt hatte, in denen wir uns nahegekommen waren, würde ich für Reno nie empfinden. Es wäre ihm gegenüber nicht fair, es weiter zu versuchen, wenn ich ihm nicht das Gleiche entgegenbrachte wie er mir.

Als ich das begriff, wurde mir klar, dass ich handeln musste. Im Klartext hieß das: Schluss mit der Knutscherei. Sanft, aber entschlossen legte ich beide Hände auf Renos Brust und schob ihn ein Stück von mir weg. Er wirkte erst erstaunt, dann verletzt, und sofort tat es mir leid. Doch mir blieb keine Wahl, wenn ich ihm nicht wehtun wollte.

»Was zum ...« Er räusperte sich und trat einen Schritt zurück. Eindringlich schaute er mich an. »Was habe ich falsch gemacht?«

Ich schüttelte den Kopf. »Nichts. Ehrlich, überhaupt nichts. Es klingt so abgedroschen, aber es liegt wirklich nur an mir. Glaub mir das bitte.«

Mit ansehen zu müssen, wie sein Gesicht sich verschloss, stimmte mich traurig. Schließlich blickte er zur Seite und sagte leise: »Ich weiß zwar nicht, was passiert ist, doch wenn er dich schlecht behandelt hat, ist er es nicht wert, dass du ihm nachtrauerst. Nicht eine Sekunde lang.«

»Du hast vollkommen recht.« Ich konnte nicht verhindern, dass meine Stimme ganz leicht zitterte. »Dem ist auch nichts hinzuzufügen. Aber erst muss ich für mich einen Abschluss finden, verstehst du? Irgendwann wird mich das alles nicht mehr berühren. Nur bin ich anscheinend noch nicht so weit, weil es ... etwas Größeres war. Ich will dir nichts vormachen, denn das wäre einfach nur beschissen unfair.«

Jetzt lächelte er. Es war nur ein kleines Hochziehen der Mundwinkel, aber immerhin schien er mir nicht ernsthaft böse zu sein. Auch wenn ich wusste, dass unsere Wege sich hier trennten, war ich doch froh darüber. Ich mochte ihn bereits viel zu gern, als dass mich das kaltgelassen hätte.

»In Ordnung. Ich weiß zu schätzen, dass du so ehrlich bist. Eine andere Frau hätte mich vielleicht als Trostpflaster benutzt.«

»Das funktioniert bei mir nicht. Nicht, ohne dass mein schlechtes Gewissen mir die Hölle heißmacht.«

Reno lächelte wieder. »Das zeigt mir, dass ich mich nicht in dir getäuscht habe. Du bist aufrichtig und spielst keine Spielchen. Noch etwas, das wir gemeinsam haben.«

Er zog eine Mütze aus seiner Jackentasche und setzte sie auf. Dann sprang er leichtfüßig die Treppe hinunter, blieb auf der untersten Stufe jedoch noch einmal stehen und sah zu mir hoch. »Weißt du, Toni, ich habe so eine Ahnung, als würden wir uns eines Tages wiederbegegnen. Als wäre es das noch nicht gewesen mit uns.«

Ich hob ganz leicht die Schultern. »Möglich. Wir werden es erfahren.«

»Pass auf dich auf, okay? Bis dann.«

»Bis dann. Danke fürs Heimbringen!«

Er antwortete nicht, und ich schaute ihm hinterher, bis er in der Dunkelheit verschwunden war. Dann machte ich, dass ich ins Warme kam. Ich hatte keine Ahnung, warum mir plötzlich Tränen über die Wangen liefen. Vielleicht hatte ich mit dem Kuss die Grenzen dessen überschritten, was ich im Moment verkraften konnte. So oder so, ich gehörte schleunigst ins Bett.

Am nächsten Tag fühlte ich mich emotional regelrecht verkatert, doch diesmal wusste ich, es würde vorübergehen. Ich war auf dem richtigen Weg. Reno hatte mir gezeigt, wo ich mit meinen Gefühlen stand, und für mich war nun klar, dass ich Männern vorerst abschwören würde. Irgendwann wäre die Erinnerung an David verblasst, sodass ich mich auf jemand Neues würde einlassen können, aber bis dahin wollte ich mich um mich kümmern. Und zwar sehr viel besser, als ich es in der Vergangenheit getan hatte.

Nachdem wir im Café Feierabend gemacht hatten, zog es mich zurück in meine Wohnung. Da der Schlafmangel von letzter Nacht sich mittlerweile deutlich bemerkbar machte, schlüpfte ich gleich in mein Nachtzeug und ein Paar dicke Socken. Dann setzte ich mich noch kurz an den Küchentisch und schlug feierlich das neue Notizheft auf, das ich mir am Vortag gekauft hatte. Ähnlich wie Esther wollte ich es nutzen, um neue Ideen und Rezepte zu notieren – allerdings nicht nur solche, die das Backen betrafen. Ich wollte alles aufschreiben, das sich so anfühlte, als würde es mir guttun; angefangen von regelmäßigen Treffen mit Natalie und Svenna bis hin zu so wagemutigen neuen Experimenten wie Winterbaden, womit ich dank der Nordsee vor meiner Haustür theoretisch sofort beginnen konnte. Ich hatte schon früher mit dem Gedanken gespielt und auch einiges darüber gelesen, es aber am Ende aus reiner Faulheit nie ausprobiert. Dabei war es bestimmt eine unglaublich intensive Erfahrung. Ich stellte mir vor, wie stark es meinen Körper und Geist machen würde, bei eisigen Temperaturen ins Meer einzutauchen. Im Sommer würde es dann herrlich erfrischend sein. Nein, ich wollte dieses Vorhaben nicht länger aufschieben. Vielleicht konnte ich sogar meine Freundinnen überreden, mitzumachen.

Zuallererst aber wollte ich mich der Verwirklichung meiner eigenen Marke widmen. In mir war der Entschluss gereift, dem »Kuchenreh« Leben einzuhauchen, und sei es nur, um zu sehen, ob ein solches Projekt tatsächlich funktionierte. Wenn nicht, konnte ich es jederzeit wieder einstampfen. Das einzige Risiko bestand darin, Geld zu verbrennen, aber solange ich am Anfang nur eine überschaubare Summe investierte, würde uns das nicht ruinieren.

Dass der Einfall von David stammte, hatte ich natürlich nicht vergessen. Da ich im Laufe der vergangenen Woche jedoch gemerkt hatte, wie enthusiastisch meine Kuchenkreationen von ausnahmslos allen Testpersonen aufgenommen worden waren, wollte ich versuchen, diese lästige Tatsache so gut es ging zu verdrängen. Schließlich hatte *ich* damals den Begriff »Kuchenreh« in den Raum geworfen, David hatte ihn nur aufgegriffen. Also war es letzten Endes meine eigene Schöpfung. Darauf berief ich mich hartnäckig, sobald mich Unsicherheit und Zweifel plagten, was gefühlt zehnmal am Tag geschah.

Das Backen war das Eine – Peanuts für mich. Der andere Teil, der so exotische Dinge wie die Gestaltung des Logos, Produktverpackung und Marketing beinhaltete, bereitete mir schon deutlich mehr Bauchschmerzen. Zwar hatte ich in meinem früheren Berufsleben tatkräftig dazu beigetragen, den Leuten eine ganze Ferienregion schmackhaft zu machen, aber Werbemaßnahmen für meine eigene Kuchenmarke waren eine völlig andere Hausnummer.

Ich beschloss, Svennas Rat zu befolgen und zumindest für den grafischen Bereich einen Profi hinzuzuziehen. Das würde zwar den Großteil meines schmalen Budgets verschlingen, doch ich fand die Vorstellung eines in Eigenarbeit am PC zusammengebastelten und entsprechend dilettantisch wirkenden Logos ziemlich gruselig.

Ich hatte Glück – oder besser gesagt, ich hatte Natalie und ihre Kontakte in die Gamer-Community. Als wir am nächsten Abend telefonierten, gab sie mir die Nummer einer Grafikerin, mit der sie selbst schon zusammengearbeitet hatte.

»Sie macht normalerweise ziemlich buntes, schräges Zeug; Gamer-Kram eben. Aber sie ist ein Profi, hat Grafikdesign studiert. Auf keinen Fall wird sie dir irgendwelchen Mist andrehen.«

Das klang vielversprechend, also nahm ich all meinen Mut zusammen und hängte mich ans Telefon.

Maria, so hieß Natalies Bekannte, zeigte sich sofort interessiert, als ich ihr stotternd mein Vorhaben zu erklären versuchte. Da sie nur einen Ort weiter wohnte, schlug sie vor, im Laufe der Woche im Hofcafé vorbeizuschauen, damit wir dort das Briefing abhalten konnten.

»Wenn ich das Produkt vor mir sehe, bekomme ich ein besseres Gefühl für das, was der Kunde braucht«, behauptete sie. Mit einem dröhnenden Lachen fügte sie hinzu: »Und wenn ich dazu noch deinen Kuchen esse, kann das meinem kreativen Flow nur förderlich sein!«

# 24

Am darauffolgenden Mittwoch erschien Maria wie verabredet um die Mittagszeit im Café. Sie war eine große, fröhliche Frau mit schwarz gefärbten Haaren, die wie eine ungewöhnlich farbenfroh gestylte Goth daherkam. Ihr Outfit bestand aus einer neonrosa Bluse aus einem lacklederähnlichen Material, schwarzen Jeans und Plateaustiefeln in allen Farben des Regenbogens. Ihre ungekünstelte Art und nicht zuletzt die schrillen Klamotten nahmen mich sofort für sie ein. Ich führte sie zu einem Tisch ganz hinten in der Ecke, wo wir ungestört reden konnten, brachte ihr einen Kaffee und eilte dann in die Küche, um den Teller mit den extra für diesen Termin vorbereiteten Petits Fours zu holen. Als ich die liebevoll glasierten und dekorierten Kleinkuchen vor ihr abstellte, machte sie große Augen.

»Ui, das sind ja echte Kunstwerke! Fast zu schade zum Essen. Die sollen dann hier im Café unter der Marke *Kuchenreh* verkauft werden, ja?«

Ich nickte schüchtern.

»Soll das Logo denn noch anderweitig eingesetzt werden, zum Beispiel auf eurer Website?«

»Äh, nein, ich denke nicht. Meine Kuchenreh-Boxen über einen Webshop zu verkaufen ist im Moment nicht geplant. Da scheitere ich als Ein-Frau-Unternehmen schon an der Logistik. Unsere Website ist auch nicht besonders ansprechend, muss ich gestehen. Mein Bruder ist IT-Fachmann und hat sie vor ein paar Jahren ganz kurzfristig erstellt, damit das Hofcafé eine Internetpräsenz hat und unsere Gäste darüber unser Ferienhaus buchen können.«

»Hm.« Maria fixierte mich aus zusammengekniffenen Augen. »Verrätst du mir die URL? Ich will mir das mal anschauen.«

Ich nannte ihr die Webadresse, die sie gleich in den Browser ihres Handys eingab. Sie surfte eine Minute lang stumm auf unserer Seite und zwinkerte mir dann lächelnd zu. »Na ja, schön ist sie wirklich nicht, da ist noch viel Luft nach oben. Ich maile dir nachher mal ein paar Anbieter, über die du mit ganz wenig Aufwand tolle Websites aus dem Baukasten zusammenstellen kannst. Wenn dein Bruder darauf keine Lust hat, hilft Natalie dir bestimmt. Dann seid ihr in dem Bereich auf jeden Fall schick aufgestellt, ob mit oder ohne Webshop. Aber zurück zum Logo.« Sie strahlte mich an. »Hast du dir schon Gedanken über die Verpackung für deine Kuchen gemacht?«

»Na ja …« Ich zog umständlich einen Stuhl heraus und setzte mich ihr gegenüber. Wenn ich eins fürchtete, dann war es, für meine amateurhaften Vorstellungen ausgelacht zu werden. »Ich dachte an schlichte Faltschachteln aus Pappe. Solche mit Einleger im Innenteil, der Platz für sechs Petits Fours schafft. Im Internet gibt es Schachteln mit einem Sichtfenster im Deckel, das aus biologisch abbaubarer Plastikfolie besteht. So was finde ich super.«

»Ein Sichtfenster macht unbedingt Sinn, damit deine Gäste gleich sehen, was du da Tolles anbietest. Ähm – darf ich probieren?«

»Natürlich, die Petits Fours sind alle für dich.«

»Alle? O Mann, danach habe ich bestimmt einen Zuckerschock.«

»Warte, ich teile jedes einmal durch, dann isst du erst mal nur die Hälfte.«

Maria konnte ihre Begeisterung schlecht verhehlen, als sie das Innere der Kuchen erblickte. »Geil, die haben ja alle verschiedenfarbige Schichten!«

»Ja, ich will pro Schachtel jeweils drei unterschiedliche Füllungen verarbeiten, und zwar die Favoriten meiner, äh, Testpersonen. Das heißt, bei sechs Stück Inhalt hast du dreifache Abwechslung.«

»Ah ja.« Maria schob sich die erste Gabel voll Kuchen in den Mund und verzog genüsslich das Gesicht. »Mhmm, der hier ist schon mal fantastisch. Was ist da drin?«

»Erdbeer-Prosecco-Gelee und Vanillecreme in der Füllung, Marzipan als Topping. Den Zuckerguss habe ich mit Erdbeerpulver rosa eingefärbt und mit ein bisschen essbarem Glitzer aufgepeppt. Ist bisher bei allen, die probiert haben, die unangefochtene Nummer eins.«

Ein verzücktes Stöhnen drang aus Marias Mund. Dann gab sie sich einen sichtbaren Ruck und kam zurück zum geschäftlichen Teil. »Leider haben die Sichtfenster auch einen Nachteil. Sie reduzieren den Platz, den du für das Logo zur Verfügung hast, und einen Claim möchtest du ja vielleicht auch haben.«

»Das stimmt. Allerdings dachte ich sowieso an ein dezentes Logo mit einem kurzen Claim, nichts Großes oder Buntes. Bunt ist ja schon das Gebäck.«

»Hm.« Maria überlegte, während sie das nächste Petit Four auf die Gabel spießte. »Dezent könnte tatsächlich ganz gut zu so auffälligen Backwaren passen, denn die sollen ja im Mittelpunkt stehen. Damit harmoniert auch eine schlichte Verpackung. An welche Farbe hattest du gedacht?«

»Ich wollte mich an den Farben des Cafés orientieren, also Weiß und vielleicht noch ein pastelliges Rosa oder Grau.«

»Verstehe. Wenn ich dich am Telefon richtig verstanden habe und du erst mal klein einsteigen willst, kannst du dich für den Anfang auf zwei Farben beschränken. Zu bestimmten Anlässen könntest du auch eine Sonderedition herausgeben, zum Beispiel Gold an Weihnachten und Lindgrün zu Ostern. Wenn du ein einfarbiges Logo wählst, passt es zu jeder Farbe. Mir schwebt da sogar schon was vor.«

»Oh, wirklich? Das ging ja schnell ... Ich würde dir gern noch was zeigen.« Tapfer hielt ich ihr die Karte mit Davids Zeichnung unter die Nase, obwohl es mich Überwindung kostete. Natürlich ließ ich sie nur das Deckblatt sehen und nicht den Innenteil. Mochte der Teufel wissen, warum ich das Ding überhaupt noch in meiner Handtasche mit mir herumtrug. Die Ecken sahen schon ganz abgegriffen aus.

»Das hat ein – ein Bekannter von mir aus Spaß gescribbelt. Nicht das alberne Rehkitz, sondern nur die Mütze und die Torte. Und weil du gerade einfarbig erwähnt hast ... Also, so ein Stil würde mir gefallen. Nur ein paar Striche, wie von Hand gezeichnet.«

Maria grinste, während sie das Bild betrachtete. »Ist dein Bekannter auch Grafiker?«

»Nein, er ist Texter.«

»Na, ist doch super, dann hast du ja schon wen für den Claim.«

»Ach, nein. Leider nicht. Das hat sich ... erledigt.«

Falls Maria sich ihren Teil dachte, ließ sie es sich nicht anmerken. Ihr Blick ruhte noch einen Moment auf der Grafik, als wolle sie sich die Einzelheiten einprägen. Dann wandte sich wieder ihrem Kuchenteller zu.

»Okay«, sagte sie in aller Seelenruhe, ohne mich anzusehen, »ich glaube, ich weiß in etwa, was du dir vorstellst. Ich schicke dir bis Ende der Woche ein Angebot. Sobald du mir die Auftragsbestätigung zurücksendest, bekommst du von mir zwei Logo-Vorschläge. Im besten Fall entscheidest du dich für eins und kannst dann natürlich selbst noch Wünsche äußern, die ich entsprechend einbaue. Wenn es dir recht ist, würde ich mich parallel dazu mit einem Freund besprechen, der überwiegend Marketing für Großkunden macht. Der haut den ganzen Tag Claims raus. Dann hättest du beides aufeinander abgestimmt. Ich gebe dir recht, dass es was Reduziertes sein sollte. Pfiffig, aber schlicht. Die Stars der Show müssen deine Kuchen sein. Das dürfte auch nicht schwer werden, so toll, wie sie aussehen und schmecken.«

»Danke dir. Das hört sich klasse an.«

»Fein. In meinem Angebot liste ich dir alles detailliert auf, also auch Sachen wie die Gestaltung der Faltschachtel, Druckabwicklung und so weiter. Die Druckkosten kommen dann noch extra.«

Uff. Eigentlich wollte ich doch nur ein Logo. Das hier klang bedrohlich nach etwas, das nicht mal ansatzweise innerhalb meines Budgets lag. Meine Handflächen wurden feucht. Wie kam ich da wieder raus?

»Maria, ich – hm, ich habe dir ja erzählt, dass dieses Projekt fürs Erste nur ein Testballon ist. Ehrlich gesagt hätte ich anfangs nicht gedacht, dass ich es überhaupt jemals verwirkliche. Wenn es nicht läuft, nun ja, dann stampfe ich es wieder ein, weil ich mir Verluste auf Dauer nicht leisten kann. Entsprechend klein muss ich es aufziehen, du verstehst? Ich habe leider nicht sehr viel Geld zur Verfügung. Gibt es denn auch einen simpleren Weg, das Logo auf Schachteln zu bringen?« O Gott, hoffentlich dachte sie jetzt nicht, dass ich nur herumjammerte, um den Preis zu drücken.

Doch Maria wirkte kein bisschen irritiert, sondern schaute mich freundlich an. Sie hatte etwas Vanillecreme im Mundwinkel, was sie mir noch sympathischer machte. »Doch, da gibt es viele Möglichkeiten. Deswegen sitzen wir ja zusammen, um genau durchzusprechen, was du dir vorstellst. Wenn du das Logo nicht eindrucken lassen willst, könnte ich dir auch einen Aufkleber mit Logo und Claim gestalten, den du dann auf die Schachteln aufbringst, die du dir selbst aussuchst und kaufst – nur so als Beispiel. Das wäre wesentlich weniger aufwendig.«

*Und preisgünstiger,* sollte das heißen, auch wenn sie es nicht aussprach. Mir fiel ein Stein vom Herzen. So käme ich vielleicht doch noch an mein professionell gestaltetes *Kuchenreh,* ohne mich dafür in den finanziellen Ruin zu stürzen.

»Ja, ich glaube, das ist es, was ich brauche. Wenn du mir dafür ein Angebot machen könntest?«

»Na klar. Ich schicke dir alles per Mail, in Ordnung?«

»Mehr als in Ordnung. Tausend Dank!«

Das Ganze war so aufregend, dass ich für den Rest des Tages wie auf Wolken schwebte und kaum einen klaren Gedanken fassen konnte. Glücklicherweise hatte ich genügend Routine und konnte zur Not auch im Schlaf Gäste bedienen und Tische abräumen. Erst ein Anruf von Svenna brachte mich wieder auf den Boden der Tatsachen zurück. Als mein Handy in der Hosentasche vibrierte, schlüpfte ich kurz ins Lager, um ungestört zu sein.

»Was hast du mit Reno gemacht?«, schimpfte sie los, kaum dass ich mich gemeldet hatte.

»Umm, nichts?!«

»Doch! Du hast ihm das Herz gebrochen.«

»Habe ich nicht«, verteidigte ich mich. »Ich habe von Anfang an klargestellt, dass mit mir nichts läuft.«

Eine kleine Pause entstand. »Stimmt«, meinte Svenna dann und gluckste. »Aber er hängt trotzdem ganz schön durch. Ich wusste gar nicht, dass er so melodramatisch sein kann. Habt ihr geknutscht?«

»Jaaa … Allerdings nur kurz. Ich wollte einfach wissen, was passiert.«

»Und was ist passiert?«

»Nichts. Zumindest bei mir.«

Svenna lachte. »O Mann, der Arme. Als er gestern hier war, um sich einen Tee abzuholen, habe ich mir so was schon gedacht. Er wollte nicht richtig raus mit der Sprache, aber er war so mies drauf, als würde gleich die Welt untergehen.«

Aus irgendeinem Grund konnte ich nicht mitlachen. »Das tut mir echt leid«, sagte ich leise. »Wahrscheinlich fühlt er sich jetzt so, wie ich mich am Anfang wegen David gefühlt habe. Das war nicht meine Absicht.«

»Toni. Er ist erwachsen, er wird drüber hinwegkommen. Er hat sich da in etwas verrannt. Du hast ihm immer reinen Wein eingeschenkt. Na gut, ihn dich küssen zu lassen war vielleicht nicht so schlau, aber noch mal, er wird's überleben.«

Ich seufzte. »Tun wir das nicht alle?«

»Natürlich. Welche Wahl haben wir denn? Wobei ich mich schon frage, was dieser David an sich hat, dass du ihn so schwer loslassen kannst. Du scheinst mir eigentlich nicht der Typ Frau zu sein, der leicht den Kopf verliert.«

»Ich weiß nicht. Es hat sich einfach immer richtig angefühlt mit ihm. Alles hat gepasst, auch Kleinigkeiten, innerlich und äußerlich. Verstehst du, was ich meine?«

»Vollkommen. Wenn auch erst, seit ich mit Tjado zusammen bin.«

»Oh, ja. Ich habe die Hoffnung noch nicht aufgegeben, eines Tages selbst so einen Edelstein abzugreifen, haha.«

*Eine Zeit lang habe ich geglaubt, ich hätte ihn schon gefunden,* dachte ich mit einem Anflug von Trauer, doch ich sprach es nicht aus. Stattdessen versuchte ich mich wieder auf meine Self-Care-Vorsätze zu besinnen. »Hey, können wir die Männerwelt mal kurz außen vor lassen? Ich habe mir vorgenommen, diesen Winter noch mit Eisbaden im Meer anzufangen. Das soll total gut sein für Immunsystem und Psyche. Machst du mit?«

»Du hast sie wohl nicht mehr alle«, gab Svenna entrüstet zurück und drückte mich weg.

Ich lachte, bis ich Schluckauf bekam, und machte mich wieder an die Arbeit. Im Café saßen kaum noch Gäste, weil wir in zehn Minuten schließen würden. Finja hatte bereits damit begonnen, an den leeren Tischen die Stühle hochzustellen, damit sie zügig durchwischen konnte, sobald alle gegangen waren.

Ich hatte gerade den letzten Tisch abkassiert und den Gästen, einem netten Paar aus Nordrhein-Westfalen, einen schönen Abend gewünscht, als Wilko zur Tür hereinstiefelte. Da Mittwoch und ein ganz normaler Arbeitstag war, hatte er wahrscheinlich gerade Feierabend gemacht. Seinem mürrischen Gesichtsausdruck nach zu urteilen waren Laune und Blutzucker im Keller und er auf der Suche nach etwas Essbarem.

Ich folgerte haarscharf, dass Lenne nicht daheim war und Wilko keine Lust hatte, für sich allein zu kochen. Wobei »Kochen« bei meinem Bruder bekanntermaßen zu hoch gegriffen war. Sich eine Pizza in den Ofen zu schieben fiel für meine Begriffe jedenfalls nicht darunter. Da Esther heute einen köstlichen Hackbraten aus Linsen als Tagesgericht auf die Karte gesetzt hatte und davon noch einige Portionen übrig waren, würde er bei uns auf jeden Fall satt werden.

Ich lag richtig mit meiner Vermutung, denn Wilko verschwand nach einem einsilbigen »Moin« schnurstracks zu Esther in die Küche. Während Finja und ich im Café und hinter dem Tresen aufräumten, fiel mir mein Gespräch mit Natalie von Samstagnacht wieder ein. Ich beschloss, die Gelegenheit zu nutzen und meinem Bruder auf den Zahn zu fühlen. Sobald er sich erst den Bauch vollgeschlagen hatte, konnte er garantiert auch wieder ganze Sätze sprechen.

Als der Gastraum bis in die hinterste Ecke blitzte und blinkte und alles für den folgenden Tag vorbereitet war, löschte ich die Lichter und ging mit Finja hinüber in die Küche. Sie hatte es sichtlich eilig, nach Hause zu kommen, was ich ihr nicht verdenken konnte. Wie Esther und ich war auch sie seit dem Vormittag ununterbrochen auf den Beinen, und nun zeigte mein Handy bereits neunzehn Uhr an.

Sogar meine Mutter war schon auf dem Sprung und sah ungewöhnlich geschafft aus. Umständlich zog sie ihre abgewetzte Jacke aus Teddyfell an, die sie nur noch auf dem kurzen Weg zwischen Hofcafé und Haustür trug. »Gute Nacht, meine Süßen, und vergesst nicht, alles abzuschließen, wenn ihr geht.«

»Meint sie das ernst?«, fragte Wilko mich, während Esther bereits zur Tür hinausschwebte. Er hatte sich einen Stuhl an den Arbeitstisch herangezogen und schaufelte genüsslich Linsenbraten mit fingerdick geschnittenen Pommes frites in sich hinein.

Ich winkte ab und stibitzte eine Fritte von seinem Teller. »Sie ist müde, da redet sie manchmal sinnloses Zeug.«

»Finger weg, die gehören mir! Ich habe meine Spezialwürzmischung draufgetan. Hol dir selbst was.«

Ich verdrehte die Augen. Schon als Kind hatte ich gern in seinem Essen herumgepickt, das hatte sich bis heute nicht geändert. Da er seine Pommes jedoch so vehement verteidigte, musste ich wohl oder übel selbst für mein Abendessen sorgen. Kurz entschlossen schob ich eine weitere Portion Linsenbraten in die Mikrowelle. Die Fritteuse noch einmal anzuschmeißen war mir zu umständlich.

»Und, wie läuft's bei der Arbeit?«, fragte ich betont beiläufig, als ich mich mit meinem Essen zu Wilko an den Tisch setzte. Ich wollte nicht gleich mit der Tür ins Haus fallen. Schließlich beabsichtigte ich, mich auf privates Terrain zu begeben. Das konnte heikel werden, denn persönliche Dinge waren nichts, das Wilko gern thematisierte. Zumindest nicht seiner älteren Schwester gegenüber.

»Ach, der übliche Wahnsinn. Jeden Tag ein neues skurriles Problem, und das liegt meist nicht am Netzwerk, sondern an den Usern.«

»Haha. Verstehe. Ist wohl nicht jeder ein Bill Gates. Und wie geht's Natalie?«

Er warf mir über seinen Teller hinweg einen leicht verwunderten Blick zu. »Gut, denke ich. Das müsstest du eigentlich besser wissen als ich, ihr zwei habt doch neuerdings eine Standleitung.«

»Ja, schon. Aber du siehst sie jeden Tag und ich nicht.«

»Na ja, sie bindet mir aber auch nicht regelmäßig ihre Befindlichkeiten auf die Nase.«

Hm. So kam ich nicht voran. Ich entschied mich, etwas konkreter zu werden.

»Weißt du, ich habe mich da was gefragt.«

»Was denn?«

Ich kaute das Stück Linsenbraten, das ich gerade im Mund hatte, sorgfältig zu Ende, ehe ich antwortete.

»Also, ich kann mich natürlich täuschen, aber ich finde, dass Natalie und du – dass ihr echt gut zusammenpassen würdet. Ich meine, ihr redet beide grundsätzlich in den höchsten Tönen übereinander und habt gefühlt nur Gemeinsamkeiten. Hast du mal darüber nachgedacht, sie um ein Date zu bitten?«

Wilko hatte seine Gabel sinken lassen und starrte mich an.

»Findest du, dass solche Sachen dich was angehen?«, fragte er ruhig.

»Nein«, gab ich ehrlich zurück. »Aber es ist so verdammt naheliegend. Und, hast du?«

Wilko zog lediglich eine Augenbraue hoch und aß weiter, ohne mich noch eines Blickes zu würdigen.

Tja, damit hatte ich wohl meine Antwort. Mit einem kleinen Seufzer beugte ich mich wieder über meinen Teller. Immerhin hatte ich es versucht. Vielleicht würde es ihn ja zum Nachdenken bringen.

Plötzlich sagte mein Bruder: »Ich kann Natalie nicht daten.«

»Was? Wieso nicht?«

»Darum. Es geht nicht, also hör auf zu nerven.«

»Aber das ist doch bescheuert. Ich meine, ihr wärt das absolute Traumpaar! Frag sie doch wenigstens. Ich glaube nicht, dass sie dich abblitz…«

»Toni.« Wilko sprach übertrieben laut und deutlich, als wäre ich schwerhörig. »Es. Geht. Nicht. Das hat Ursachen, die ebenso simpel wie schwerwiegend sind, klar? Finde dich einfach damit ab.«

»Stehst du auf eine andere?«, versuchte ich es aufs Geratewohl, ganz die penetrante ältere Schwester.

»Nein, tue ich nicht.« Wilko stieß gereizt die Luft aus. Wenn er sauer wurde, ähnelte er Esther noch mehr als ohnehin schon. »Es ist … Herrgott, es ist wegen Lenne, okay? *Meinem* Lenne. Er ist der Grund.«

# 25

Ich saß stocksteif da und glotzte meinen Bruder an. Mir fehlten wirklich und wahrhaftig die Worte.

Hatte er sich gerade – *geoutet?* Meine Gedanken rasten, und plötzlich ergab alles einen Sinn. Dass er seit Ewigkeiten keine Freundin mehr gehabt hatte. Dass er schon so lange mit Lenne zusammenwohnte und die beiden sich bisweilen benahmen wie ein altes Ehepaar. *Ehepaar.* Das war's! Manchmal hatte ich in den vergangenen Jahren so ein Gefühl gehabt, wenn ich die beiden zusammen sah. Wie sie sich verhielten. Miteinander umgingen. Nun hatte ich meine Erklärung. Wie hatte Wilko sich ausgedrückt? »Es ist wegen Lenne, okay? *Meinem* Lenne.« Umpf.

Na schön, dann war mein Bruder eben schwul. Oder bi, was auch immer. Damit konnte ich wunderbar leben, nur musste ich diese unerwartete Offenbarung erst mal verdauen. Für Natalie war es natürlich furchtbar schade. Aber ich wollte auf keinen Fall, dass Wilko glaubte, ich hätte irgendein Problem mit seiner sexuellen Orientierung. Diesem Missverständnis musste ich sofort entgegentreten.

»Okay, *jetzt* verstehe ich«, erwiderte ich schließlich feierlich. »Sorry! Ich hatte ja keine Ahnung, dass Lenne und du ... Also echt, manchmal bin ich schwer von Begriff, das weißt du ja. Aber ich find's cool, ehrlich. Warum hast du denn nicht früher was gesagt? Dass ihr ein Paar seid, meine ich?«

Reno, Natalie, ich – wir waren wirklich arme Schweine. Wir alle hatten uns die Falschen ausgesucht, doch wir würden es irgendwie überleben. Svenna hatte es treffend formuliert: Welche Wahl hatten wir schon?

Erst jetzt fiel mir auf, wie still es plötzlich war. Wilko hatte wieder aufgehört zu essen und schaute mich merkwürdig an. So merkwürdig, dass ich mir keinen Reim darauf machen konnte und mir ein bisschen mulmig zumute wurde. Dann brach er unvermittelt in wieherndes Gelächter aus.

»Du bist so eine dämliche Nuss! Mein Gott, ich fasse es nicht!« Er schnappte nach Luft. »Du liest einfach zu viele Schundromane. Denkst du allen Ernstes, ich habe was mit Lenne? Hahaha! Mann, hör mir doch mal richtig zu. Ich kann Natalie nicht daten, weil Lenne, mein *Freund* Lenne, in sie verknallt ist, klar? Wenn ich sie um eine Verabredung bitte und sie sagt zu, würde es ihm das Herzchen brechen. Das kann ich nicht bringen, so gern ich sie fragen würde.«

»Oh, ich – ach du Scheiße.« Ich ließ die Stirn auf die Tischplatte sinken und lachte, bis mir die Tränen über die Wangen liefen. Da hatte ich ja wieder eine Glanzleistung vollbracht! Voreilig Schlüsse zu ziehen beherrschte ich meisterhaft, keine Frage. Na ja, zumindest hatte es uns beiden einen guten Lacher beschert.

Als ich den Kopf wieder hob und schniefend nach einer Serviette angelte, um mir das Gesicht abzuwischen, versetzte Wilko mir einen liebevollen Stoß. »Ich hätte nicht gedacht, dass du so eine schlechte Menschenkennerin bist. Versuch dich bitte nie wieder als Kupplerin, okay?«

»Ich tue mein Bestes«, antwortete ich trocken. »Aber wie lösen wir denn jetzt das Dilemma?«

»Wieso wir?« Wilko grinste, und ich grinste zurück. »Außerdem, welches Dilemma? Wenn Lenne irgendwann mal aus den Puschen kommt, könnte das doch vielleicht was werden mit den beiden.«

»Ich glaube nicht, dass Natalie auf ihn steht.«

Wilkos Augen wurden schmal. »Wieso werde ich das Gefühl nicht los, dass du mehr weißt als ich? So oder so, ich halte schön die Füße still. Alles andere kann ich Lenne nicht antun.«

»Aber was, wenn dir dadurch die Liebe deines Lebens durch die Lappen geht?«

»Fängst du schon wieder an?«

»Nein. Ich meine ja bloß. Wenn Natalie Lenne eine Abfuhr erteilt, ist die Sache doch sowieso vom Tisch.«

»Das ist ja dann ihre Angelegenheit. Und selbst wenn so was passiert, heißt das noch lange nicht, dass ich sie anschließend date. Also, ich habe es gerade schon gesagt und sage es noch mal: Finde dich einfach damit ab.«

Nach dieser lustigen, aber auch ziemlich peinlichen Nummer schwor ich mir, mich in Zukunft aus dem Liebesleben meiner Mitmenschen herauszuhalten. Sollten die selbst sehen, wie sie zueinander fanden. Außerdem beschloss ich schweren Herzens, Annis Musikkneipe an den Wochenenden vorerst fernzubleiben, um Reno nicht zu begegnen. Ich fand es klüger, etwas Zeit verstreichen zu lassen, ehe wir wieder aufeinandertrafen. Svenna war ein bisschen eingeschnappt, als ich sie davon in Kenntnis setzte, sah jedoch schließlich ein, dass ihr Cousin und ich besser daran taten, uns bis auf Weiteres aus dem Weg zu gehen. Ich schlug vor, dass wir drei Mädels uns stattdessen verabreden sollten.

»Eisbaden willst du ja nicht«, stichelte ich. »Und ich muss an den Wochenenden tagsüber arbeiten. Aber wir könnten abends ins Kino gehen, oder wir schaufeln uns alle einen Nachmittag frei und fahren zum Shoppen nach Bremen. Da hast du doch mal gewohnt.«

»Hm, ja. Die Idee ist nicht schlecht, ich bräuchte dringend neue Klamotten. Aber das mit dem Eisbaden kannst du dir abschminken. Ich gehe jede Wette ein, dass Natalie dir auch eine Abfuhr erteilt, wenn du sie fragst«, spottete Svenna.

Leider sollte sie recht behalten. Allein die Vorstellung, im Winter in die eisige Nordsee zu steigen, rief bei Natalie blankes Entsetzen hervor. Mir blieb also nichts anderes übrig, als das Ganze todesmutig im Selbstversuch durchzuziehen – wenn ich mich denn endlich dazu motivieren konnte.

Nur einen Tag später tauchten die beiden unerwartet im Hofcafé auf. Draußen schneite es seit dem frühen Morgen ununterbrochen, sodass die Welt ringsumher in Weiß gehüllt war. Ein in unserer Gegend seltener und deshalb umso faszinierenderer Anblick, den ich immer wieder durch das Fenster bewunderte. Es war Freitag und früher Nachmittag; im Café herrschte wetterbedingt tote Hose.

»Hey!« Svennas Augen blitzten unternehmungslustig, und ich wusste sofort, dass sie etwas im Schilde führte. Sie und Natalie waren dick eingemummelt, als würden sie gleich zu einer Expedition in die Antarktis aufbrechen. »Wir wollen rodeln. Kommst du mit?«

»Rodeln?« Allein die Vorstellung brachte mich zum Lachen. Wie herrlich bekloppt war dieser Einfall, bitte? »Wo denn?«

»Na, am Deich, ist doch klar. So viel Schnee kriegen wir so bald nicht wieder.«

»Ich habe gar keinen Schlitten.«

»Wir auch nicht, aber es gibt was Besseres.« Natalie hielt triumphierend eine Rolle blau glänzenden Plastiks in die Höhe. »Müllbeutel! Wir haben sie ›Ostfriesenschlitten‹ getauft. Die gehen ab wie Schmidts Katze.«

Zehn Minuten später überquerten wir auch schon die Straße und stiegen kichernd den Deich hinauf. Esther hatte mir sofort frei gegeben, als sie erfuhr, was meine Freundinnen planten.

»Los, zieh dir was Warmes über und dann rein ins Vergnügen«, hatte sie befohlen und mich förmlich zur Tür hinaus geschubst. »Finja und ich halten hier die Stellung.«

Nachdem wir mithilfe der Tüten und unserer Hintern den Schnee hangabwärts geglättet hatten, sausten wir wie der

Blitz den Deich hinunter. Ein paarmal bewahrten uns nur die steinernen Wellenbrecher davor, auf direktem Weg in die Nordsee zu segeln. Irgendwann beschlossen wir, es auf der anderen Seite des Deichs zu probieren, die länger und abschüssiger war und zur Straße hin von einem Schafzaun begrenzt wurde. Das Ergebnis war, dass wir beinahe ein Verkehrschaos provozierten, denn die Autofahrer, die unsere rasende Fahrt beobachteten, hupten und amüsierten sich köstlich. Ich konnte mir vorstellen, welchen Anblick wir boten, wenn wir auf unseren Mülltüten sitzend auf den Zaun zuschlingerten, uns dabei teilweise um die eigene Achse drehten, auf die Nase fielen und hysterisch lachten. Natürlich sahen wir bald aus wie die Schneefrauen, aber den Spaß war es absolut wert. Ich hatte mich seit Ewigkeiten nicht mehr so gut amüsiert, dass mir der Bauch wehtat vor lauter Lachen.

Als wir schließlich dermaßen durchgefroren waren, dass wir unsere Finger und Zehen kaum noch spürten, scheuchte ich Natalie und Svenna in meine Wohnung, wo wir uns trockene Klamotten anzogen. Die beiden hatten nicht daran gedacht, sich Ersatzkleidung mitzubringen, also versorgte ich sie mit Jogginghosen und Sweatshirts. Natalie waren sie zu groß und Svenna zu kurz, was uns wieder fürchterlich zum Lachen brachte.

Während die nassen Sachen über der Heizung trockneten, liefen wir nach unten ins Café, wo ich uns heiße Schokolade zubereitete. Sonderlich viel Betrieb herrschte immer noch nicht, sodass ich mich zwischendurch zu meinen Freundinnen an den Tisch setzen und quatschen konnte. Wir alle waren hundemüde nach unserem Abenteuer im Schnee, doch ich fühlte mich so entspannt und zufrieden wie lange nicht mehr. Den Kopf auszuschalten und an der frischen Luft herumzutoben tat mir eindeutig gut.

»Und beim nächsten Mal baden wir im Meer«, sagte ich zu Svenna und Natalie, doch beide lachten nur und zeigten mir einen Vogel. Na schön. Vielleicht sollte ich es einfach aufgeben und die Sache abblasen.

Am gleichen Abend hatte ich das versprochene Angebot von Maria in meinem Posteingang. Ich hoffte längst nicht mehr darauf, eine Nachricht von David vorzufinden, wenn ich meine Mails abrief, aber ich registrierte sehr wohl, dass die Enttäuschung über sein konsequentes Schweigen mir immer noch einen leisen Stich versetzte. Wenigstens dachte ich diesmal nicht lange darüber nach, denn ich war rasend gespannt und auch ein bisschen ängstlich, was Maria mir für die Gestaltung des Kuchenreh-Aufklebers zu berechnen gedachte.

Bangen Herzens öffnete ich das PDF-Dokument im Anhang der E-Mail und ... schluckte. Puh! Es kostete mehr, als ich gehofft hatte. Dennoch dachte ich nicht eine Sekunde daran, meinen Plan aufzugeben. Irgendetwas sagte mir nämlich, dass Maria die Richtige für den Job war. Ob sie mir mit dem Preis entgegenkommen würde, wenn ich ihr einen Deal vorschlug?

Ich beschloss, es einfach zu versuchen. Wenn sie ablehnte, musste ich mir etwas anderes einfallen lassen.

Ich zwang mich, bis zum nächsten Morgen zu warten, ehe ich Maria anrief. Obwohl ich mir meine Worte sorgfältig zurechtgelegt hatte, war es mir furchtbar peinlich, feilschen zu müssen. Als wären ihre Leistungen ihr Geld nicht wert. Doch mir blieb keine Wahl, wenn ich der Verwirklichung meiner eigenen Marke einen Schritt näherkommen wollte.

Maria hörte sich an, was ich zu sagen hatte, und schwieg eine Weile. »Hm«, meinte sie schließlich, »ich kann nachvollziehen, dass das für ein kleines Unternehmen viel Kohle ist. In der Hinsicht sitzen wir im gleichen Boot.«

»Ich weiß«, erwiderte ich beschämt. »Deine Firma besteht sogar nur aus einer Person, wir sind immerhin zu zweit.«

»Das stimmt, wobei ich vermutlich deutlich weniger Unkosten an der Backe habe als ihr. Außerdem verdient mein Mann sehr gut, sodass ich abgesichert bin. Insofern möchte ich dir schon entgegenkommen. Wenn wir uns nicht gegenseitig unterstützen, wer tut es dann?«

Dass sie Verständnis für meine Lage aufbrachte und sich obendrein noch hilfsbereit zeigte, haute mich schier um.

»Ich finde euer Hofcafé echt cool, vor allem, weil ihr alles selbst macht. Du hast mich neulich schwer angefixt mit deinem leckeren Gebäck, ich bin ja so eine Kaffeetante. Deshalb würde ich vorschlagen, wir machen fünfhundert glatt, und den Rest verrechnen wir in Kuchen. Wenn du mir, sagen wir, ein Jahr lang jeden Monat eine Kuchenreh-Box reservierst, sind wir quitt.« Sie ließ ihr dröhnendes Lachen ertönen. »Wäre das ein Deal?«

»Ein mega Deal«, antwortete ich wie aus der Pistole geschossen. Sie ahnte wahrscheinlich nicht, dass diese Lösung der Erhörung meiner Gebete gleichkam!

»Na, dann passt es ja. Und Linus, den Marketingmenschen, lassen wir außen vor. Er ist mir noch ein bis zwei größere Gefallen schuldig und kommt deshalb mit einem schlichten kleinen Claim vergleichsweise billig davon. Wenn er Glück hat, schicke ich ihm vielleicht mal eine Kostprobe von meinen Petits Fours. Das überlege ich mir aber noch.« Sie gluckste vergnügt.

»O Mann, Maria, das ist wirklich nett von dir. Ich bin dir so dankbar!«, sprudelte ich hervor. »Schickst du mir noch was zum Unterschreiben?«

»Ach, alles gut, du hast mir ja dein Wort gegeben. Nachher setze ich mich gleich an die beiden Entwürfe. Ich habe schon ein paar richtig gute Ideen im Kopf!«

Bereits am Montagabend lag ihre nächste Mail in meinem Postfach. Statt die Datei mit den Logos auf dem viel zu kleinen Display meines Handys zu öffnen, setzte ich mich an den Rechner. Ich war überzeugt, vor lauter Spannung zu platzen, wenn ich auch nur eine Minute länger wartete. Glücklicherweise hatte ich bereits Feierabend gemacht und daher alle Zeit der Welt.

Eine Weile saß ich einfach nur da und starrte selig auf den Bildschirm. Maria war ein Genie, daran bestand kein Zweifel mehr. Die Entwürfe waren absolut fantastisch und gefielen mir so gut, dass ich am liebsten beide genommen hätte. Allerdings wusste ich relativ schnell, welcher das Rennen machen würde.

Maria hatte in einer Version das Reh von Davids Karte nachgestellt, oder besser gesagt nur dessen Kopf. Ich erkannte sofort die ellenlangen Wimpern und den koketten Augenaufschlag. Allerdings baumelte nun die Konditormütze keck an seinem rechten Ohr. Es lugte geradezu vorlaut hinter dem schön geschwungenen Schriftzug *Kuchenreh* hervor. Darunter stand etwas kleiner »Zartes Gebäck aus Ostfriesland«.

In ihrer Mail hatte Maria geschrieben: »Den Claim hat Linus mir innerhalb von drei Sekunden geliefert, als er sich die Entwürfe angesehen hat. Er ist vielleicht nicht besonders innovativ, aber meiner Meinung nach auf den Punkt. Rehe und Petits Fours sind beide von zarter Beschaffenheit. Du könntest statt ›Gebäck‹ auch ›Backwaren‹ nehmen, aber das klingt ein bisschen steif, und den Begriff ›Kuchen‹ verwenden wir ja schon im Logo.«

*Nein,* dachte ich, nachdem ich über die »zarte Beschaffenheit« gekichert hatte, *keine Änderungen. So ist es perfekt.*

Das hier war mein Alter Ego; das Kuchenreh, wie es leibte und lebte. Es spiegelte den Charakter meiner Petits Fours perfekt wider: kindlich-verschmitzt und ein bisschen schräg. Ich hatte mit Zutaten wie Prosecco, Chili, Basilikum und Lavendel experimentiert, die geschmacklich für einen kleinen Überraschungseffekt sorgen sollten. Mein gedanklicher Vorrat an neuen Kombinationen war nahezu unerschöpflich.

Vor allem aber wollte ich bunte Farben und Glitzer. Meine Kreationen durften alles sein, nur nicht langweilig.

Maria riet mir in ihrer Mail auch dazu, die URL des Hofcafés auf den Schachteln zu erwähnen. Selbst wenn ich vorerst keinen Webshop eröffnen wolle, könne ich zumindest einen Hinweistext mit ein paar Fotos auf der Seite platzieren und so die *Kuchenreh*-Geschenkboxen bewerben, schrieb sie.

Ich war einverstanden. Als ich der Grafikerin schließlich die Freigabe für den Auftrag erteilte, zitterten mir beim Tippen die Hände. Ich konnte kaum glauben, dass mein kühnes kleines Projekt, von dem ich bis vor wenigen Monaten nicht einmal zu träumen gewagt hätte, tatsächlich Form annahm.

# 26

Danach ging alles Schlag auf Schlag. Ich bestellte todesmutig die Mindestabnahmemenge von einhundert Faltschachteln in Weiß und Rosa. Der Hersteller hatte mir vorab ein Probeexemplar zugesandt, sodass ich mir selbst ein Bild machen konnte von der Stabilität der Pappe und dem dazugehörigen Einleger, der Platz für sechs Petits Fours schuf. Die Box gefiel mir; zumindest für meine Zwecke war sie wunderbar geeignet. Da die Aufkleber noch nicht eingetroffen waren, druckte und schnitt ich Marias Logo-Entwurf in Originalgröße aus und probierte so lange herum, bis ich die perfekte Stelle für die spätere Platzierung des Aufklebers gefunden hatte. Da ich beim Verkauf der *Kuchenreh*-Boxen obendrein eine gesetzliche Kennzeichnungspflicht einhalten musste, entwickelte ich mit Wilkos Hilfe Etikettvorlagen, die ich selbst anpassen und ausdrucken konnte. Sie enthielten eine Liste der Zutaten und Allergene sowie das Mindesthaltbarkeitsdatum, außerdem unsere Adresse und Website. Ich ließ es mir nicht nehmen, zusätzlich den Hinweis »vegan« hinzuzufügen. Jede Kuchenschachtel bekam ein solches Etikett auf die Rückseite geklebt.

Die bestellten Pappboxen trafen zufällig am selben Tag ein wie die erste Sendung Aufkleber, und ich kollabierte beinahe vor lauter Aufregung. Nachdem ich beide Pakete geöffnet hatte, war an Arbeiten kaum noch zu denken. Ich hatte meine Beute ins Lager geschleppt und rief Esther und Finja in einer ruhigen Minute nach hinten, damit sie sich die Kostbarkeiten anschauten.

»Hach, es ist wahnsinnig süß geworden«, hauchte Finja ehrfürchtig und strich mit dem Finger über einen Stapel glänzender Aufkleber. »Das Reh, meine ich. Alle werden es lieben.«

Esther, die neben mir stand, war für ihre Verhältnisse ungewöhnlich still. Erst als Finja zurück ins Café gegangen war, um unsere Gäste nicht zu lange allein zu lassen, brach sie ihr Schweigen. Ihre Augen glänzten verdächtig, was mich überraschte, denn sie war normalerweise nicht sonderlich nah am Wasser gebaut.

»Ich bin so, so stolz auf dich, mein Naschkatzenkind«, sagte sie leise und schniefte. »Das hier, das hast du ganz allein geschafft. Ohne irgendeinen Mann, der dir sagt, was du tun sollst.«

Ich musste ein bisschen lächeln. »Na ja, die Idee stammt ja von …«

Sie fiel mir ins Wort. »Das spielt keine Rolle. Was ist eine Idee denn schon wert, wenn keiner sie umsetzt? Du hast dieses Projekt auf die Beine gestellt, niemand sonst. Wage es nicht, das kleinzureden!«

Ich drückte ihren Arm. »Tue ich nicht. Es ist nur so, na ja, unwirklich irgendwie.«

»Du stehst ja noch ganz am Anfang. Nicht mehr lange, und die Leute reißen dir die Boxen aus den Händen! Das wird dermaßen einschlagen, dass dem Mister aus Köln die Hosen flattern.«

Dass meine Mutter so unerschütterlich an mich glaubte, machte mir Mut. Ich beschloss, den Verkaufsstart meiner Petits Fours auf den kommenden Samstag zu legen. Am Vorabend werkelte ich bis nach Mitternacht in der Küche und bereitete alles vor. Das bedeutete zwar, dass ich den nächsten Tag mit einem Schlafdefizit begann, doch das Adrenalin in meinen Adern hielt mich wach. Im Hofcafé stand ein extra von Wilko und Lenne gebauter Aufsteller aus Holz für die *Kuchenreh*-Boxen bereit, den ich morgens liebevoll mit den ersten sechs frisch gefüllten Pappschachteln bestückte. Wenn man das Café betrat, lief man genau darauf zu – man konnte sie gar nicht übersehen. Dafür sorgte nicht zuletzt ein großes Hinweisschild in einem verschnörkelten Goldrahmen, das Natalie und Svenna klammheimlich bei Maria in Auftrag gegeben und mir geschenkt hatten. Sie hätten mir keine größere Freude machen können.

Ich versuchte, während der Arbeit nicht die ganze Zeit zu dem Aufsteller hinzustarren, tat es aber natürlich doch. Keine halbe Stunde nach Öffnung des Cafés waren schon zwei Exemplare verschwunden, was mich so neugierig machte, dass ich mich wie zufällig in der Nähe des Tresens herumdrückte. Dort stand die alte Frau Oldewurtel, die regelmäßig bei uns ihren *Elfürtje*-Tee trank. Offenbar hatte sie sich von Finja erklären lassen, was es mit den Schachteln auf sich hatte, und war zu dem Entschluss gekommen, gleich zwei davon mitzunehmen. In ihrem breiten Plattdeutsch, das nur die Einheimischen verstanden, ließ sie uns wissen, dass sie über das Wochenende ihre Tochter besuchen wollte und wir ihr gerade das passende Mitbringsel beschert hatten.

»Se kriggt man blot een, de anner snabuleer ik sülvst.« Ihr meckerndes Lachen klang ein bisschen schadenfroh. Ich sah sie im Geiste vor mir, wie sie es sich zu Hause in einem altmodischen Ohrensessel bequem machte, die *Kuchenreh*-Box auf dem Schoß, und genüsslich ein saftiges Petit Four nach dem anderen verdrückte.

Als sie uns mit den bezahlten Schachteln in ihren knorrigen Händen den Rücken kehrte, um sich an ihrem Lieblingstisch auf ein Tässchen Ostfriesentee mit Kluntje und Sahne niederzulassen, wechselten Finja und ich einen Blick.

»Erste Kundin«, flüsterte ich ergriffen.

»Läuft«, wisperte Finja, und grinsend klatschten wir uns ab.

Das Tagesgeschäft nahm allmählich Fahrt auf, und ich hatte zu viel um die Ohren, um den Aufsteller weiter stalken zu können. Doch gerade mal anderthalb Stunden später tippte Finja mir auf die Schulter, während ich einen zuvor voll besetzten Tisch abräumte.

»Ich habe eben die letzte *Kuchenreh*-Schachtel verkauft«, verkündete sie stolz.

»Was? Quatsch. Das kann doch nicht sein!« Ich ließ alles stehen und liegen, um es mit eigenen Augen zu sehen. Tatsächlich – der Aufsteller war leer. Finja hatte das Schild bereits heruntergenommen.

»O Mann, ich fasse es nicht! Das ging ja schnell, wer hätte das gedacht?« So plapperte ich in meiner Aufregung vor mich hin, bevor ich in Richtung Küche stolperte, um diese unglaubliche Neuigkeit mit Esther zu teilen.

»Stell dir vor, alle Kuchenrehe sind verkauft! Nach gerade mal ... warte ... einer Stunde und dreiundfünfzig Minuten. Ich flipp aus, Mama!« Jubelnd hüpfte ich durch die Küche. Esther strahlte über das ganze Gesicht und breitete die Arme aus, und ich sprang hinein wie eine Fünfjährige.

Aneinandergeklammert und gackernd wie zwei aufgeregte Hühner tanzten wir um den großen Anrichtetisch herum, bis uns die Puste ausging.

»Ich hab's dir doch gesagt«, japste Esther. »Niemand kann an süßen bunten Schweinereien vorbeigehen, ohne sie haben zu wollen. Schon gar nicht, wenn *Kuchenreh* draufsteht!«

Es war unschwer zu erkennen, dass sie beinahe platzte vor Stolz.

Abends, als ich ganz allein im Café war und den restlichen gekühlten Biskuitboden vom Vorabend sorgsam zu neuen Petits Fours verarbeitete, ließ ich in Gedanken den Tag Revue passieren. Dass meine Kuchen sich so gut verkauften, war Balsam für meine geschundene Seele. Endlich passierten wieder positive Dinge in meinem Leben; Dinge, die Bestand haben würden, so wie meine Freundschaft mit Natalie und Svenna und natürlich mein neues Baby – mein *Kuchenreh*-Baby. Streng genommen also mein *Kuchenkitz.*

Ich kicherte über meine alberne Wortschöpfung und dachte für eine Sekunde daran, dass sie David sicherlich gefallen hätte. Schlagartig sackte meine Laune in den Keller, und ein erstickendes Gefühl von Verlust presste mir die Brust zusammen. Ich trat einen Schritt zurück und schlug die behandschuhten Hände vors Gesicht, als die Tränen auch schon zu fließen begannen.

Da stand ich und schluchzte vollkommen unkontrolliert. Der, dem ich mehr als jedem anderen von meinem Erfolg hätte erzählen wollen, war nicht mehr da. Einfach weg. Von der Bildfläche verschwunden, ohne jegliche Erklärung.

Als ich am Vorabend völlig überdreht von dem langen Arbeitstag nicht hatte einschlafen können, hatte ich der Versuchung nachgegeben und Davids Website aufgerufen, auf der er seine Dienste als Texter anpries. Die Seite war minimalistisch gehalten und gab fast nichts Persönliches preis außer einem Foto und ein paar knappen Angaben zu seinem Werdegang. Immerhin wusste ich mittlerweile, wie alt er war, nämlich zweiunddreißig.

Es war nicht das erste Mal gewesen, dass ich mich auf seiner Internetpräsenz herumgetrieben hatte in der unsinnigen Hoffnung, einen Hinweis auf die Gründe für sein Verhalten zu entdecken. Was natürlich nie geschehen war. Sein Bild anzuschauen hatte mich jedes Mal vor Schmerz und Sehnsucht nahezu gelähmt, bis ich mich endlich dazu durchgerungen hatte, mehr Selbstschutz zu praktizieren. Seitdem hielt ich mich konsequent von seiner Seite fern, zumindest bis gestern Abend. Nun hatte ich sein Gesicht wieder klar vor Augen, und es traf mich bis ins Mark, dass er mich einfach abgelegt hatte wie ein Kleidungsstück. Gesehen, anprobiert und für nicht passend befunden.

Nein. Ich würde nicht wieder damit anfangen. Durchhänger wie dieser würden mich wahrscheinlich ab und an heimsuchen, aber ich war schon zu weit gekommen, um mich erneut diesem Teufelskreis auszuliefern.

Entschlossen trocknete ich mir mit Küchenpapier das Gesicht, zog ein Paar neue Einweghandschuhe an und arbeitete weiter an meinen Petits Fours. Eines nicht allzu fernen Tages würde vielleicht eine neue Liebe in mein Leben treten; ein Mann, der nicht so wankelmütig war und mehr in mir sah als nur einen kurzen Urlaubsflirt. Bis dahin hatte ich meine Familie und Freunde, das Hofcafé und nun auch mein Kuchenreh, und das waren mehr als genug Gründe, um dankbar zu sein.

Bevor ich die erste Charge Petits Fours hergestellt hatte, war ich ganz naiv davon ausgegangen, jeden Tag ein paar frisch bestückte Schachteln zum Verkauf anbieten zu können. Doch ich fand schnell heraus, dass das reines Wunschdenken gewesen war, denn die Produktion des bunten Gebäcks gestaltete sich als sehr zeitaufwendig. Ich musste schließlich noch meine obligatorischen zwei bis drei Kuchen für das Tagesgeschäft backen und irgendwann auch mal schlafen oder gar nichts tun, sonst würde ich mich innerhalb kürzester Zeit in die totale Erschöpfung manövrieren. Also beschloss ich, mein spezielles Angebot vorerst auf das Wochenende zu beschränken, wenn im Café am meisten Betrieb herrschte. Der Extraverdienst, den die Geschenkboxen uns einbrachten, war zwar nicht zu verachten, doch um das Ganze gewinnbringend auszubauen, brauchten wir mehr Personal. Und das kostete wiederum Geld, sodass sich die Katze an dieser Stelle leider in den Schwanz biss. Aber es schadete ja nichts, ein bisschen zu träumen. Wer wusste schon, was die Zukunft für uns bereithielt?

Obwohl ich mich also vorbildlich um meine Energiereserven kümmerte, war ich am zweiten Wochenende nach dem *Kuchenreh*-Launch rechtschaffen müde. Glücklich und zufrieden zwar, denn die Gebäckboxen gingen im wahrsten Sinne des Wortes weg wie warme Semmeln, aber das ganze Organisieren, Vorbereiten und Backen zehrte doch an meinen Kräften. Am Sonntagabend war ich deshalb froh, dass das Café am Folgetag geschlossen bleiben würde. Montag war traditionell unser Ruhetag, wenn es sich dabei nicht gerade um Ostern oder Pfingsten handelte.

Ich hatte mir schon nachmittags ausgemalt, wie ich nach Feierabend endlich mal wieder ein geruhsames Schaumbad nehmen würde, gefolgt von einem deftigen Mahl und einer ausgiebigen TV-Session im Bett in Gesellschaft von Tom und einem Glas Wein. Vermutlich würde ich nach fünf Minuten einschlafen, aber das wäre auch kein Weltuntergang.

Das heiße Wasser war eine Wohltat und lockerte meine verkrampften Muskeln. Ich blieb eine gute halbe Stunde in der Wanne und gönnte meiner verschrumpelten Haut anschließend eine Extraportion köstlich duftender Körperlotion. Gerade als ich mich in meinen frisch gewaschenen Bademantel wickelte, klingelte es unten an der Tür. Ich fuhr vor Schreck zusammen. Wer um alles in der Welt wollte um diese Uhrzeit noch etwas von mir? Ich erwartete keinen Besuch. Vielleicht hatte eines der Mädels spontan Lust gehabt, ein bisschen zu quatschen? Oder – den Gedanken wagte ich kaum zu Ende zu denken – war irgendetwas passiert?

Ich rannte so, wie ich war, in dicken Socken und Bademantel, die Haare noch ungeföhnt, die Treppe hinunter zur Haustür und riss sie auf. Vor mir auf dem obersten Treppenabsatz stand … Nein, Blödsinn, das konnte nicht sein. Unmöglich. Ich sperrte Augen und Mund auf, was sicherlich nicht sehr vorteilhaft aussah. Doch das vermeintliche Trugbild löste sich nicht in Rauch auf. Vor mir – stand David. David Weiler, der Mann aus Köln, der vor knapp acht Wochen sang- und klanglos aus meinem Leben verschwunden war. Er trug die dick wattierte Jacke, an die ich mich erinnerte, doch alles andere verschwamm in einer Art Nebel, während mein Gehirn verzweifelt versuchte, das Unfassbare zu verarbeiten.

Ich hatte keine Ahnung, wie viel Zeit verstrich, während ich ihn ungläubig anstarrte. Irgendwann lächelte er zaghaft.

»Hi, Toni«, sagte er leise.

Wie bitte? Was hieß hier »Hi, Toni«? Der hatte ja Nerven. Dass er es wagte!

Plötzlich wollte ich ihn schlagen, mit aller Kraft. Ihm um den Hals fallen. Ich – ach, verdammt noch mal.

»Was machst du hier?«, würgte ich schließlich hervor. Meine Kehle war wie zugeschnürt. Vielleicht, weil ich viel lieber *gebrüllt* hätte. Oder geweint.

»Können wir uns, äh, kurz unterhalten? Dann erkläre ich es dir. Tut mir leid, dass ich dich so überfalle.« Sein Blick enthielt eine stumme Bitte.

Obwohl Wut und Groll gerade in mir hochkochten, bemerkte ich, dass er müde aussah. Nein, nicht nur müde, sondern fix und fertig. Sein Gesicht wirkte eingefallen, und er hatte tiefe Ringe unter den Augen. Aber möglicherweise lag es auch nur an der schlechten Außenbeleuchtung, dass er so elend ausschaute. So oder so, was ging es mich noch an?

Als ich mich nicht von der Stelle rührte, fragte er vorsichtig: »Wäre es okay, wenn ich für einen Moment reinkomme? Ich möchte dir ... ein paar Dinge erzählen. Wenn du magst, können wir auch irgendwo eine Kleinigkeit essen gehen.«

Ich holte tief Luft. Das schlug dem Fass ja wohl den Boden aus!

Aber er war noch nicht fertig.

»Ich bin von Köln aus durchgefahren, weil ich morgen früh einen Termin in Norddeich habe. Das Ganze hat sich spontan ergeben, deshalb habe ich mich bis jetzt nicht mal um eine Übernachtungsmöglichkeit gekümmert. Wenn, also, falls euer Hofapartment zufällig noch frei sein sollte, würde ich es gern ab heute Nacht buchen.«

Okay. Ich würde mich jetzt zusammenreißen und diese absurde Situation beenden. Und ich würde dabei nicht ausrasten und nicht heulen. Eine derart emotionale Reaktion meinerseits verdiente dieser unverschämte Kerl nämlich nicht.

»Ich will nicht mit dir essen gehen, David. Ehrlich gesagt will ich nicht mal mehr mit dir reden. Du tauchst hier auf wie der Teufel aus der Kiste, nachdem ich acht Wochen lang nichts von dir gehört habe. *Nichts*, David! Nicht mal eine blöde WhatsApp hast du mir geschrieben, obwohl du meine Nachrichten ja wohl bekommen haben dürftest. Und nein, du kannst nicht in der Waschküche wohnen, weil die schon belegt ist.« Was gar nicht stimmte, aber seine Dreistigkeit trieb mich zur Weißglut. »Wenn es also sonst nichts mehr gibt, wäre ich dir dankbar, wenn du jetzt verschwindest. Gute Nacht.«

Ich machte Anstalten, die Tür zu schließen, doch David war schneller und stellte einen Fuß auf die Schwelle.

»Toni, bitte.« Er klang eindringlich, beinahe flehend. »Ich verstehe, wie seltsam das alles auf dich wirken muss. Gib mir die Möglichkeit, es zu erklären, ja? Wenn du danach immer noch wütend auf mich bist, muss ich damit leben, aber ich gehe hier nicht weg, ohne dass wir miteinander geredet haben.«

»Da muss ich dich enttäuschen, David«, erwiderte ich kalt. »Du kommst zu spät. Ich habe jemanden kennengelernt und keinerlei Interesse mehr an deinen Ausführungen.«

Oh, ich konnte durchaus lügen, wenn es nötig war. Ich wollte ihn loswerden und verspürte gleichzeitig den überwältigenden Wunsch, ihm wehzutun. Er sollte seine eigene Medizin zu schmecken bekommen; den gleichen Schmerz fühlen, der mir wochenlang die Eingeweide zerschnitten hatte. Aber vielleicht irrte ich mich ja auch, und es interessierte ihn nicht im Geringsten, dass ich angeblich neu verliebt war?

# 27

Ich war keine besonders gute Schauspielerin, aber mit dieser Lüge traf ich voll ins Schwarze. Davids fassungsloses Gesicht bescherte mir für wenige Sekunden das süße Gefühl, mich erfolgreich an ihm gerächt zu haben. Doch mein Triumph währte nicht lange. Wie es die meisten Vergeltungsmaßnahmen so an sich hatten, lauerte die Ernüchterung gleich hinter der nächsten Ecke.

Ein beklemmendes Schweigen breitete sich zwischen uns aus. Langsam trat David einen Schritt zurück und gab die Tür frei. Er schien zu überlegen, was er als Nächstes tun sollte. Mit einer solchen Neuigkeit hatte er ganz offensichtlich nicht gerechnet. Wenn er zuvor einen angeschlagenen Eindruck gemacht hatte, so wirkte er nun geradezu verzweifelt. Plötzlich hatte ich ein schlechtes Gewissen und gefiel mir nicht mehr in der Rolle der selbstgerechten Rächerin.

Schließlich sagte er: »Das – das wusste ich nicht, Toni. Dann entschuldige bitte, dass ich hier aufgetaucht bin, und ... alles andere auch. Anscheinend habe ich es gründlich verbockt. Es tut mir wirklich leid.«

Mit diesen Worten wandte er sich zum Gehen.

Während er eilig die Stufen hinuntersprang, als könnte er nicht schnell genug wegkommen, rang die gute mit der bösen Toni.

*Er hat's verdient.*

*Aber du hast gelogen, und er glaubt jetzt, du hast dir sofort einen Neuen gesucht.*

*Soll er doch. Er hat dich geghostet, schon vergessen?*

*Du wirst nie erfahren, warum er es getan hat, wenn du ihn jetzt gehen lässt.*

»David«, sagte ich gerade laut genug, dass er mich hören konnte. Er wurde langsamer, blieb jedoch nicht stehen.

Na schön. Dann eben die Wahrheit. »Ich habe niemanden kennengelernt.«

Jetzt stoppte er und drehte sich langsam zu mir um. »Nicht?«

»Nein.«

Er machte zögernd ein paar Schritte in meine Richtung. Am Fuß der Treppe blieb er stehen, dort, wo ich seine Züge im schwachen Licht der Lampe neben der Haustür gerade noch erkennen konnte.

»Wir treffen uns morgen Mittag um zwölf am Osthafen. Da, wo du beim letzten Mal dein Auto abgestellt hast. Wir laufen eine Runde um den Hafen, und du sagst mir, was du zu sagen hast. Das war's.«

Wir starrten einander an.

»In Ordnung.« Davids Miene hatte sich entspannt. Er schien nicht mal sauer zu sein, dass ich ihn angelogen hatte.

»Gut. Dann gehe ich jetzt wieder rein.«

»Ja, tu das lieber. Du hast ja noch ganz nasse Haare.«

Das war der Moment, in dem ich die Haustür zudrückte. Den fürsorglichen Ton konnte er sich sparen. Der stand ihm nicht zu. Jetzt nicht mehr.

Während ich die Treppe hochstapfte, restlos durcheinander und aufgewühlt, fragte ich mich, wie viel Esther von unserer Unterhaltung wohl mitbekommen hatte. Das alte Haus war hellhörig, und dass es geklingelt hatte, war ihr auf keinen Fall entgangen. Aber im Grunde war es mir egal, was sie von alledem hielt. Ich hatte mehr als genug Stoff zum Nachdenken.

Oben in der Wohnung ging ich erst mal ins Bad und schaltete den Föhn ein. Ich zitterte am ganzen Leib, doch das lag wahrscheinlich nicht nur daran, dass ich einige Minuten lang im Bademantel bei knapp fünf Grad auf dem Treppenabsatz gestanden hatte. Die Wärme und das eintönige Rauschen halfen, meine flatternden Nerven ein wenig zu beruhigen.

Als meine Haare annähernd trocken waren, schleppte ich mich in die Küche und schenkte mir ein großes Glas Rotwein ein, das ich gleich mit ins Bett nahm. Der Appetit und die Lust zu kochen waren mir nachhaltig vergangen, doch um wenigstens etwas im Magen zu haben, stand ich noch einmal auf und griff mir eine Banane aus dem Obstkorb. *Wein mit Banane*, dachte ich ironisch, *was für eine exquisite Kombi!*

Dann lag ich im Bett und versuchte zu begreifen, was sich soeben abgespielt hatte. David. Konnte es wahr sein? Er war wieder da, genauso plötzlich, wie er abgetaucht war. Das alles mutete höchst seltsam an. Ich konnte mir nach wie vor keinen Reim auf sein rätselhaftes Verhalten machen, jetzt noch weniger als vorher. Immerhin standen die Chancen gut, dass ich morgen endlich Antworten auf meine Fragen bekam. Er würde mir einiges erklären müssen. Danach konnte ich hoffentlich endgültig mit ihm abschließen. Was auch immer das für ein Termin sein mochte, der ihn hierhergeführt hatte, er würde bald wieder nach Köln verschwinden, und dann konnte ich mein Leben in Frieden weiterleben. Irgendwann würde er dann nur noch eine ferne Erinnerung sein.

Ja, genau so und nicht anders wollte ich es haben. Ich war nicht so dumm, mich der Überlegung hinzugeben, ob zwischen uns vielleicht alles wieder in Ordnung kommen könnte. Das würde nicht geschehen, und ich hatte auch keine Lust, mich für den Rest des Abends in sinnlosen Spekulationen zu verlieren. Also schaltete ich den Fernseher ein, drehte den Ton leiser und leerte in großen Schlucken das Glas Wein. Es wirkte, denn wider Erwarten schlief ich im Handumdrehen ein. Nur gut, dass ich körperlich so erschöpft war, sonst hätte mein Kopfkino mich am Ende womöglich wachgehalten.

Am nächsten Morgen musste ich wie üblich die Schafe füttern und war deshalb früh auf den Beinen. Erstaunlicherweise fühlte ich mich einigermaßen ausgeruht und war nicht mal sonderlich nervös, auch wenn sich das blitzschnell ändern konnte.

Bis es Zeit war, in Richtung Osthafen aufzubrechen, sorgte ich dafür, dass ich Beschäftigung hatte. Ursprünglich war mein Plan gewesen, den Tag geruhsam anzugehen und überwiegend im Bett zu bleiben und zu lesen. Kein Backen und auch sonst nichts Produktives, so schwer es mir auch fallen mochte. Stattdessen putzte ich meine Wohnung und fuhr einkaufen, um meine Grundvorräte aufzustocken. Und dann war es auch schon Viertel vor zwölf, und ich machte mich auf den Weg zu meinem Treffen mit David.

Wie bizarr das klang! »Mein Treffen mit David« – haha. Ich konnte nur hoffen, dass es mir nicht so erging wie an Neujahr mit Massimo und ich die Beherrschung verlor. Zugegebenermaßen hatte sich in den letzten Wochen einiges an Wut und Frustration in mir angestaut. Es bestand durchaus die Gefahr, dass David die geballte Ladung abbekam.

Entgegen meiner Gewohnheit fuhr ich mit dem Auto. Ich wollte in der Lage sein, blitzschnell die Flucht zu ergreifen, falls unser Gespräch aus dem Ruder lief. Außerdem herrschte für meinen Geschmack noch immer kein passendes Radelwetter. Es war zwar bereits Ende Februar, aber die Temperaturen hielten sich hartnäckig im einstelligen Bereich, und bei sturmartigen Böen machte Fahrradfahren einfach keinen Spaß. Der Frühling schien nach wie vor weit entfernt, selbst wenn sich heute schon zaghaft die Sonne gezeigt hatte.

Ich war ein paar Minuten zu früh dran, doch David war noch schneller gewesen. Ich erkannte den goldgelben Beetle sofort, als ich auf der Suche nach einem Parkplatz langsam am Hafenbecken entlangfuhr. David selbst konnte ich nirgendwo entdecken, doch nur für den Fall, dass er mich beobachtete, ließ ich meinen Wagen demonstrativ ein ganzes Stück weiterrollen, ehe ich parkte und ausstieg. Wenigstens hatte sich meine zwischenzeitliche Befürchtung, er würde gar nicht erst auftauchen, sondern mich neuerlich versetzen, nicht bewahrheitet.

Ich hatte mich absichtlich nicht sonderlich zurechtgemacht, sondern mir meine obligatorischen »Outdoor-Zöpfe« geflochten und eine dicke Mütze über die Ohren gezogen. Außer Wimperntusche trug ich keinerlei Make-up. In Jeans, Mantel und Winterstiefeln war ich zwar passend für einen Spaziergang gerüstet, doch einen Schönheitspreis würde ich damit nicht gewinnen.

Ich lief ein paar Schritte und sah David hinter seinem Auto auftauchen. Es traf mich wie ein Dolchstich in die Brust, wie er so dastand und mir abwartend entgegenblickte. Verdammt noch mal! Ich hatte nicht damit gerechnet, dass unser Wiedersehen mir derart zusetzen würde. Plötzlich musste ich heftig schlucken und die Tränen zurückdrängen, die hinter meinen Lidern brannten. Warum reagierte ich immer noch so stark auf ihn? Das durfte doch nicht wahr sein!

*Atmen,* befahl ich mir, *atme, Toni, und krieg dein dämliches Fangirling in den Griff. Jetzt ist nicht der Moment, um rührselig zu werden.*

»Toni, hey.« Sein Lächeln war nur eine vorsichtige Andeutung. »Cool, dass du da bist. Ich war mir ehrlich gesagt nicht sicher, ob du kommen würdest.«

Damit hatte er sich schon in die Nesseln gesetzt.

»Oh, ich halte meine Versprechen«, parierte ich kühl, noch ehe ich mir auf die Zunge beißen konnte. Na super. Das ließ sich ja vielversprechend an.

David schloss für eine Sekunde die Augen. Als er sie wieder öffnete, sah er traurig aus. »Ja. Das tust du ganz sicher. Ich weiß auch, dass ich dir eine Menge Erklärungen schulde.

Die bekommst du jetzt. Aber bevor wir loslaufen – hast du was dagegen, wenn wir Elsa mitnehmen?«

»Elsa? Ist sie hier?« Ich hatte gar nicht mehr an die Hündin gedacht, doch allein die Vorstellung, sie wiederzusehen, verbesserte meine Laune schlagartig um ungefähr neunzig Prozent.

»Äh, ja. Ich habe mich nicht getraut, sie allein im Hotel zu lassen. Sie kann aber auch im Auto bleiben.«

»Nein, nein, sie soll mitkommen.«

Als das schlaksige hellbraune Tier – das gar nicht mehr so schlaksig war, wie ich es in Erinnerung hatte – lässig aus dem Wagen hüpfte, ging ich in die Hocke.

»Elsa-Kind«, lockte ich sie. »Kennst du mich noch? Tofu-Burger und so?«

Sie stutzte, als sie meine Stimme hörte, und legte für eine Sekunde den Kopf schief. Dann flogen ihre Ohren zurück, und sie sprang freudig auf mich zu.

Da passierte es. Während ich den süßen, dummen Hund an mich drückte, der sich vor Begeisterung wand wie ein Aal und japsend versuchte, mein Gesicht abzulecken, flossen die Tränen über meine Wangen wie Sturzbäche. Ich war machtlos dagegen. Elsa hatte alle meine Schutzbarrieren mit einem Schwanzwedeln eingerissen und mich meinen Emotionen zum Fraß vorgeworfen. Tja, und da kniete ich nun auf dem kalten Asphalt und weinte in ihr Fell. Mir war nicht bewusst gewesen, wie sehr sie mir in der kurzen Zeit um Weihnachten ans Herz gewachsen war. Nun wurde mir klar, dass meine Freude über unser Wiedersehen mindestens so groß war wie ihre, und das machte es irgendwie noch schlimmer.

Am Ende rettete mich David. »Elsa, komm schon, reiß Toni nicht um«, mahnte er sanft und zog die zappelnde Hündin am Geschirr ein Stück zurück, sodass ich aufstehen und verstohlen mein Gesicht trocknen konnte.

»Scheiße«, murmelte ich und suchte in den Taschen meines Mantels vergeblich nach einem Taschentuch. Was immer mich heute noch erwartete, ich war jetzt schon fix und fertig und bereit zu kapitulieren. War doch sowieso alles egal.

Da drückte David mir eine Packung Papiertaschentücher in die Hand. »Bist du okay?«, wollte er wissen.

»Klar. Geht gleich wieder.« Dass meine Würde ziemlich angekratzt war, konnte er sich wahrscheinlich denken. »Lass uns einfach losgehen.«

»Warte kurz«, meinte David. »Ich verfrachte Elsa wieder ins Auto. Wenn sie so aufgeregt ist, geht sie nicht ruhig an der Leine, und wir können uns nicht vernünftig unterhalten. Und das würde ich schon gern tun.«

»Oh ... Okay.« Ich war nicht sicher, ob mir die plötzliche Planänderung gefiel, doch schließlich war es sein Hund, also bestimmte er die Regeln. Insgeheim hoffte ich, mich später noch von Elsa verabschieden zu können – das hieß, falls ihr Herrchen und ich uns nicht vollends in die Haare gerieten. Die Möglichkeit bestand durchaus.

Die ersten Meter legten wir schweigend zurück. David wollte mir anscheinend die Gelegenheit geben, mich wieder zu sammeln, und wider Willen war ich ihm dankbar. Mittlerweile wusste ich auch, dass es gestern Abend nicht die dürftige Beleuchtung gewesen war, die ihn hatte aussehen lassen wie einen blutleeren Vampir. Während wir in einigem Abstand nebeneinander hergingen, konnte ich erkennen, dass er ein paar Kilo abgenommen hatte, dabei war er vorher auch schon schlank gewesen. Sein Gesicht wirkte hager, die Augen lagen in tiefen Höhlen. Der ganze Mann machte einen völlig erschöpften Eindruck. Allmählich begann ich mich zu fragen, was ihm in den vergangenen acht Wochen widerfahren war, das ihm so zugesetzt hatte. Mich beschlich die bange Ahnung, dass vielleicht alles *ganz anders* gewesen war, als ich es mir überhaupt vorstellen konnte.

Doch noch war ich nicht bereit, mich nach seinem totalen Kontaktabbruch auch nur ansatzweise versöhnlich zu zeigen. Selbst wenn Elsa mich gerade, nun ja, ein wenig weichgeklopft hatte.

»Also«, sagte ich schließlich, um das Schweigen nicht unnötig in die Länge zu ziehen. »Du wolltest mit mir reden. Dann leg los. Auch wenn ich wünschte, es wäre nicht so, würde ich doch gern erfahren, warum du nach deiner Abreise ohne Erklärung abgetaucht bist.«

Oh oh. Ich merkte, wie die Mattigkeit, die mein emotionaler Ausbruch hinterlassen hatte, dem vertrauten Gefühl von Ärger und Bitterkeit Platz machte. Zwei ungebetene Begleiter, die ich nicht so schnell loswurde. Es war wohl besser, wenn ich erst mal den Mund hielt und David das Wort überließ.

Er blickte mich von der Seite an, als wollte er meine Stimmung ausloten. Die sicherlich nicht allzu schwer zu erraten war.

»Verstehe. Würde mir nicht anders gehen.« Er holte tief Luft, als müsste er sich wappnen, für was auch immer. »Offen gestanden habe ich keinen blassen Schimmer, wo ich anfangen soll, aber vielleicht zuerst mit der guten Nachricht: Meine Scheidung ist offiziell durch. Seit letzter Woche, um genau zu sein. Am Ende ging plötzlich alles rasend schnell. Nur der Weg dahin war … mühselig.«

Er fuhr sich mit der Hand durch die Haare. Eine Geste, an die ich mich erinnerte. Er tat das, wenn er unsicher war, und gerade schien er den Faden verloren zu haben.

»Erzähl mir doch einfach, was passiert ist, nachdem du wieder zu Hause angekommen warst«, schlug ich vor, um ihm auf die Sprünge zu helfen.

»Gute Idee. Das Drama ging im Prinzip schon mit meiner Ankunft in Köln los. Eigentlich wollte ich ganz entspannt ein Stück mit dem Hund laufen, meine Sachen auspacken und mich dann an den Job für den wichtigen Kunden setzen, von dem ich dir erzählt hatte. Vorher habe ich noch meine Post durchgesehen, und damit nahm das Unglück quasi seinen Lauf.«

# 28

David verstummte erneut und ließ seinen Blick in die Ferne schweifen. Wir hatten den Hafen hinter uns gelassen und liefen auf den Deich zu. Vor uns gabelte sich der Weg und führte links auf den Vogelpfad Ostermarsch, von dem man eine tolle Aussicht über die Salzwiesen bis hin zur Insel Norderney hatte, wenn das Wetter es erlaubte. Doch für so etwas hatte ich im Moment keinen Kopf.

»Weiter«, verlangte ich, mühsam meine Ungeduld zügelnd.

»Ich hatte ein Schreiben von einem Notar bekommen, den ich nicht kannte. Melanie wollte ursprünglich für uns beide ihre Anwältin mit der Scheidungsabwicklung beauftragen, doch wie ich bald herausgefunden habe, war das zu dem Zeitpunkt längst Schnee von gestern. Melanies Familie hatte ihr über Weihnachten einige Flöhe ins Ohr gesetzt ... Dass sie auf ihr Geld aufpassen müsse und zusehen solle, dass ich sie nicht auf Unterhalt verklage und ähnlichen Schwachsinn. Sie hatten sie so kirre gemacht, allen voran ihr aktueller Lover, dass sie sich gleich nach Weihnachten einen anderen Anwalt genommen hat. Der natürlich ganz zufällig der beste Kumpel von ihrem neuen Freund ist, man höre und staune!« David sah mich mit hochgezogenen Augenbrauen an, und mir schwante Böses.

Während wir in den Vogelpfad einbogen, erkundigte ich mich: »Was stand in dem Schreiben?«

»Viel Blabla. Letzten Endes wurde ich dazu aufgefordert, den beiliegenden Entwurf einer Scheidungsfolgenvereinbarung zu prüfen, die rückwirkend unsere Gütertrennung regelt und den Versorgungsausgleich ausschließt. Einen Ehevertrag hatten wir nämlich bis dato nicht.«

Ich verstand zwar nicht ganz genau, was das im Einzelnen bedeutete, aber ich begriff sofort, dass Davids Ex mit diesem Vorgehen einen Vertrauensbruch begangen hatte. »Wow. Und sie hat dich vorher nicht informiert, dass sie das wollte?«

»Mit keinem Wort! Ich stand da mit diesem blöden Brief in der Hand und war wie vor den Kopf geschlagen. Dann habe ich sie angerufen und gefragt, was zur Hölle in sie gefahren ist. Wir waren uns immer einig, dass wir unsere Scheidung möglichst unkompliziert und einvernehmlich regeln. Aber plötzlich hatte ich den Eindruck, mit einer völlig Fremden zu sprechen. Ich weiß nicht, es war, als – als hätte man ihr das Gehirn gewaschen.«

»War sie schon immer so leicht zu beeinflussen?«

»Nein, normalerweise nicht. Im Gegenteil. Das hat das Ganze noch merkwürdiger gemacht. Wir haben uns dann so richtig böse gezofft. Ich wollte nur, dass sie mich in Ruhe lässt, aber ich habe das Gegenteil erreicht. Ab da hat sie mir WhatsApp-Nachrichten geschrieben, eine fieser als die andere. Mir war nicht mal klar, was sie von mir wollte, außer mich zu beschimpfen. Ich habe versucht, sie zu ignorieren und mich stattdessen auf die Arbeit zu konzentrieren. Schließlich ging es um einen meiner wichtigsten Kunden, da konnte ich mir keinen Schnitzer erlauben.«

Okay, soweit konnte ich ihm folgen. Er hatte unter Druck gestanden und musste den Job fertig bekommen, und das mit einer unberechenbaren Ex im Nacken.

»Und wie ging es dann weiter?«

»Am nächsten Tag, also Silvester, hatte ich zig Texte und mehrere verpasste Anrufe auf dem Handy. Das war schon ziemlich spooky. Ich war immer noch fest entschlossen, nicht darauf einzugehen, habe aber halb damit gerechnet, dass sie irgendwann vor meiner Tür steht. Was zum Glück nicht passiert ist. Bis nachmittags habe ich gearbeitet, dann war ich mit den Nerven am Ende. Ich habe die Feier abgesagt, zu der ich am Abend eingeladen war, habe eine große Runde mit Elsa gedreht und mich dann mit ihr zu Hause verbarrikadiert. Wir haben vor der Glotze gelegen, ich habe mir ein paar Gläser Whisky genehmigt und bin gegen neun total besoffen eingeschlafen. Das war mein Jahreswechsel. Ich hoffe, deiner war besser.«

»Hm ... Ja, schon. Wir hatten eine Menge Spaß. Hast du meine Whatsapp an Neujahr gelesen? Und die Mail, die ich dir als Antwort auf deine Karte geschrieben habe?« Ich musste das endlich wissen. Aus irgendeinem Grund hatte es mich am meisten geschmerzt, dass er auf meine persönlichen Worte nicht reagiert hatte.

David blieb stehen und sah mich an. Er wirkte niedergeschlagen. »Ja, habe ich. Und ich hatte absolut vor, sie in der nächsten ruhigen Minute zu beantworten.«

»Aber?«

»Warte mal. Wollen wir uns da kurz unterstellen? Sonst sind wir in ein paar Minuten klitschnass.«

Er wies auf die Vogelbeobachtungsstation, ein kleines Holzhäuschen ein paar Schritte oberhalb des Pfades, auf dem wir standen. Ich hatte gar nicht richtig mitbekommen, dass es angefangen hatte zu regnen. Doch da aus dem Nieseln gerade dicke Tropfen wurden, hielt ich die Idee für gut.

Glücklicherweise war die Station menschenleer, sonst hätten wir unsere Unterhaltung vertagen müssen. Es war angenehm ruhig und trocken in dem auf halber Höhe verglasten Raum, nur der Regen trommelte rhythmisch gegen die Scheiben.

»Also.« Ich ließ nicht locker. »Was ist passiert, dass ich nichts von dir gehört habe?«

»Meine Ex ist passiert, Toni. Die ganze Scheiße ist aus dem Ruder gelaufen. An Neujahr habe ich Melanie auf

WhatsApp blockiert, es war nicht mehr zu ertragen. Da hat sie sich auf SMS verlegt und bis zum späten Abend versucht, mich anzurufen, bis ich irgendwann genug hatte und drangegangen bin. Das Gespräch hat damit geendet, dass sie völlig durchgedreht ist und mir gedroht hat, mich fertigzumachen. Am nächsten Tag habe ich mir eine neue Handynummer zugelegt.«

»Oh.« Ich war ehrlich betroffen. Das klang bitterernst.

Wir standen in gebührendem Abstand zueinander vor der Fensterfront, die zu den Salzwiesen und der Nordsee zeigte. Ich achtete darauf, dass er mir nicht zu nahe kam. Ich fühlte mich noch zu zerbrechlich, zu verletzt. Dennoch fiel mir auf, wie blass und angespannt er war, und mich beschlich der düstere Verdacht, dass das nicht alles gewesen sein konnte.

»Und das war erst der Anfang, Toni«, fuhr er fort, als hätte er meine Gedanken gelesen. »Ich erspare dir die blutigen Details, aber im Laufe des Januars hatte ich mehr und mehr das Gefühl, in einen Albtraum abzudriften und die Kontrolle über mein Leben zu verlieren. Es ging nämlich damit weiter, dass mein Kunde um ein Haar abgesprungen wäre, weil ich die Präsentation versiebt habe. Ich war mit dem Kopf einfach woanders. Dann hat mich ein weiteres Schreiben erreicht, diesmal von Melanies neuem Anwalt. Und zu guter Letzt hat sich das Finanzamt bei mir gemeldet und eine Betriebsprüfung angekündigt. Ha! Das Timing hätte nicht besser sein können.« Er schnaubte ironisch.

»Augenblick – was? Wieso das Finanzamt? War das ein Zufall? Und was stand in dem Brief des Anwalts?«

David wandte sich mir zu und musterte mich, als sähe er mich zum ersten Mal. Sein Blick war unergründlich. »Willst du das wirklich alles wissen?«

»Natürlich«, erwiderte ich fest, auch wenn ich mich nicht halb so sicher fühlte, wie ich auftrat. Aber ich wollte Antworten, wollte endlich erfahren, warum er sich mir gegenüber so verhalten hatte.

»In dem Brief stand, dass ich eine Schutzgebühr zu zahlen hätte, bevor Mary in meinen Besitz übergeht, und mich vertraglich verpflichten müsse, Melanie zu informieren, wenn ich einen Stallwechsel plane, blablabla ... Ich wäre beinahe ausgerastet, als ich das gelesen habe.«

»Aber – aber du übernimmst ihr Pferd doch aus reiner Nettigkeit, damit es nicht in falsche Hände gerät oder entsorgt wird«, stotterte ich. »Weil *sie* es loswerden will. Wie kann sie denn da überhaupt irgendetwas von dir verlangen?«

»Es ging ihr nicht um Mary, sondern um Kontrolle. Um Macht.«

Ich schloss die Augen und holte tief Luft. Was für ein widerwärtiger Schachzug. Das ließ wirklich tief blicken.

»Und warum stand plötzlich noch eine Betriebsprüfung an?« Mittlerweile war mir klar, warum David so erschöpft aussah. Mich machte allein das Zuhören fix und fertig.

»Tja, das habe ich mich auch gefragt. Ich war zu dem Zeitpunkt schon richtiggehend paranoid und habe mir eingebildet, Melanie hätte mir das Finanzamt auf den Hals gehetzt, aber die haben mir versichert, dass ich nach dem Zufallsprinzip ausgewählt worden war. Ob das stimmt, werde ich nie erfahren. Ich hatte im Prinzip auch keinen Grund, mir Sorgen zu machen, aber ich konnte nicht mehr klar denken und habe mich schon mit einem Bein im Knast gesehen. In den zwei Wochen bis zu dem Termin habe ich wie ein Irrer immer wieder meine Buchführung überprüft, bis spät in die Nacht hinein. Nebenbei musste ich auch noch arbeiten und Geld verdienen. Ehrlich, so eine Phase will ich nie wieder durchmachen. Das waren die beschissensten Tage meines Lebens.«

*Meine auch,* dachte ich.

»Wie ist es denn am Ende ausgegangen? Du hast vorhin gesagt, du seist jetzt offiziell geschieden, und ins Gefängnis hat dich ja offenbar auch niemand gesteckt.«

David lächelte, wenn auch verhalten. Immerhin. Seit wir die vergangenen acht Wochen auf den Seziertisch gelegt hatten, hatte er noch nicht ein einziges Mal den Mund verzogen.

»Der Prüfer hat keinen Grund zur Beanstandung gefunden. Als das durchgestanden war, konnte ich endlich wieder atmen. Und vor allem *denken*. Ich habe mich einen Tag später mit Melanie getroffen und ihr gesagt, dass ich die Scheidungsfolgenvereinbarung unterschreiben würde, wenn ich im Gegenzug nie wieder etwas von ihr höre oder sehe. Und dass ich nach wie vor bereit wäre, Mary bis an ihr Lebensende zu übernehmen, aber ebenfalls nur unter der Bedingung, dass sie mich und das Pferd danach in Ruhe lässt. Die Schutzgebühr und irgendwelche Knebelverträge sollte sie sich sonst wohin stecken.« Davids Gesicht hatte sich wieder verschlossen. »Anscheinend hat sie gemerkt, dass es mir ernst war, denn sie hat angefangen zu heulen und behauptet, dass ihr das alles längst über den Kopf gewachsen sei. Sie habe einen Nervenzusammenbruch gehabt, sei auf Antidepressiva und stehe bei einem Therapeuten auf der Warteliste. Ich hatte mir etwas Ähnliches schon zusammengereimt, denn so, wie sie sich benommen hat, musste einiges im Argen liegen. Jedenfalls hat sie ihre Forderungen wegen Mary ein paar Tage später offiziell zurückgenommen, wir haben die Vereinbarung über die Scheidungsfolgen unterschrieben, und dann ging plötzlich alles ruckzuck.«

Unsere Blicke trafen sich. David nickte mir ganz leicht zu, was wohl bedeuten sollte, dass er nichts mehr hinzuzufügen hatte. Auch ich schwieg. So viele Worte, die sich erst setzen mussten.

Eine Minute lang schauten wir einfach nur stumm aus dem Fenster auf die Nordsee, die in der Ferne mit dem bleiernen Himmel verschmolz. Es regnete noch immer. David rührte sich nicht, doch ich ahnte, dass er auf eine Reaktion von mir wartete, jetzt, wo er seine Geschichte erzählt hatte.

Ich wusste nicht so recht, was ich denken oder sagen sollte. Um ehrlich zu sein, hätte ich einen Moment für mich allein gut gebrauchen können, um meine Gedanken zu ordnen.

»Wie geht es dir jetzt?«, erkundigte ich mich schließlich.

»Seit letzter Woche jeden Tag besser. Ich bin endlich die Last los, die ich lange mit mir rumgeschleppt habe, das ist ein Wahnsinnsgefühl. Aber offen gestanden ... wüsste ich im Augenblick lieber, wie es *dir* geht.«

»Mit dem, was ich nun weiß? Hm. Gute Frage. Ich muss erst eine Weile über alles nachdenken, schätze ich, aber das Ganze klingt schon ziemlich heftig. Ich kann nachvollziehen, wie viel Kraft es dich gekostet haben muss, das durchzustehen. Und dass du Existenzangst hattest. Ich hätte wahrscheinlich überhaupt nicht mehr geschlafen! Aber was mir einfach nicht in den Kopf will: Warum hast du die ganze Zeit kein Sterbenswörtchen mit mir geredet? Nicht ein einziges Mal Kontakt aufgenommen? Eine simple Nachricht, dass du gerade die Schergen der Hölle am Hals hast, hätte so viel geändert! Du hättest mir ja nicht mal Einzelheiten verraten müssen ...«

»Ich wollte dich nicht mit reinziehen in diesen ganzen Mist«, erwiderte er schlicht.

Sollte das ein Witz sein? Dachte er etwa, ich würde mich mit solch einer Plattitüde zufriedengeben? Anscheinend hatte er noch immer nicht verstanden, was er angerichtet hatte, Scheidungsdrama hin oder her.

»Ach, ist das so?«, fragte ich spitz. »Stattdessen hast du mich lieber geghostet, ja? So nennt man das nämlich heutzutage.«

»Ich habe dich nicht geghostet.« Geradezu schockiert starrte er mich an.

Da platzte mir der Kragen.

»Und ob du das hast!«, brüllte ich so laut, dass ich mich selbst erschreckte. »Wie würdest du es sonst nennen, wenn jemand sich ohne ein Wort der Erklärung in Luft auflöst?

Nicht auf Nachrichten reagiert und sich auch sonst nicht mehr meldet? Verrate mir, was das ist, wenn nicht lupenreines, beschissenes GHOSTING!«

Ich fühlte, wie mein Gesicht glühte. Wilko hatte einmal behauptet, dass ich aussähe wie ein Racheengel, wenn ich so richtig wütend war, und mir dann sogar die Haare zu Berge stünden, als wären sie elektrisch aufgeladen. Ehrlich gesagt hätte es mich heute nicht gewundert, wenn meine Augen flüssige Lava versprüht hätten. Wahrscheinlich handelte es sich aber eher um Tränen der Wut und Enttäuschung.

»Toni. Ich wollte nicht, dass das mit uns so anfängt. Du wärst Zeugin dieser Schlammschlacht geworden, und das hätte alles ... verfälscht. Deshalb habe ich dich da rausgehalten, auch wenn das bedeutet hat, dass ich mich komplett zurückziehen und totstellen musste. Ich habe den Gedanken gehasst, dass du was von diesem Dreck abbekommst, verstehst du? Ich will für uns einen sauberen Anfang. Nichts Vorbelastetes, das uns später wieder einholt.«

»Vielleicht hättest du mich an dieser Entscheidung teilhaben lassen sollen, meinst du nicht? Ich hätte das abgekonnt. Und ich hätte dir beistehen können.«

»Das ist es ja gerade. Ich – ich habe dich über Weihnachten ein bisschen kennengelernt. Dein großes Herz, deine Hilfsbereitschaft.« Er blickte mich so liebevoll an, dass es mir die Brust zusammenzog. »Ich habe nie daran gezweifelt, dass du mir zur Seite gestanden hättest. Gerade weil du ein Mensch bist, der keine halben Sachen macht. Genau das wollte ich verhindern. Ich musste das *allein* zu Ende bringen, ein für alle Mal. Mich frei machen von der Vergangenheit.«

»David, verfluchte Scheiße.« Ich konnte nicht anders, als Kraftausdrücke zu gebrauchen, weil ich ihn sonst wahrscheinlich geschüttelt hätte. Was war das bloß für ein Ding mit diesem Männerego? *Ich musste das allein zu Ende bringen.* Wo lebten wir denn, in einem James-Bond-Film?

»Selbst wenn du mich nicht in diese – diese *Geschichte* mit reinziehen wolltest, hättest du mir doch wenigstens Bescheid geben können, oder? Ein klitzekleines Lebenszeichen hätte gereicht. Nur ein paar Worte oder ein Anruf, dass du ein paar Dinge regeln musst und dich danach wieder meldest. Dann hätte ich nicht so in der Luft gehangen. Mir nicht wochenlang den Kopf zerbrochen und mich gefühlt wie die letzte Idiotin, die es nicht mal wert ist, dass man ihr mitteilt, wenn man nichts mehr mit ihr zu tun haben will.« Ich merkte, wie ich mich in Rage redete, und versuchte mich zu bremsen. Die Tränen brannten schon wieder hinter meinen Lidern, aber ich wollte mir nicht die Blöße geben und zum zweiten Mal an diesem Tag heulen. Nicht vor ihm.

»Ich ... Was? Das hast du geglaubt? Dass ich nichts mehr mit dir zu tun haben will? O Mann. Scheiße. Wenn ich geahnt hätte, dass es so bei dir ankommt ...«

Ich schniefte und fuhr mir mit dem Ärmel über die Nase. »Was hätte ich denn deiner Meinung nach denken sollen, nachdem du Knall auf Fall von der Bildfläche verschwunden warst? Dass du aus lauter Liebe und Ehrfurcht vor mir ein Schweigegelübde abgelegt hast, oder was?«

David wirkte fassungslos, aber zugleich auch ein bisschen belustigt, wofür ich ihm am liebsten eine runtergehauen hätte. Er machte einen Schritt auf mich zu.

»Toni. Toni! Sieh mich an.« Er besaß tatsächlich die Dreistigkeit, mich – wenn auch sehr behutsam – an den Oberarmen festzuhalten, als ich vor ihm zurückwich. Wütend befreite ich mich aus seinem Griff und funkelte ihn an, sodass er abrupt stehenblieb.

»Toni. Hast du überhaupt eine Ahnung, wie sehr – wie oft ich an dich gedacht habe, während ich in den letzten Wochen durch diese Mutter aller Albträume getorkelt bin? Manchmal hat mich allein der Gedanke aufrecht gehalten, dass das alles bald vorbei ist und dann endlich nichts mehr zwischen uns beiden steht. Du bist doch schon so viel für mich. *So. Viel.* Auch wenn ich mich verhalten habe wie der größte Schwachkopf auf Erden. Das wird mir jetzt erst richtig klar. Ich habe wohl irgendwie vorausgesetzt, dass du Gedanken lesen kannst oder so was. Was natürlich Blödsinn ist.« Er räusperte sich und fuhr ein wenig leiser fort: »Erinnerst du dich, als du Heiligabend an meine Tür geklopft hast? Das war für mich wie ein – ein Erwachen. Mein ganz persönliches Weihnachtswunder. Du hast ausgesehen, als wärst du dem Gemälde eines alten Meisters entstiegen. Ich konnte mich den ganzen Abend nicht sattsehen an dir. Dein wunderschönes Gesicht, die grünen Augen ... Wahrscheinlich habe ich dich zeitweise angestarrt, als wäre ich debil.«

Er lachte verlegen und drehte den Kopf zur Seite. *Wurde er etwa rot?*

»Ehrlich gesagt habe ich es zuerst für eine extrem schlechte Idee gehalten, mich ausgerechnet in der Scheidungsphase neu zu verlieben. Aber dann hast du Elsa gerettet. Ich meine, es war mitten in der Nacht, und auf einmal hast du wieder vor meiner Tür gestanden, nur diesmal mit dem Hund im Schlepptau! In dem Moment habe ich mir geschworen, dass ich alles tun würde, um irgendwann mit dir zusammen zu sein. Stattdessen stoße ich dich so vor den Kopf. Das muss man erst mal hinkriegen.«

# 29

Ich stand wenige Schritte von ihm entfernt und hielt die Arme vor der Brust verschränkt. Der Drang herumzuwüten hatte nachgelassen, aber meine Ohren funktionierten nicht mehr richtig. Ich hörte alles, was David sagte, aber es berührte mich nicht so, wie es das vor zwei Monaten noch getan hätte. Mein Kopf war wie mit Watte verstopft. Wenn das, was er für mich zu empfinden behauptete, der Wahrheit entsprach, hätte ihm daran liegen sollen, dass ich Bescheid wusste. Ihm musste doch klar gewesen sein, wie sehr sein Schweigen mich verwirren und verletzen würde. Dieses »Ich musste das allein schaffen« war vollkommen bescheuert. Falsch verstandener Heldenmut, oder ein fehlgeleiteter Beschützerinstinkt – wie auch immer man das nennen sollte.

Hätte er sich auch so verhalten, wenn wir zusammengekommen wären? Hätte er mich mit weiteren Alleingängen dieser Art in den Wahnsinn getrieben? Ich würde es nie erfahren. Vielleicht war es sogar gut, dass das mit uns gar nicht erst richtig angelaufen war. Unter Umständen hatte ich mir einigen Schmerz erspart. Die vergangenen acht Wochen hatten meinen Bedarf an Seelenqualen für lange Zeit gedeckt.

Plötzlich fiel mir auf, dass David mich beobachtete. Genauer gesagt musterte er mich, als würde es ihm Sorgen bereiten, dass ich nicht die versöhnliche Reaktion zeigte, auf die er gehofft hatte.

»Du glaubst mir kein Wort«, meinte er schließlich. Fairerweise musste ich zugeben, dass er ehrlich bedrückt wirkte.

»Es geht nicht darum, dass ich dir nicht glaube«, stellte ich richtig. »Sondern darum, dass ich dir nicht mehr vertraue. Woher weiß ich, dass du beim nächsten Problem nicht wieder auf Tauchstation gehst, um es allein zu bewältigen? So funktionieren Beziehungen nicht, David. Nicht mal Freundschaften tun das. Du kannst nicht einfach für den anderen entscheiden, dass es ihn nichts angeht, und dich dann ohne ein Wort in Luft auflösen. So etwas machst du mit mir genau einmal, dann bin ich weg.«

Er schwieg einen Moment, während er über meine Worte nachdachte. Es war eine bittere Pille, die ich ihm zu schlucken gab, und er schien nicht sicher zu sein, ob er sie hinunterwürgen sollte. Immerhin spuckte er sie mir nicht sofort vor die Füße.

»Du hast recht.« Es fiel ihm sichtlich schwer, den Satz auszusprechen. »So was ist nicht in Ordnung. Blöderweise begreife ich das erst jetzt. Ich dachte die ganze Zeit, ich tue uns – dir – einen Gefallen, wenn ich das still für mich regle und so lange meinen Mund halte. Und auch, wenn ich es nicht gern zugebe ... Ich war, na ja, überfordert. Mit der Situation. Mich einzuigeln erschien mir wie die einzige Möglichkeit, das Chaos halbwegs heil zu überstehen. Aber mich nicht bei dir zu melden war ein Fehler. Ein Riesenfehler. Ich weiß nicht, ob es überhaupt noch hilft, wenn ich dir sage, wie leid es mir tut, aber bitte glaub mir wenigstens, dass ich nie vorhatte, dich zu ghosten. Niemals.«

»Ja. Das habe ich nun verstanden.« Ich schaffte es einfach nicht, mich freundlicher auszudrücken. Meine Schmerzgrenze war erreicht. Nein, sie war längst überschritten. Ich fühlte mich erschöpft und ausgelaugt und wollte nach Hause.

»Okay. Dann bin ich froh.« David klang ganz und gar nicht *froh*. Es war offensichtlich, dass mein Mangel an Begeisterung ihm zusetzte. Wahrscheinlich zögerte er deswegen, ehe er fortfuhr. »Da ist noch was, Toni ... Der Termin, den ich heute Morgen hatte. Das war eine Wohnungsbesichtigung.«

»Eine Wohnungsbesichtigung?«, wiederholte ich dümmlich.

»Genau, in Norddeich. Morgen habe ich noch zwei weitere. Ich habe mich dazu entschlossen, Köln zu verlassen und mit Hund und Pferd hierher zu ziehen. Und bevor du fragst, wie ich darauf komme – es war letzten Endes eine Bauchentscheidung. Schon vor dem Weihnachtsurlaub hat es in mir rumort. Ich habe ewig darauf rumgedacht, ob Großstadt noch mein Ding ist oder ob ich bloß aus Gewohnheit und Bequemlichkeit in Köln bleibe.« Nervös fuhr er sich durch die Haare, die dem stürmischen Wetter trotzten und wie üblich perfekt saßen. Schon seltsam, dass mir das in meinem momentanen Zustand überhaupt auffiel. »Es hat mich immer gereizt, am Meer zu leben, und nach all dem, was sich in den letzten Wochen abgespielt hat, bin ich zu dem Schluss gekommen, dass es höchste Zeit ist für einen Tapetenwechsel. Arbeiten kann ich ja überall.«

Als er mein Gesicht sah, fügte er rasch hinzu: »Du musst dich natürlich zu nichts verpflichtet fühlen. Offen gestanden warst du das Zünglein an der Waage bei meiner Entscheidung, aber wenn du nicht willst, dass wir …« Er brach ab und wusste anscheinend nicht weiter.

Ich konnte nur dastehen und ihn ungläubig anstarren. In meinem Kopf drehte sich alles. Bis gestern Abend war ich davon überzeugt gewesen, David Weiler nie wiederzusehen. Jetzt stand er vor mir, bat mich lang und breit um Verzeihung und eröffnete mir, dass er bald in der gleichen Stadt wohnen würde wie ich!

An dem Punkt wurde es mir zu viel. Zu viele Informationen, Überraschungen und vor allem Emotionen, die da auf mich einprasselten. Ich musste weg von hier, das wusste ich plötzlich mit absoluter Sicherheit.

»Hör zu, David, ich gehe jetzt. Das hier, das ist wie eine Lawine, und die überrollt mich gerade. Ich kann dazu im Moment nichts sagen. Tut mir leid.« Ich drehte mich um und stürmte aus der Station. Draußen verpasste mir der kalte Wind eine Ohrfeige, doch es tat gut, an der frischen Luft zu sein. Sogar der Regen hatte aufgehört.

Hinter mir rief David meinen Namen, doch ich blieb nicht stehen, sondern beschleunigte meinen Schritt. Wenn er nur einen Funken Menschenverstand besaß, würde er mir nicht hinterherlaufen, sondern mich allein zum Parkplatz zurückgehen und nach Hause fahren lassen. Ich konnte seine Gesellschaft keine Sekunde länger ertragen.

Später erinnerte ich mich nicht mehr daran, wie ich zum Hof zurückgekommen war oder was ich als Nächstes getan hatte. David war mir nicht gefolgt, doch ich war nicht so dumm zu glauben, dass die Sache sich damit erledigt hatte. Es war nur eine Atempause vor dem nächsten Akt in diesem Drama. Wie auch immer der aussehen mochte.

Abends saß ich in meiner Wohnung am Küchentisch, hielt einen Pott Tee umklammert und starrte auf mein Handy. Nun, da der erste Schock sich allmählich legte, verspürte ich den Wunsch, mit jemandem zu reden. Mich über die ungeheuerliche Wende auszutauschen, die die Ereignisse plötzlich genommen hatten. Allerdings gab es nur zwei Menschen, die dafür infrage kamen, weil ich mit Sicherheit wusste, dass sie kein vorschnelles Urteil fällen würden. Weder über mich noch über David.

Ich öffnete den Gruppenchat ganz oben in meinem Messenger und schrieb:

*Er ist wieder da.*

Es dauerte keine zwei Minuten, bis ich Antwort bekam.

*Svenna:*
*Wer ist wieder da?*

*Natalie:*
*Meinst du etwa den Mann aus Köln??? OMG!!! ERZÄHL!*

Ich lachte leise in mich hinein. Natalie war nicht nur blitzgescheit, sondern auch so empathisch, dass es mir manchmal unheimlich war. Vielleicht war sie auch einfach nur eine verdammt gute Zuhörerin und Beobachterin.

Das, was am gestrigen Abend seinen Anfang genommen hatte, war zu komplex und umfangreich, um es aufzuschreiben. Nachdem ich zu diesem Schluss gekommen war, nahm ich eine Sprachnachricht auf, die am Ende stolze sechzehn Minuten lang war. Anders ausgedrückt, ich plapperte ohne Punkt und Komma. Es half mir, das Chaos in meinem Kopf zu lichten. Zuvor hatte ich das Gefühl gehabt, mir nur mithilfe einer Axt einen Pfad durch meinen Gedankendschungel bahnen zu können.

Danach legte ich das Smartphone beiseite und machte mich bettfertig. Es war zwar erst neun Uhr, und ich würde ohnehin nicht einschlafen können, aber das Bett war nun mal mein sicherer Hafen. Außerdem konnte ich mich zu nichts Produktivem mehr aufraffen, nicht mal zum Backen, meinem erprobten Allheilmittel. Doch das hatte zum Glück noch Zeit bis morgen früh. Die Begegnung mit David hatte mir sämtliche Energie aus den Knochen gesaugt.

Bis ich mich unter meine Decke gekuschelt und das Licht ausgemacht hatte – von Tom keine Spur, vermutlich war er draußen unterwegs, der Verräter –, hatte Natalie mir ausführlich geantwortet.

*Gib ihm eine Chance!*
*Sorry, wenn das aus emanzipatorischer Sicht ein armseliger Rat ist, aber ich bin einfach eine hoffnungslose Ro-*

*mantikerin. ☺ Er hat sich benommen wie ein Trottel, aber jetzt weißt du zumindest, warum. Daran könnt ihr ja arbeiten, wenn er bald hier wohnt. Er ist auf jeden Fall total verknallt in dich. Keine ganz schlechte Grundlage, finde ich.*

Von Svenna kam daraufhin nur ein augenrollender Smiley, was mich schon wieder zum Lachen brachte. Ich hätte mir denken können, dass sie das Ganze anders sah als Natalie. Möglicherweise hoffte sie ja immer noch, dass ich mir die Sache mit Reno anders überlegte. Doch das würde nicht geschehen.

Kurz darauf schrieb sie:

*Lass mich eine Nacht darüber schlafen. Ich hatte heute einen grauenvollen Tag bei der Arbeit (im Studio ist die Heizung ausgefallen, also gab es auch kein warmes Wasser zum Duschen, argh) und bin so grantig und weinerlich wie eine Zweijährige ohne Mittagsschlaf. Morgen bin ich wieder ansprechbar und vor allen Dingen objektiv. Liebe euch! xx*

Ich versicherte ihr rasch, dass wir sie ebenfalls liebten und sie sich mit einer Wärmflasche und Tjado aufs Sofa legen sollte. Natalie empfahl zur Optimierung noch eine Packung ihrer Lieblingskekse und einen heißen Kakao, was Svenna mit einer Reihe Kussmünder quittierte. Danach meldete sie sich nicht mehr.

Natalie schickte mir noch eine weitere Nachricht, diesmal in unserem Zweierchat:

*Ernsthaft – gib ihm die Möglichkeit, es geradezubiegen. Zum Mond schießen kannst du ihn immer noch, wenn er sich doch als Nullnummer entpuppen sollte. Was hast du zu verlieren?*

Hm. Das war eine Frage, über die ich ernsthaft nachdenken musste. War es wirklich so einfach? Hatte ich nicht schon das Kostbarste verloren, was eine Beziehung zwischen zwei Menschen ausmachte – nämlich Vertrauen? Ich war mir unsicher.

Davids Verhalten mir gegenüber hatte viele meiner alten Traumata wieder lebendig werden lassen. Das war mit Sicherheit kein guter Anfang. Andererseits war die Vergangenheit vergangen, und auch wenn er gewisse Dämonen aus der Versenkung geholt hatte, so war er doch nicht der Verursacher früherer Leiden. Diese Rolle fiel eindeutig meinem Vater zu, den ich bekanntermaßen aus meinem Leben verbannt hatte. Im Prinzip konnte ich also einen Schlussstrich unter die dunklen Zeiten ziehen und meine Verletzungen endlich heilen lassen. Soweit die Theorie. In Wirklichkeit würde ich wahrscheinlich noch einiges an Arbeit in diesen Prozess investieren müssen.

Wenn ich mir etwas so Essenzielles wie das Vertrauen in David zurückholen wollte, wäre es das gleiche Muster – es würde Zeit, Geduld und seine Mithilfe brauchen. Es war nicht aussichtslos; ich musste mich nur entscheiden, ob ich es *wollte*.

Himmel, wie kompliziert Gefühle sein konnten! Sie waren nicht immer schwarz oder weiß, sondern kamen in allen Varianten von Grau daher, die man sich nur vorstellen konnte. Ich dachte daran, wie ich David während seines Weihnachtsurlaubs bei uns wahrgenommen hatte; mit meiner rosaroten Toni-Brille auf der Nase. Er war mir wie die Verkörperung des perfekten Mannes erschienen. Nicht nur, dass ich ihn äußerlich überdurchschnittlich anziehend gefunden hatte, auch sein Wesen hatte mich angesprochen. Er war höflich, gebildet, sensibel und hatte ein großes Herz, was mir nicht zuletzt sein Einsatz für Elsa und Mary bewies. Dass er sich mir gegenüber totgestellt hatte, als unvermittelt ein Haufen äußerst unschöner Probleme über ihn hereingebrochen war, warf hingegen einige Fragen hinsichtlich seiner Verhaltensmuster auf. Aber hatte er deswegen einen schlechten Charakter? Vielleicht war er einfach nur ein normaler Mensch mit Fehlern und Schwächen und dem einen oder anderen Trauma im Gepäck, von dem ich nichts wusste. Der, wie er selbst zugegeben hatte, nicht zuletzt aus Überforderung und einer Art fehlgeleitetem Beschützerinstinkt mit Rückzug reagiert hatte.

Während ich so im Dunkeln lag und meine Gedanken einander hin- und herjagten, sah ich aus dem Augenwinkel mein Smartphone aufleuchten. Bestimmt wunderte sich Natalie, dass ich nicht zurücktextete.

Doch es war nicht Natalie, sondern eine WhatsApp von einer mir unbekannten Nummer. Ich hatte die Einstellung an meinem Handy zwischenzeitlich geändert, sodass mir eingehende Nachrichten in der Vorschau auf dem Display angezeigt wurden.

*Toni, es tut mir leid, dass ich dich heute so aus der Fassung gebracht habe. Was in den letzten acht Wochen schiefgelaufen ist, geht allein auf meine Kappe, und ich möchte es so gern wiedergutmachen.*
*Hier ist meine neue Nummer. Ich will, dass du sie hast, selbst wenn du dich vielleicht nie wieder meldest. Aber wenn du es tust, schwöre ich dir, dass du immer eine Antwort bekommen wirst. David x*

Ich las die Nachricht wieder und wieder. Es war schon verrückt – so lange hatte ich darauf gehofft, dass er mir schreiben würde, und nun tat er es tatsächlich. Und ich? Ich hatte nicht die leiseste Ahnung, was ich tun sollte.

Restlos überfordert legte ich das Handy beiseite, machte das Licht an und starrte zur Decke. Draußen war es stürmisch; der Wind pfiff um die Hausecken und rüttelte an den alten Dachziegeln. Ich konnte nur hoffen, dass das unruhige

Wetter ein Vorbote des Frühlings war. Meine Sehnsucht nach Sonnenschein, längeren Tagen und milden Nächten, in denen junges Grün aus der Erde und den Bäumen spross, war mittlerweile übermächtig.

Schließlich nahm ich mein Smartphone, öffnete den Messenger und tippte.

*Auch dann, wenn ich um drei Uhr morgens stockbesoffen vom Tanzen komme und nur mal kurz Hallo sagen will?*

Die Antwort folgte so prompt, dass ich grinsen musste.

*Probier's aus!*

Vielleicht würde ich das wirklich irgendwann tun, und sei es bloß, um ihn zu ärgern.

Wieder leuchtete mein Display auf.

*Obwohl ich dich in so einem Fall lieber abholen und nach Hause bringen würde, damit du sicher in deinem Bett landest und nicht irgendwo im Schloot.* ☺

Ich war überrascht. Woher kannte er das Wort »Schloot«? So wurden in Ostfriesland Wassergräben genannt. Auch ein stinknormaler Straßengraben konnte ein Schloot sein, und ja, es bestand durchaus die Gefahr, mit einem Bekanntschaft zu machen, sofern man zum Beispiel nach einem feuchtfröhlichen Abend *bi Anni* zu Fuß im Dunkeln nach Hause lief.

*Hast du heimlich Regionalsprache geübt, um mich zu beeindrucken?* 😉

*Wenn ich gewusst hätte, dass ich dich damit beeindrucke, hätte ich's getan. Aber das Wort habe ich heute zufällig bei der Frau am Empfang aufgeschnappt. Sie hat meinen*

*Fähigkeiten beim Ausparken nicht ganz getraut, glaube ich.*

*Wo hast du dich denn einquartiert?*

*In der Pension »Wassergraben« in Norddeich. He, nur ein Witz! So kurzfristig habe ich nur noch ein Hotelzimmer im »Muschelglanz« bekommen. Sauteuer, aber Hunde sind erlaubt, und die Inhaber sind echt nett.*

Ach du Scheiße. Das *Muschelglanz* war familiengeführt und bekannt für seine tolle Lage in Wassernähe, aber die Zimmer waren wirklich unverschämt teuer.

Plötzlich hatte ich ein schlechtes Gewissen, weil ich David gegenüber behauptet hatte, dass die Waschküche – Verzeihung, das Hofapartment – belegt sei. Wegen mir warf er sein sauer verdientes Geld zum Fenster raus.

*Nicht dein Problem,* ätzte die böse Toni.

*Aber wenn er in der Waschküche wohnt, hast du vielleicht die Gelegenheit, dich noch mal mit ihm zu unterhalten und dir über das eine oder andere eine Meinung zu bilden. Und du könntest Elsa knuddeln,* gab die gute Toni zu bedenken.

Puh. Das waren schlagkräftige Argumente, denn insgeheim wollte ich beide, den Mann und die Hündin, noch einmal sehen. Nach wie vor war ich mir kein bisschen im Klaren darüber, was aus David und mir werden sollte. War es endgültig vorbei? Gab es für uns einen Ausweg aus diesem Dilemma? Genauso gut hätte man mich fragen können, wie das Wetter zu Ostern sein würde. Ich wusste es einfach nicht.

Zögernd tippte ich den nächsten Satz.

# 30

*Wie lange bleibst du in Norddeich?*

*Nur noch bis übermorgen, dann muss ich zurück. Ein neuer Kunde besteht auf einem persönlichen Meeting.* ☹

Also gut. Augen zu und ins kalte Wasser springen. Hatte ich das nicht sowieso vorgehabt? *Cold Water Therapy* – klang wie ein Songtitel.

*Wenn du willst, kannst du morgen in unser Hofapartment ziehen.*

*Echt? Ist es wieder frei?*

*Es war nie belegt.*

Davids Antwort ließ auf sich warten, was zwei Möglichkeiten offenließ: Entweder war er sauer, weil ich gelogen hatte, oder er nahm es mit Humor und dachte über eine passende Retourkutsche nach.

Dann ging die nächste Nachricht ein.

*So, so. Entweder bin ich ganz schön naiv, weil ich dir jedes Wort glaube, oder du bist eine echt versierte Schwindlerin.* ☺ *Ich hab's wohl nicht besser verdient. Darf ich meine Sachen morgen früh schon bringen?*

Ich grinste. Immerhin trug er es mit Fassung, dass ich ihn eiskalt ausgetrickst hatte.

*Kein Problem. Ab elf bin ich wie immer im Café, aber du kannst gern vorher kommen und dir den Schlüssel abholen.*

Okay. Ich atmete bewusst ein und wieder aus, um das nervöse Ziehen in meinem Magen zu unterdrücken. Der nächste Schritt war getan. Ob wir noch einmal ins Gespräch kommen würden und wie es dann weiterging – nun, diese Dinge würden sich ergeben. Meinem Bauchgefühl nach braute sich im Universum etwas zusammen. Nur hatte ich keinen blassen Schimmer, was genau das sein mochte.

Ich machte das Licht wieder aus und wickelte mich fest in meine Decke, denn ich fröstelte. Sehnsüchtig dachte ich an Tom und seinen plüschigen kleinen Körper, den er mit Vorliebe auf meinen Füßen oder in meiner Halsbeuge platzierte, doch der Schlawiner war noch immer nicht wiederaufgetaucht. Hoffentlich würde ich einschlafen können, trotz kalter Füße und zahlreicher ungeklärter Fragen.

Irgendwann gab ich mich geschlagen, stand auf und machte mir eine Wärmflasche. Als ich wieder ins Bett zurückhuschte, hatte David mir geantwortet.

*Das ist super, dann kann ich anschließend gleich weiter zu meinen nächsten Besichtigungsterminen. Die Wohnung, die ich mir heute angeschaut habe, war eine glatte Sechs. Es bleibt also spannend.*

*Darf ich dich noch was fragen?*

*Was denn?*

*Was ist aus dem Neujahrstreffen mit deinem Vater geworden? Das habe ich mich schon ein paarmal gefragt. Ich hoffe, er war nett zu dir und hat dich nicht geärgert.*

Unwillkürlich spannte ich mich an. Mit dieser Frage hatte ich nicht im Entferntesten gerechnet. Gleichzeitig berührte es mich, dass er dieses leidige Ereignis nicht vergessen hatte, sondern wissen wollte, wie es ausgegangen war.

Tja, wie fasste man einen totalen Reinfall in maßvolle Worte? Ließ ein Super-GAU dieser Art sich überhaupt elegant umschreiben?

Schließlich kam ich zu der Erkenntnis, dass die Antwort Nein lautete, und tippte:

*Weder noch. Das Ganze ist eskaliert, und nachdem ich ihm alles an den Kopf geworfen habe, was schon ewig in mir gebrodelt hat, bin ich nach Hause gefahren. Vorher habe ich ihm noch verboten, mich je wieder anzurufen. Soll heißen, ich habe den Kontakt abgebrochen. Das war's.*

Nicht mal eine Minute später vibrierte mein Handy. David rief an. Uff. Nach kurzem Zögern nahm ich das Gespräch entgegen.

»O Mann, Toni.« Seine Stimme klang sehr sanft. »Das tut mir echt leid. So was ist kein Thema für WhatsApp. Erzählst du mir, was passiert ist?«

Und ehe ich mich versah, schilderte ich ihm das Drama, das sich an Neujahr abgespielt hatte. Vielleicht verlor ich mich dabei zu sehr in Details, aber es tat gut, mit jemandem zu reden, der überhaupt keinen persönlichen Bezug zu meinem Vater hatte. Und noch etwas fiel mir auf: Es machte mich nicht mehr sonderlich wütend oder traurig, über diesen Tag zu sprechen. Ich hatte offenkundig eine Menge Abstand zu Massimo gewonnen.

David schien das zu merken, denn nachdem er sich alles angehört hatte, ohne mich zu unterbrechen, wollte er wissen: »Wie fühlst du dich damit, keinen Kontakt mehr zu ihm zu haben? Besser oder schlechter als vorher?«

Ich musste nicht lange überlegen. »Besser. Das war mir schon während der Rückfahrt klar. Ich musste mir nur erst die Enttäuschung über unsere gescheiterte Vater-Tochter-Beziehung von der Seele heulen.«

»Verstehe. Ich glaube, du hast alles richtig gemacht.«

Dann redeten wir über andere Dinge. Die schwierigen letzten Wochen sparten wir in einer Art stillschweigender Übereinkunft aus und unterhielten uns stattdessen über den Rest unseres Lebens: unsere Familien, den Alltag als Selbstständige, Köln und Ostfriesland; ja, sogar über Bücher, Sport und Politik. Ein Thema zog das nächste nach sich, als würden wir einem geheimen Protokoll folgen. Ich fand es bemerkenswert, wie viel wir uns unter diesen Umständen zu sagen hatten. Nebenbei fiel mir auf, wie oft wir miteinander lachten. Und dass dieses Lachen nicht gekünstelt wirkte, sondern von Herzen kam. Wie damals bei unserem ersten Kaffeedate am Hafen, als David mir bewusst gemacht hatte, dass meine verworrene Familiengeschichte auch eine ziemlich lustige Seite hatte.

Aus unserem spontanen Telefonat entwickelte sich unvermutet ein überaus langes und spannendes Gespräch. Es war kein bisschen ermüdend, sondern auf schwer zu beschreibende Weise inspirierend, mit dem Mann aus Köln über Gott und die Welt zu quatschen. Vor allem schuf es ein Band des Verstehens zwischen uns, das vorher nicht dagewesen war.

Ich registrierte gar nicht, wie die Zeit verging, bis David mit leisem Bedauern in der Stimme meinte: »So langsam sollten wir vielleicht Schluss machen. Ich habe ja mehr oder weniger frei, aber du musst morgen wieder früh raus, oder?«

»Oh, ja.« Ich warf einen Blick auf die Uhr und konnte kaum glauben, dass es schon weit nach Mitternacht war.

»Dann lass uns einfach morgen weitererzählen. Schlaf gut, Toni! Es war toll, mit dir zu telefonieren. Ich habe das Gefühl, dich jetzt besser zu kennen als vorher.«

Seine Offenheit überforderte mich ein bisschen, sodass ich nur einen Gutenachtgruß murmelte, bevor wir auflegten. Als ich mich anschließend behaglich unter meiner Decke zusammenrollte und in Gedanken noch einmal rekapitulierte, worüber wir uns ausgetauscht hatten, musste ich ihm recht geben – auch ich war dem Menschen David Weiler heute Abend ein kleines Stück nähergekommen. Ganz schön schräg, wenn man bedachte, dass er bis vor Kurzem genauso gut auf einem anderen Planeten hätte leben können.

Unbarmherzig riss mich mein Handy am nächsten Morgen mit einem peinigenden Summton aus einem viel zu kurzen Schlaf. Wie immer musste ich die Schafe versorgen, denn ganz gleich, was in meinem Privatleben vor sich ging, die Tiere brauchten ihr Futter und saubere Einstreu.

Also schlüpfte ich nach einem kurzen Abstecher ins Bad in meine alte Armeehose und einen Seemannspullover und lief durch das zugige Treppenhaus nach unten zum Stall. Da war es gerade mal kurz nach sechs.

Während ich in dem Durchgang zur Scheune meinen Arbeitsanorak und die Stiefel anzog und dabei ununterbrochen gähnte, hörte ich bereits das entrüstete Blöken der fünf Auen. Sie alle neigten zur Dramatik und taten gern so, als stünden sie kurz vorm Verhungern. In Wahrheit hatten sie den größten Teil der Nacht Heu aus ihrer Raufe fressen können und die Reste wie üblich achtlos auf dem Boden zertrampelt.

Ich griff mir die Forke und gabelte große Mengen duftendes Raufutter vom Rundballen, ehe ich die Tür zu der großen Laufbox öffnete. Die Auen drängten sich sofort um mich, um einen Bissen von dem köstlichen Mahl zu ergattern. Ich füllte rasch die erste Portion in die Raufe und erhielt dafür zum Dank von Chicorée einen kräftigen Kopfstoß in den Hintern, der mich vorwärtsstolpern ließ.

»Hey, du freches Luder«, schimpfte ich sie aus. »Wenn du dich nicht benimmst, gibt's für dich überhaupt nichts zu essen! Nie wieder, hörst du?«

Chici, wie wir sie kurz nannten, war die jüngste und frechste der Auen, der der Schalk aus den Augen blitzte. Besser, ich nahm mich in Acht, wenn ich nicht mit dem Gesicht voran in Schafkacke landen wollte.

Sobald die Mädels mit ihrem Frühstück beschäftigt waren, entfernte ich die Hinterlassenschaften der Nacht und streute frisches Stroh auf. Auch zum Fressen füllte ich Stroh in eine zweite Raufe. Das Trinkwasser kam aus Selbsttränken, die ich wie jeden Morgen routinemäßig überprüfte und reinigte. Ich nahm mir vor, Wilko am Wochenende zum kompletten Ausmisten der Box mit dem Trecker zu verdonnern, denn jetzt, wo das Frühjahr nahte, musste die dicke »Matratze«, die den Winter über für ein warmes Ruhebett gesorgt hatte, dringend entfernt werden. Auch den Klauenpfleger wollte ich anrufen und einen Termin vereinbaren. Esther und ich kümmerten uns zwar selbst um kleinere Korrekturen am Horn, aber wir hielten strikt daran fest, spätestens alle acht Wochen einen Profi die Klauen der Tiere untersuchen und schneiden zu lassen. So beugten wir Problemen vor, etwa der gefürchteten Moderhinke.

Während ich so vor mich hin arbeitete, ging mir das gestrige Telefonat mit David durch den Kopf. Es war schön gewesen, mit ihm über alles und nichts zu schnacken, und noch schöner war, dass die positiven *Vibes*, die ich aus unserem Gespräch mitgenommen hatte, immer noch wirkten. Ich verspürte eine Ruhe in mir, die mir fast schon unheimlich war, besonders wenn man bedachte, dass ich ihm gestern Mittag noch erbittert die Leviten gelesen hatte. Doch all die

Negativität hatte sich für den Moment in Wohlgefallen aufgelöst, genau wie meine Unsicherheit, was die Zukunft anging. Da war nur Frieden in mir und das untrügliche Gefühl, dass sich am Ende alles zum Guten wenden würde – wie auch immer man »gut« definieren mochte.

Toni-die-ewig-Zweifelnde fragte sich natürlich, wie das sein konnte. Nur weil wir knapp drei Stunden lang *geredet* hatten, war jetzt alles rosa? Hm. Das leuchtete mir nicht ein, aber vielleicht sollte ich es vorerst einfach so hinnehmen, quasi als kleine Pause von meinem anhaltenden inneren Zwiespalt.

Schließlich hatte ich alle morgendlichen Pflichten im Stall erledigt und war in Gedanken bereits bei der ersten Tasse Kaffee des Tages, als die Tür im großen Scheunentor vorsichtig von außen geöffnet wurde. Ein erdbeerblonder Haarschopf erschien im Türspalt. Das konnte doch nicht ... David! Ich ließ vor Überraschung beinahe den Besen fallen, mit dem ich noch rasch durchgefegt hatte.

»Hey!« Er lächelte ein bisschen unsicher. »Dürfen wir reinkommen?«

»Äh, klar.«

Was in aller Welt machte er um diese Uhrzeit hier?

David betrat die Scheune, dicht gefolgt von Elsa, die sich mit großen, furchtsamen Augen umblickte. Kaum roch und hörte sie die Schafe, schnellten ihre Ohren nach vorn. Interessiert witterte sie in die Luft und machte einen Schritt auf die Laufbox zu. David, der sie an der Leine hielt, blieb stehen.

»Ist es okay, wenn sie hier drinnen ist, oder macht sie den Schafen Angst?«

»Nein, alles gut, solange sie ihnen nicht zu nahe kommt.«

Dann standen wir voreinander und sahen uns an. Keiner sagte ein Wort, aber wir mussten beide grinsen. Zum ersten Mal, seit ich David kennengelernt hatte, wirkte sein stets makellos sitzendes Haar ein bisschen zerrauft, so als wäre er gerade erst aufgestanden. Was vermutlich auch stimmte. Das war nicht nur niedlich, sondern auch ziemlich sexy. Aber vielleicht drehte ich jetzt bloß endgültig durch.

Nachdem wir uns ein Weilchen angestarrt hatten, meinte David schließlich: »Tut mir leid, dass ich hier so früh auftauche, aber ich konnte nicht mehr schlafen. Ich habe mich daran erinnert, dass du morgens immer eure Schafe versorgst, also dachte ich, ich versuche einfach mein Glück. Im *Muschelglanz* habe ich schon ausgecheckt.«

»Okay«, erwiderte ich nur. Mehr fiel mir nicht ein, und es störte mich auch nicht. Es schien, als wäre mein Vorrat an Worten vorerst erschöpft. Ich begnügte mich damit, weiterhin Davids Gesicht zu betrachten, und es war mir kein bisschen unangenehm. Er hatte *wirklich* schöne Augen, warm und strahlend. O Mann.

Ich sah, wie es um seine Mundwinkel zuckte.

»Warte mal, du hast da was ...« Er hob die Hand und griff behutsam in meine langen Ponyfransen. »Heu.«

Spontan erwiderte ich die Geste und vergrub meine Finger in seinen herrlich dichten Haaren.

»Wie jetzt, ich auch?«

»Nein. Ich wollte bloß mal reinfassen.«

Das Lächeln, das sich auf seinen Zügen ausbreitete, hatte ich noch nie an ihm gesehen. Es spiegelte meine eigenen Gefühle wider: Sehnsucht, gepaart mit Unglauben und leiser, halb verborgener Freude.

Plötzlich fiel mir etwas ein. Etwas, das unfassbar wichtig war und von dem er noch nichts wusste.

Ohne nachzudenken, nahm ich seine Hand und zog ihn hinter mir her zum Ausgang. »Komm mit, ich muss dir was zeigen.«

David folgte mir widerstandslos, ohne Fragen zu stellen. Sogar Elsa schien zu merken, dass etwas Bedeutsames in der Luft lag, und ließ bereitwillig davon ab, die Schafe zu stalken.

Wir drei liefen über den Hof zur Hintertür des Cafés, die direkt ins Lager führte. Alles war dunkel und still; selbst für Esther war es noch zu zeitig am Morgen, um mit der Arbeit zu beginnen.

Ich angelte den Schlüssel aus meiner Hosentasche, schloss auf und machte das Licht an. Elsa begann sofort interessiert die Regale abzuschnüffeln. Kein Wunder bei all den Köstlichkeiten, die in diesem Raum ihre verlockenden Düfte verbreiteten.

In einer Ecke stand der Aufsteller für die Geschenkboxen, den ich hier lagerte, bis ich ihn am Wochenende wieder ins Café rollte. Auf dem Schränkchen daneben stapelten sich die leeren Schachteln, die ich bereits mit den von Maria entworfenen Aufklebern versehen hatte. Ich nahm eine davon – in Rosa – und drückte sie David in die Hand. In der gleichen Bewegung griff ich nach dem Hinweisschild im Goldrahmen und hielt es mir vor die Brust, damit David es lesen konnte.

»Da«, sagte ich ein bisschen atemlos, denn mein Hals war plötzlich wie zugeschnürt. »Das Kuchenreh. Es lebt.«

David blickte auf die Pappschachtel in seinen Händen, dann auf das Schild vor meiner Brust. Ich beobachtete, wie seine Miene sich veränderte; wie er erst stutzte und dann begriff. Er nahm eine der weißen Boxen vom Schrank und betrachtete sie, bevor er Rosa und Weiß nebeneinander auf dem Aussteller platzierte, dessen Sinn ihm sofort klar zu sein schien. Ich stellte das gerahmte Schild darüber, und einen feierlichen Moment lang vertieften wir uns schweigend in diesen – für mich noch immer unglaublichen – Anblick.

Dann wandte David sich mir zu, und seine unverhohlene Begeisterung ließ mir das Herz aufgehen.

»Mensch, Toni, ist das krass. Mir fehlen echt die Worte. Du bist der absolute Oberhammer! Ich bin so stolz auf dich.« Dann trat er einen Schritt auf mich zu und küsste mich. Ich war so überrumpelt, dass ich stillhielt. Es war ... ach, egal.

Ich genoss es. Ich genoss es so sehr. Mein Körper schien in Davids Arme hineinzuschmelzen und sich dort häuslich einzurichten. *Bin angekommen,* signalisierte er, *bleibe jetzt erst mal hier. Und übrigens: Alles wird gut.*

Eine ganze Weile später – Minuten, Stunden, die Zeit hatte jegliche Bedeutung verloren –, murmelte David an meinen Lippen: »Weißt du, es gibt nur eine einzige Sache, die ich ein bisschen schade finde.«

Mein Kopf zuckte zurück. »Was denn?«

»Dass in den Schachteln kein Kuchen ist.«

Ich kicherte. »Normalerweise müsstest du bis zum Wochenende warten, dann backe ich die nächste Ladung Petits Fours. Aber vielleicht kannst du mich ja überreden, heute schon ein paar zu machen.«

»Oh, ich tue alles, was du verlangst. Ich meine, du bist so eine beeindruckende Frau und ich bin ein totaler Idiot. Darf ich dich noch mal küssen?«

»Ähm, unbedingt!«

Er tat es und wollte dann wissen: »Besteht eigentlich die Chance, dass du – also, dass wir heute Nacht zusammen verbringen? Nein, lass mich das erklären«, fügte er hastig hinzu, als er mein überraschtes Gesicht sah. »Ich rede nicht von Sex. Das wäre wohl auch ein bisschen vermessen.« Er lachte leise. »Aber ich würde gern so viel Zeit wie möglich mit dir verbringen, bevor ich morgen zurück nach Köln muss. Einfach nur mit dir zusammen sein, essen, quatschen, Wein trinken, verstehst du? Und neben dir einschlafen. Das wünsche ich mir wirklich, noch tausendmal mehr als Kuchen.«

*Noch tausendmal mehr als Kuchen?* Ich konnte nicht verhindern, dass meine Mundwinkel sich nach oben bogen. So ein freches Stück!

Für einen Moment erlaubte ich mir, mir meine erste gemeinsame Nacht mit David auszumalen. Wie wir nebeneinander in dem großen Palettenbett lagen und uns dabei ganz nah kamen. Wie wir redeten, lachten und kuschelten. Na ja, vielleicht auch ein bisschen mehr, das würde sich zeigen. Doch hauptsächlich würden wir *zusammen sein*, gänzlich ungestört. Einen Abend und eine Nacht lang. Die Vorstellung war so schön, dass es mir den Atem raubte.

Dieser Augenblick markierte einen Wendepunkt, an den ich fast nicht mehr geglaubt hatte. Ich konnte es körperlich spüren, auch wenn mir bewusst war, dass wir noch einiges aufzuarbeiten hatten, bevor wir unbeschwert in die Zukunft starten konnten. Aber das hier, das war ein Anfang. *Alles wird gut.*

»In Ordnung. Ja.« Ich nickte feierlich. »Das ... das hört sich toll an. Ich backe uns Petits Fours, als Nachtisch oder so. Weil, ich bin doch das Kuchenreh, und Kuchenrehe ...«

»... sind wunderschöne Tiere«, vollendete David meinen Satz und schloss mich fest in die Arme.